HEYNE
BÜCHER

Von Anthony Burgess sind
als Heyne-Taschenbücher erschienen

Das Uhrwerk-Testament · Band 01/5124
1985 · Band 01/5981
Das Reich der Verderbnis · Band 01/6587

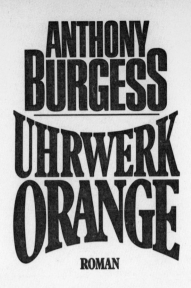

ANTHONY BURGESS
UHRWERK ORANGE

ROMAN

Deutsche Erstausgabe

WILHELM HEYNE VERLAG
MÜNCHEN

HEYNE ALLGEMEINE REIHE
Nr. 01/6777

Titel der englischen Ausgabe
A CLOCKWORK ORANGE
Deutsche Übersetzung von Walter Brumm

7. Auflage

Dieses Buch erschien bereits mit der Band-Nr. 928
in der Allgemeinen Reihe
Copyright © Anthony Burgess 1962
Copyright © 1972 der deutschsprachigen Ausgabe
by Wilhelm Heyne Verlag GmbH & Co. KG, München
Printed in Germany 1990
Umschlaggestaltung: Atelier Ingrid Schütz, München
Gesamtherstellung: Ebner Ulm

ISBN 3-453-02388-9

I.

1

»Was soll's denn nun sein, hm?«

Da war ich, das heißt Alex, und da waren meine drei Droogs, nämlich Pete, Georgie und Dim, der so hieß, weil er wirklich nicht helle war, und wir saßen in der Korova-Milchbar und überlegten, was wir mit dem Abend machen sollten, einem arschkalten Winterbastard, aber trocken. Die Korova-Milchbar war ein Mesto, wo sie Milch-plus ausschenkten, und ihr mögt vergessen haben, o meine Brüder, wie diese Mestos waren, wo sich heutzutage alles so skorri verändert und die Leute so schnell vergessen und auch nicht mehr viel Zeitung gelesen wird. Nun, was sie da verkauften, war Milch mit einem Schuß von etwas anderem. Sie hatten keine Lizenz für den Ausschank von Alkohol, aber es gab noch kein Gesetz gegen einige von den neuen Wetsches, die sie in die alte Moloko taten, und so konnte man sie mit Vellocet oder Synthemesk oder Drencrom oder anderen Sachen pitschen, die einem eine hübsche, ruhige Horrorschau gaben. Dann konntest du für fünfzehn Minuten oder länger den alten Bog und alle seine Engel und Heiligen in deinem linken Schuh bewundern, während dir der ganze Mozg oder Brägen in einem Feuerwerk von Lichtern explodierte. Oder du konntest Milch mit Messern drin pitschen, wie wir zu sagen pflegten, und das macht dich scharf und bereit für ein bißchen schmutziges Zwanzig-gegen-einen. Und das war, was wir an diesem Abend pitschten, mit dem ich die Geschichte anfangen will.

Unsere Taschen waren voll Deng, und unter dem Gesichtspunkt, noch mehr Strom zu krasten, wäre es nicht wirklich nötig gewesen, irgendeinen alten Veck in einer Seitenstraße zu tollschocken und ihn in seinem Blut schwimmen zu sehen, während wir die Einnahmen zählten und durch vier teilten, oder bei irgendeiner zitternden, grauhaarigen Titsa in einem Laden das Ultrabrutale zu machen und smeckend mit den Innereien der Geldschublade abzuziehen. Aber, wie es heißt, Geld ist nicht alles.

Wir vier waren nach der letzten Mode gekleidet, und die bestand damals aus schwarzen, sehr engen Hosen mit der eingearbeiteten Puddingform, wie wir es nannten, zwischen den Beinen. Die war zum Schutz, aber auch eine Art von Ornament, das man in einem bestimmten Licht deutlich genug sehen konnte. Meine hatte die Form einer Spinne, Pete hatte eine Hand, Georgie hatte was ganz Besonderes von einer Blume, und der arme alte Dim hatte eine ziemlich gewöhnliche mit dem Litso (das heißt ›Gesicht‹) eines Clowns, denn er hatte selten eine gute Idee und war ohne den Schatten eines Zweifels der Dümmste von uns vieren. Dann trugen wir taillierte Jacken ohne Aufschläge, aber mit sehr breiten und dick wattierten Schultern (›Pletschos‹ nannten wir sie). Dann, meine Brüder, hatten wir diese weißlichen Krawatten, die wie gequirlter Kartoffelbrei aussahen, auf den man mit einer Gabel eine Art Muster gemacht hat. Wir trugen unser Haar nicht zu lang, und wir hatten schmale Horrorschau-Stiefel zum Treten.

»Was soll's denn nun sein, hm?«

An der Theke saßen drei Dewotschkas beisammen, aber wir waren vier von uns Malitschicks, und gewöhnlich war es wie alle für einen und einer für alle. Diese Pfannen waren auch auf der Höhe der Mode, mit purpurnen und grünen und orangefarbenen Perücken und ihren

Gullivers, und jedes von diesen Dingern kostete nicht weniger als drei oder vier Wochenlöhne, wie solche Butzen sie verdienten, sollte ich meinen. Sie hatten passendes Make-up, Regenbogen um die Glotzies und breit ausgezogene Lippen, und trugen lange schwarze Kleider, vorn mit kleinen Plaketten wie aus Silber, auf denen die Namen verschiedener Malitschicks zu lesen waren – Joe und Mike und dergleichen. Dies waren vermutlich die Namen derjenigen, mit denen sie gespattet hatten. Sie linsten ständig in unsere Richtung, und ich war nahe daran, aus dem Mundwinkel zu Pete und Georgie zu murmeln, daß wir drei losgehen und die Pfannen durchziehen und den armen alten Dim zurücklassen sollten, wozu wir ihm bloß einen halben Liter von der alten Weißen zu kupetten brauchten, aber diesmal mit einem Schuß Synthemesk, doch das wäre nicht die richtige Art und Weise gewesen, das Spiel zu spielen. Dim war sehr häßlich und dumm, aber er war eine Horrorschau von einem schmutzigen Kämpfer und sehr geschickt mit dem Stiefel.

»Was soll's denn nun sein, hm?«

Der Tschelloveck, der neben mir auf dieser langen, plüschigen Sitzbank hing, die um drei Wände lief, war weit weg, mit glasigen Glotzies, und blubberte Slovos wie ›Aristoteles wischi waschi arbeiten Ausflug Alpenveilchen werden verflixt gerissen‹. Er war im anderen Land, völlig weg, und ich wußte, wie es war, weil ich es wie jeder andere versucht hatte, aber wie ich jetzt darüber nachdachte, fand ich, daß es irgendwie eine feige Masche war, o meine Brüder. Nachdem du die alte Moloko getrunken hast, liegst du so rum, und dann hast du auf einmal das Gefühl, daß alles um dich her irgendwie in der Vergangenheit sei. Du kannst es schon sehen, alles, ganz klar – Tische, die Stereoanlage, die Lampen, die Schnallen und die Malitschicks – aber das Ganze ist wie ein Haufen

Kram, der mal da war, aber nicht mehr da ist. Und du bist wie hypnotisiert von deinem Stiefel oder Schuh, oder von einem Fingernagel oder was immer es sein mag, und zur gleichen Zeit fühlst du dich am alten Kragen gepackt und geschüttelt wie eine Katze. Du wirst geschüttelt und geschüttelt, bis nichts übrig ist. Du verlierst deinen Namen und deinen Körper und dein Selbst, und es ist dir einfach egal und du wartest, bis dein Stiefel oder dein Fingernagel gelb wird, dann gelber und immer noch gelber. Dann fangen die Lichter zu bersten an, und der Stiefel oder Fingernagel, oder meinetwege ein bißchen Schmutz an deinem Hosenbein verwandelt sich in ein großes, großes Mesto, größer als die ganze Welt, und du bist gerade dabei, dem alten Bog oder Gott vorgestellt zu werden, wenn plötzlich alles vorbei ist. Du kommst wimmernd ins Hier und Jetzt zurück, und deine Schnauze verzieht sich für ein großes Buuhuuhuu zum Rechteck, ob du es willst oder nicht. Nun, das ist ganz nett, aber sehr feige. Du wurdest nicht in diese Welt gesetzt, um mit Gott in Berührung zu kommen. Solche Sachen können einen Tschelloveck um seine Kraft und um sein bißchen Mozg bringen.

»Was soll's denn nun sein, eh?«

Die Stereomusik war an, und man hatte das Gefühl, daß die Goloß des Sängers sich von einem Ende der Bar zum anderen bewegte, zur Decke hinaufflog und dann wieder herabstieß und von Wand zu Wand flatterte. Es war Berti Laski, der eine begräbnisreife Nummer mit dem Titel ›Du ziehst Blasen auf meiner Farbe‹ krächzte. Eine von den drei Titsas an der Theke, die mit der grünen Perücke, zog im Takt mit dem, was sie Musik nannten, ihren Bauch ein und stieß ihn wieder raus. Ich konnte fühlen, wie die Messer in der alten Moloko zu pieken anfingen, und nun war ich bereit für ein bißchen Zwanzig-gegen-einen. Also japste ich: »Raus, raus, raus!« wie ein Hund, und

8

dann knallte ich diesem Veck, der neben mir saß und ganz weg war und noch immer vor sich hin blubberte, eine aufs Ohr, aber er merkte es nicht und brabbelte weiter mit seinem »Telefonische Eisenwaren und wenn der Kulule rote Regenbogen ballert«. Er würde es schon fühlen, wenn er aus dem anderen Land zu sich käme.

»Wohin raus?« sagte Georgie.

»Ach, bloß rumlatschen«, sagte ich, »um sehen, was sich ergibt, o meine kleinen Brüder.«

Also verrollten wir uns ins Freie, in die große Winternotschi, gingen den Margahanita Boulevard hinunter und bogen dann in die Boothby Avenue ein, und dort fanden wir, wonach wir Ausschau gehalten hatten, einen kleinen malenki Spaß, um in Stimmung zu kommen. Da war ein tatteriger stari Schulmeistertyp von einem Veck, Brille auf und seinen Schnabel offen in der kalten Notschiluft. Er hatte Bücher unter seinem Arm, und einen beschissenen Regenschirm, und er kam gerade um die Ecke von der öffentlichen Biblio, die in jenen Tagen nicht viele Kunden hatte. Man sah nach Dunkelwerden niemals viele von den älteren Bourgeoistypen, mit dem Personalmangel bei der Polizei und uns feinen jungen Malitschickiwicks in den Straßen, und dieser Professorentyp von einem Tschelloveck war der einzige weit und breit. Also machten wir uns an ihn ran, sehr höflich, und ich sagte: »Entschuldige, Bruder.«

Er sah ein malenki bißchen puglig aus; als er uns vier so sah, wie wir so still und höflich und lächelnd dastanden, aber er sagte: »Ja? Was ist?« in einer sehr lauten und scharfen Lehrergoloß, als ob er uns zu zeigen versuchte, daß er nicht puglig sei. Ich sagte:

»Ich sehe, du hast Bücher unter deinem Arm, Bruder. Heutzutage ist es in der Tat ein seltenes Vergnügen, jemanden zu treffen, der noch liest, Bruder.«

»Oh«, sagte er, ganz zittrig. »Wirklich?« Und er blickte

9

von einem zum anderen von uns vieren und fand sich auf einmal in der Mitte eines sehr höflichen und lächelnden Vierecks.

»Ja«, sagte ich. »Es würde mich in hohem Grade interessieren, Bruder, wenn du mir freundlicherweise erlauben würdest, zu sehen, was für Bücher das sind, die du unter deinem Arm hast. Nichts gefällt mir auf dieser Welt besser als ein gutes, sauberes Buch, Bruder.«

»Sauber«, sagte er. »Sauber, eh?« Und dann skvattete Pete ihm diese drei Bücher und gab zwei von ihnen skorri an Georgie und mich weiter. Bis auf Dim hatte jeder von uns eins zum Anschauen.

Mein Buch hatte den Titel ›Elementare Kristallographie‹, also schlug ich es auf und sagte: »Ausgezeichnet, wirklich erstklassig«, wobei ich in der Schwarte herumblätterte. Dann sagte ich in einer sehr schockierten Art von Goloß:

»Aber was ist das hier? Was ist dieses unflätige Slovo? Ich erröte beim Anblick dieses Wortes. Du enttäuschst mich, Bruder, wirklich.«

»Aber«, stammelte er, »aber, aber.«

»Nun«, sagte Georgie, »hier ist was, das ich wirklich schmutzig nennen muß. Da ist ein Slovo, das fängt mit einem f an und hört mit einem k auf.« Er hatte ein Buch mit dem Titel ›Das Wunder der Schneeflocke‹.

»Ah«, sagte der arme alte Dim, der über Petes Schulter smottete und wie immer ein bißchen zu weit ging, »hier steht, was er mit ihr gemacht hat, und da ist ein Bild und alles. Mensch«, sagte er, »du bist nichts als ein schmieriger alter Wüstling!«

»Ein Mann von deinem Alter, Bruder«, sagte ich tadelnd und fing an, das Buch zu zerreißen, und die anderen taten das gleiche mit den Büchern, die sie hatten. Dim und Pete machten Tauziehen mit ›Das rhomboedrische System‹. Der alte Gichtnacken begann zu kreischen:

»Aber dies sind nicht meine Bücher, sie sind Eigentum der Stadt! Das ist schierer Mutwille und Vandalismus«, oder so ähnlich. Und er versuchte uns die Bücher wieder abzunehmen, was irgendwie rührend war.

»Du hast eine Lektion verdient, Bruder«, sagte ich, »das hast du.« Dieses Kristall-Buch, das ich hatte, war sehr fest gebunden und schwer in Stücke rizrazzen, denn es war richtig stari und in einer Zeit gemacht, wo die Sachen noch hielten, aber ich brachte es fertig, die Seiten bündelweise durchzureißen und sie eine Handvoll nach der anderen wie große Schneeflocken über diesen kreischenden alten Veck zu schmeißen, und dann taten die anderen das gleiche mit ihren Büchern, und der alte Dim tanzte bloß so rum wie der Clown, der er war. »Da hast du's«, sagte Pete. »Da hast du deine Haferflocken, du schmutziger Leser von Schund und Unflat.«

»Du verdorbener alter Veck, du«, sagte ich, und dann begannen wir mit ihm herumzuspielen. Pete hielt seine Flossen, und Georgie hakte ihm das Maul weit auf, und Dim riß seine falschen Zubis raus, die oberen und die unteren, und schmiß sie aufs Pflaster, und dann spendierte ich ihnen die alte Stiefelsohle, aber sie waren harte Bastarde, aus irgendeinem neuen Horrorschau-Plastikzeug gemacht. Das regte den alten Veck mächtig auf, und er begann mampfende Schums zu machen – »wuf waf wof«–, also ließ Georgie seine Guber los, die er auseinandergehalten hatte, und gab ihm mit der beringten Faust einfach eine in die zahnlose Klappe, und da fing der alte Veck viel zu stöhnen an, und das Blut kam raus, meine Brüder, richtig schön. Dann zogen wir ihm nur noch seine äußern Platties aus, bis er in Weste und langen Unterhosen dastand (sehr stari; Dim smeckte sich fast den Kopf ab). Pete gab ihm noch einen hübschen Tritt in den Wanst, und wir ließen ihn gehen. Er zog wankend ab, denn es war wirklich kein zu harter Tollschock gewesen, und machte »Oh oh oh«, ohne richtig zu wissen, was vorn und was hinten war, und wir prusteten ihm nach und gingen dann durch seine Taschen, während Dim mit seinem beschissenen Regenschirm rumtanzte, aber es gab nicht viel zu holen. Da waren ein paar stari Briefe, zum Teil noch aus der Zeit um 1960, mit Überschriften wie ›Mein Liebster‹ und all diesen Tschipoka, und ein Schlüsselbund und ein altmodischer Füllhalter. Der alte Dim gab seinen Schirmtanz auf und mußte natürlich anfangen, einen von den Briefen laut vorzulesen, wie wenn er der leeren Straße zeigen wollte, daß er lesen konnte. »Mein einziger Liebling«, rezitierte er in einer ganz hohen Goloß, »ich werde an dich denken, während du fort bist, und hoffe, du wirst daran denken, dich warm anzuziehen, wenn du abends ausgehst.« Dann stieß er einen sehr schumny Smeck aus – »Ho ho ho« – und machte, wie wenn er sich den Hintern damit wischte.

»Alsdann, o meine Brüder«, sagte ich »laßt fahren dahin.« In den Hosen von diesem stari Veck war nur ein malenki bißchen Strom (das heißt Geld) – nicht mehr als drei Miese –, also streuten wir es rum, weil wir schon genug bei uns hatten. Dann zerknackten wir den Schirm und rizrazzten seine Platties und übergaben sie den Winden, meine Brüder, und dann waren wir mit dem stari Lehrertyp von einem Veck fertig. Wir hatten nicht viel getan, ich weiß, aber das war nur wie der Anfang des Abends. Die Messer in der alten Moloko stachen jetzt hübsch drauflos.

Als nächstes Ding war die Samariterschau fällig, die ein Mittel war, etwas von unserem Deng abzuladen und so eine Art Anreiz für ein bißchen Ladenkrasten schaffen würde. Außerdem konnten wir uns damit ein Alibi im voraus kaufen, also gingen wir in den ›Duke of New York‹ in der Amis Avenue, und in diesem Nest saßen denn auch drei oder vier alte Babuschkas und pitschten

Malzkaffee von ihrer Wohlfahrtsunterstützung. Nun waren wir die guten Malitschiks und lächelten brav, wie frisch vom Abendgottesdienst, aber diese runzligen alten Matkas wurden ganz aufgeregt, und ihre aderigen alten Krallen zitterten an ihren Tassen und verschütteten das Spülwasser auf den Tisch.

»Laßt uns in Frieden, Jungs«, sagte eine von ihnen, mit einem Gesicht wie eine tausendjährige Landkarte, »wir sind nur arme alte Frauen.«

Aber wir machten bloß mit den Zubis, blitz blitz blitz, setzten uns, drückten auf die Klingel und warteten auf die Bedienung. Als der arme Teufel kam, ganz nervös, und sich die Griffel unaufhörlich an der fettigen Schürze wischte, bestellten wir uns vier Veterane – ein Veteran war Rum mit Cherry Brandy, was damals gerade populär war; manche mochten es mit einem Schuß Limonadensaft, das war die kanadische Variante. Dann sagte ich zu dem Jungen:

»Gib diesen armen alten Babuschkas was Nahrhaftes. Eine Runde große Schotten, und noch was zum Mitnehmen.« Und ich leerte meine Tasche voll Deng auf den Tisch aus, und die drei anderen machten es genauso, o meine Brüder. Jede der verschreckten alten Tanten kriegte einen doppelten Whisky vorgesetzt, und sie wußten nicht, was sie tun oder sagen sollten. Eine brachte »Danke, Jungs«, heraus, aber man konnte sehen, daß sie dachten, es käme noch was von der schmutzigen Sorte nach. Dann kam der Junge wieder und brachte jeder eine Flasche Kognak zum Mitnehmen, und ich gab Geld, daß ihnen am nächsten Morgen Kaffee und Kuchen ins Haus geliefert würden, und sie mußten ihre stinkenden Adressen aufschreiben. Mit dem Strom, der noch übrigblieb, kauften wir, meine Brüder, alle Brezel, Käsekuchen, Salzstangen und Schokoladewaffeln in dem Mesto, und auch die waren für die alten Schrauben. Dann sagten wir:

»Gleich wieder da«, und die alten Titsas sagten immer noch: »Danke, Jungs«, und »Gott segne euch, Jungs«, und wir gingen raus, und keiner von uns hatte noch eine Kopeke in den Tasche.

»Man fühlt sich richtig heilig, nach so was«, sagte Pete. Du konntest sehen, daß der arme alte Dim gar nicht froh darüber war, aber er sagte nichts vor Angst – wir könnten ihn Glupnik und deckellosen Wunderknaben nennen. Nun, wir kamen um die Ecke in die Attlee Avenue, und da war dieses Süßwaren- und Tabakgeschäft noch offen. Wir hatten sie jetzt fast drei Monate in Ruhe gelassen, und im ganzen Bezirk war es in letzter Zeit recht still gewesen, und so waren die bewaffneten Bullen und Zivilstreifen nicht mehr so viel in der Gegend; sie arbeiteten in diesen Tagen hauptsächlich in den Stadtteilen nördlich des Flusses. Wir zogen unsere Masken über – die letzten Neuheiten waren das, eine echte Horrorschau, wirklich wunderbar gemacht; sie waren wie Gesichter von historischen Persönlichkeiten (wenn man kaufte, gaben sie einem den Namen), und ich hatte Disraeli, Pete hatte Elvis Presley, Georgie hatte Heinrich VIII. und der arme alte Dim hatte einen Dichterveck namens Shelley; sie waren wie eine richtige Verkleidung, mit Haar und allem, und sie waren aus irgendeinem besonderen Plastikzeug, das man zusammenrollen und in den Stiefel stecken konnte, wenn man fertig war –, dann gingen drei von uns rein, und Pete blieb als Schmiere draußen. Nicht daß es einen Grund zur Sorge gegeben hätte, aber die Attlee Avenue war ziemlich stark befahren, und man konnte nie wissen. Drinnen stürzten wir uns sofort auf Slouse, den Ladenbesitzer, einen großen Portweinpudding von einem Veck, der die Lage gleich erkannte und nach hinten machte, wo er sein Telefon hatte, und vielleicht eine gutgölte Puschka, komplett mit sechs schmutzigen Kugeln. Dim war schon hinter der Theke, skorri wie ein Vogel, und räumte einen

Ständer mit Paketen von Knaster und ein Aufstellplakat ab, auf dem eine scharfe Pfanne mit all ihren Zubis die Kunden anblitzen und ihre Grudis raushängen ließ, um für irgendeine neue Marke von Krebsspargeln zu werben. Was du dann sehen konntest, war eine Art großer Ball, der durch den Vorhang in den hinteren Teil des Ladens rollte, und das waren der alte Dim und Slouse, die in so was wie einem Todeskampf ineinander verkrallt waren. Dann konntest du hinter dem Vorhang Stöhnen und Grunzen und Hiebe sluschen, und hinkrachende Wetsches und Flüche, und dann ging Glas klirr klirr klirr.

Mutter Slouse, die Frau, stand wie gefroren hinter der Theke. Wir wußten, daß sie gleich Mord und Totschlag schreien würde, also sprang ich sehr skorri um die Theke und hielt sie fest, und sie war auch eine Horrorschau von einem großen Klumpen, nach Parfüm und Sardellen stinkend und mit großen wabbelnden flip flop Grudis an ihr. Ich hielt ihr die Klappe zu, um zu verhindern, daß sie Tod und Zerstörung in die vier Winde des Himmels hinausschmetterte, aber diese Wildsau verpaßte mir einen ekelhaften Biß, und nun war ich derjenige, der das Kreischen besorgte, und dann legte sie mit einem Mordsgeschrei nach der Polizei los. Nun, dann mußte sie mit einem der Gewichte von der Waage getollschockt werden, wie es sich gehört, und dann klopfte ich ihr noch mit einer Brechstange aufs Dach, die sie zum Kistenöffnen hatte, und das brachte das Rot zum Vorschein wie einen alten Freund. Dann hatten wir sie am Boden und rizrazzten ihre Platties und gaben ihr ein bißchen vom Stiefel, damit sie zu stöhnen aufhörte. Und wie ich sie so liegen sah, mit ihren Grudies und allem zur Besichtigung, überlegte ich: sollte ich, oder nicht, aber das war für später am Abend. Dann räumten wir die Kasse aus, und da waren Horrorschau-Einnahmen drin, diese Notschi, und jeder von uns steckte noch ein paar Päckchen von den allerbesten Krebsspargeln ein, und dann schoben wir ab, meine Brüder.

»Ein richtig großer, schwerer Mordskerl von einem Bastard, dieser Slouse«, sagte Dim immer wieder. Er war nicht wenig stolz, daß er den Zweizentnermann ganz allein schlafen gelegt hatte, aber mir gefiel Dims Aussehen nicht; er sah schmutzig und unordentlich aus, wie ein Veck, der sich geprügelt hat, und das hatte er natürlich auch, aber sollte niemals danach aussehen. Seine Krawatte war, wie wenn jemand darauf rumgetrampelt hätte, seine Maske war runtergezogen, und sein Litso war voll Dreck vom Fußboden, und so zogen wir ihn in eine Einfahrt und brachten ihn ein malenki in Ordnung, klopften seine Platties aus und weichten unsere Taschentücher in Spucke ein und putzten ihn damit sauber. Was wir alles für den alten Dim taten.

Wir waren sehr skorri wieder im ›Duke of New York‹, und nach meiner Uhr gerechnet, waren wir nicht länger als fünfzehn Minuten weggewesen. Die alten Babuschkas waren noch bei ihrem Scotch und Kaffee und mampften Käsekuchen, was reinging, und wir sagten: »Hallo, ihr Mädchen, was soll's denn sein?« Sie fingen wieder mit dem alten »Sehr freundlich von euch, Jungs, Gott segne euch, Jungs« an, und wir läuteten die Kollokoll und bestellten eine Runde Bier, durstig wie wir waren, meine Brüder, und was immer die alten Titsas wollten. Dann sagte ich zu den alten Babuschkas: »Wir waren doch nicht weg, oder? Sind die ganze Zeit hier gewesen, nicht?« Sie kapierten sofort, wirklich skorri, und sagten:

»Das ist richtig, Jungs. Nicht aus unseren Augen, nicht für eine Minute. Gott segne euch, Jungs.«

Nicht daß es viel ausgemacht hätte. Ungefähr eine halbe Stunde verging, bevor die Polizei ein Lebenszeichen gab, und dann waren es bloß zwei sehr junge

Bullen, die reinkamen, ganz rosig unter ihren großen Schlemmies. Einer sagte:

»Wißt ihr was über die Vorgänge in Slouses Laden, heute abend?«

»Wir?« sagte ich, unschuldig. »Wieso, was ist passiert?«

»Raubüberfall. Zwei Einweisungen ins Krankenhaus. Wo habt ihr Pack euch heute abend rumgetrieben?«

»Ich steh nicht auf diesen unflätigen Ton«, sagte ich. »Und diese Andeutungen verraten eine sehr mißtrauische Natur, meine kleinen Brüder.«

»Sie sind den ganzen Abend hier gewesen!« krähten die alten Vetteln los. »Gott segne sie, es gibt keine netteren Jungen als diese hier, so freundlich und großzügig wie sie sind. Sie waren die ganze Zeit hier. Nicht von ihrem Tisch aufgestanden sind sie, oder wir hätten es gesehen.«

»Wir fragten nur«, sagte der andere Bulle. »Wir haben unsere Arbeit zu tun wie jeder andere.« Aber sie warfen uns einen unverschämten warnenden Blick zu, bevor sie sich verzogen. Als sie rausgingen, machten wir ihnen ein bißchen von der alten Lippenmusik: brrrrzzzzrrrr. Aber was mich anging, ich war ein wenig enttäuscht über die Dinge, wie sie in jenen Tagen waren. Es gab nichts, wogegen man richtig kämpfen konnte. Alles war so leicht. Immerhin, die Nacht hatte noch kaum angefangen.

2

Als wir aus dem ›Duke of New York‹ kamen, sahen wir im Licht der Straßenlaternen einen brabbelnden alten Piahnitsa oder Wermutbruder, der lallend die schmutzigen Lieder seiner Väter heulte und zwischendurch blerp

blerp machte, wie wenn er ein schmutziges altes Orchester in seinen stinkenden, verfaulten Därmen hätte. Ein Ding, das ich nie vertragen konnte, war dies. Ich fand es immer widerlich, einen schmutzigen besoffenen Veck herumfallen zu sehen, egal wie alt er sein mochte, besonders dann, wenn er wie dieser hier richtig stari war. Er hielt sich an der Hauswand fest, halb daran hängend, und seine Platties waren eine Schande, ganz zerknautscht und unordentlich, voll Kacke und Dreck und Schmutz und Zeug. Wir faßten ihn an den schmierigen Ärmeln und polierten ihm die Visage mit ein paar guten Horrorschau-Tollschocks, aber er sang immer noch weiter, als ob er überhaupt nichts merkte. Das Lied ging:

> Krumm war die Nas' und aufgestülpt,
> Und überquer das Kinn;
> Wo man den Mund vermutete,
> Da lag ihr Auge drin.
> Und ich komm zurück zu dir,
> Mein Liebling, mein Liebling,
> Wenn du, mein Liebling, bist tot.

Aber als Dim ihm ein paar in sein schmutziges Schlabbmaul gab, hörte er auf zu grölen und fing an zu kakeln: »Na los, schlagt mich tot, ihr feigen Bastarde, ich will sowieso nicht mehr leben, nicht in einer stinkenden Welt wie dieser.« Dann sagte ich Dim, er solle sich ein bißchen zurückhalten, denn manchmal interessiert es mich, zu sluschen, was diese verkalkten Ruinen über das Leben und die Welt zu sagen hatten. Ich sagte: »So? Und was ist daran stinkend?«

»Es ist eine stinkende Welt, weil sie die Jungen auf den Alten rumtrampeln läßt, wie ihr es mit mir macht«, schrie er. »Und weil es keinen Anstand und keine Ordnung mehr gibt, und kein Gesetz.« Er fuchtelte und machte richtig Horrorschau mit den Slovos, bloß kam immer wieder das alte blerp blerp aus seinen Kischkas dazwischen, wie wenn irgendwas da drinnen raus wollte. Der alte Veck schüttelte seine Gichtkrallen vor unseren Litsos und schrie: »Das ist keine Welt mehr für einen alten Mann, und das bedeutet, daß ich kein bißchen Angst vor euch habe, meine Jüngelchen, denn ich bin zu besoffen, um die Schmerzen zu fühlen, wenn ihr mich verprügelt, und wenn ihr mich umbringt, dann macht es mir auch nichts, weil ich froh sein werde, tot zu sein.«

Wir smeckten und grinsten, sagten aber nichts, und dann rief er: »Was ist das überhaupt für eine Welt? Menschen auf dem Mond und Menschen, die um die Erde fliegen wie Motten um eine Lampe, und hier unten geht alles vor die Hunde, und keinen kümmert es. Also tut was ihr wollt, ihr schmutzigen feigen Rowdies.« Dann gab er uns ein bißchen Lippenmusik – »Prrrrzzzzrrr« –, wie wir es gerade bei den zwei Bullen getan hatten, und dann fing er wieder zu singen an.

> O Vaterland, ich focht für dich
> In diesem großen Krieg,
> Standhaft in Not und Tod blieb ich,
> Und brachte dir den Sieg –

Also scheuerten wir ihm noch ein paar, aber er grölte immer weiter. Dann stellte Georgie ihm ein Bein, und er fiel flach auf den Bauch, und eine Eimerladung Bierkotze schoß in einem Schwall aus ihm raus und über das Pflaster. Das war ekelhaft, und so gaben wir ihm den Stiefel, jeder einmal, und dann war es Blut, nicht Gesang oder Kotze, was aus seinem schmutzigen alten Rüssel kam. Dann gingen wir weiter unseres Wegs.

Es war hinter dem städtischen Kraftwerk, wo wir auf Billyboy und seine fünf Droogs stießen. Nun war es in jenen Tagen so, meine Brüder, daß wir uns meistens zu viert oder zu fünft zusammentaten, denn so viele hatten bequem in einem Auto Platz, und sechs war die obere Grenze für eine Bande. Manchmal gingen mehrer Banden gemeinsam und machten kleine Armeen, wenn ein Krieg fällig war, aber gewöhnlich war es am besten in diesen kleinen Gruppen herumzustreifen. Billyboy war ein Kotzbrocken für mich, ich brauchte nur sein fettes grinsendes Litso zu sehen, und es kam mir schon hoch, und er hatte immer diesen Gestank von abgestandenem Öl, das immer wieder zum Pommes-frites-Backen verwendet worden ist, selbst wenn er seine besten Platties anhatte. Sie sahen uns im gleichen Moment wie wir sie, und eine Weile wurde es ganz still, während wir einander beobachteten. Dies war ernst, dies war das richtige Ding, nicht bloß Fäuste und Stiefel, sondern Nozh, Lolli und Britva. Billyboy und seine Droogs hörten auf mit dem, was sie taten oder vielmehr tun wollten, denn sie waren gerade erst dabei, etwas an einer weinenden jungen Dewotschka zu machen, die sie da hatten. Sie kreischte in einem fort, hatte aber ihre Platties noch an, und Billyboy hielt sie an einem Arm, und seine Nummer eins, Leo, hielt den anderen. Wahrscheinlich waren sie noch beim einleitenden Teil der Handlung, dem mit den schmutzigen Slovos, bevor sie sich an ein malenki bißchen vom Ultrabrutalen machten. Als sie uns jetzt kommen sahen, ließen sie diese heulende kleine Titsa laufen, denn wo sie herkam, gab es noch viele andere, und sie rannte mit ihren dünnen weißen Beinen durch die Dunkelheit und machte noch immer »Oh oh oh«, als sie hinter der nächsten Ecke verschwand.

»Sie da, Freund Alex«, sagte Billyboy mit seinem fettigen Grinsen. »Willst Putz haben, eh? Dann komm nur her und laß dich frisch machen, du Brotspinne.«

Ich lächelte sehr breit und freundlich und sagte: »Nun,

wenn das nicht der fette stinkende Ziegenbock Billyboy persönlich ist! Komm und hol dir einen in die Eier, wenn du welche hast, du qualliger Eunuch, du.« Und dann fingen wir an.

Wir waren vier von uns gegen sechs von ihnen, wie ich schon sagte, aber der alte Dim war ein verrückter Draufgänger und so viel wert wie drei von den anderen. Er hatte eine Horrorschau von einer Fahrradkette, zweimal um seinen Gürtel gewickelt, und die machte er jetzt los und schwang sie, daß es nur so zischte. Pete und Georgie hatten gute scharfe Nozhes, aber ich verließ mich lieber auf meine feine stari Horrorschau-Halsabschneiderbritva, mit der ich zu der Zeit ein echter Künstler war. So dratsten wir im Dunkeln drauflos, der alte Mond mit Menschen drauf kam gerade über die Dächer, und die Sterne stachen runter als wären sie Messer, die es nicht erwarten konnten, mitzumischen. Mit meiner Britva brachte ich es fertig, einen von Billyboys Droogs die Platties von oben bis unten aufzuschlitzen, sehr sehr sauber und ohne seine schmutzige Haut unter dem Stoff zu ritzen. Dann, als die Dratserei weiterging, fand er sich plötzlich ganz offen, wie eine Erbsenschote, mit nacktem Bauch und den armen alten Eiern in der Luft, und das brachte ihn völlig durcheinander, und er fing an zu fuchteln und zu schreien und vergaß seine Deckung und ließ den alten Dim mit seiner Kette rein – wissssschhhhh. Der alte Dim legte ihm die Kette genau über die Augen, das war seine Spezialität, und dieser Droog von Billyboy torkelte weg, beide Hände über den Glotzies, und heulte sich das Herz aus dem Leib. Wir machten richtig Horrorschau, und bald hatten wir Billyboys Nummer eins am Boden, geblendet von Dims alter Fahrradkette, kriechend und heulend wie ein Tier, aber mit einem sauberen Stiefel an den Gulliver war er weg und weg und weg.

Von uns vieren kam Dim wie gewöhnlich am schlechtesten weg, was das Aussehen betraf, das heißt, sein Litso war voll Blut, und seine Platties waren schmutzig und versaut, aber wir anderen waren noch kühl und ganz. Ich hatte es jetzt auf den stinkenden fetten Billyboy abgesehen und umtanzte ihn mit meiner Britva, als ob ich ein Schiffsbarbier bei hohem Seegang wäre. Billyboy hatte eine Nozh, lang und spitz wie ein Dolch, aber er war ein malenki bißchen zu langsam und schwerfällig in seinen Bewegungen, um jemand wirklich schlimm zu vredden. Und, meine Brüder, es war mir eine wirkliche Befriedigung, mit ihm den Walzer zu tanzen – links zwei drei, rechts zwei drei – und sein unsauberes öliges Litso zu schnitzen, erst die linke Backe, dann die rechte, so daß zwei Vorhänge von Blut fast gleichzeitig runtergingen, einer auf jeder Seite seiner fetten und schmutzigen Schnauze. Es pinkelte rot von seinem Kinn, aber man konnte sehen, daß Billyboy überhaupt nichts fühlte, und er trapste weiter wie ein schmutziger fetter Bär und stocherte mit seinem Nozh nach mir.

Dann sluschten wir die Sirenen und wußten, daß die Bullen kamen, die Puschkas schußbereit in den Autofenstern. Diese heulende kleine Dewotschka hatte es ihnen gesagt, ohne Zweifel, denn nicht weit hinter dem Kraftwerk gab es einen Polizeimelder.

»Krieg dich bald, keine Angst, du ranziger Fettkloß«, rief ich. »Nächstes Mal sind deine stinkenden Murmeln fällig.

Er und seine Droogs rannten schon nach Norden zum Fluß, alle bis auf Leo, der auf dem Pflaster schnarchte, und wir liefen in die andere Richtung. Hinter der nächsten Ecke war eine Durchfahrt, dunkel und leer und an beiden Enden offen, und dort verschnauften wir. Es war wie auf dem Grund einer Schlucht zwischen zwei enormen Bergen, das waren die Wohnblocks, und in den Fenstern von all den Wohnungen konntest du so ein tanzendes bläuliches Licht sehen, das war das Fernsehen. An diesem Abend war, was sie eine weltweite Übertragung nannten. Das bedeutete, daß dasselbe Programm von allen Leuten auf der Erde gesehen wurde, die es wollten, und es waren hauptsächlich die Spießer mittleren Alters und beiderlei Geschlechts. Da würde es jetzt irgendeinen beschissenen Tingeltangel geben, und einen schwarzen Schmalzsänger und einen berühmten Blödmann von einem Komikerveck, und alles wurde von den speziellen Übertragungssatelliten im Weltraum verbreitet, meine Brüder. Wir warteten keuchend, und wir konnten sluschen, daß die Sirenen nicht in unsere Richtung kamen, und so wußten wir, daß uns jetzt nichts mehr passieren konnte. Aber der arme alte Dim blickte zu den Sternen und Planeten auf und hatte den Mund weit offen wie ein Kind, das so was noch nie gesehen hat, und er sagte:

»Ich möchte wissen, was auf ihnen ist. Was könnte auf so einem Stern oder Planeten sein?«

Ich gab ihm einen Rippenstoß und sagte: »Komm Er, glupiger Bastard, der Er ist. Denk Er nicht soviel. Sicherlich wird es Leben geben wie hier unten, und die einen werden erstochen und die anderen besorgen das Erstechen. Und nun, mit der Notschi noch molodoi, laßt uns weiter des Weges ziehen, o meine Brüder.«

Darauf smeckten die anderen, aber der alte Dim schaute mich ernst an und blickte dann wieder zu den Sternen auf. So gingen wir weiter die Durchfahrt entlang, und die weltweite Übertragung flackerte bläulich auf beiden Seiten. Was wir jetzt brauchten, war ein Auto, und so bogen wir nach links, als wir die Durchfahrt verließen. Sobald wir die große Bronzestatue von einem stari Dichterveck sahen, mit einer affenartigen Oberlippe und einer Pfeife in der hängenden alten Klappe, wußten wir gleich, daß wir am Priestley Place waren. Von da zogen wir wieder nach Norden und kamen bald zu dem schmierigen alten

Filmpalast, der völlig abgeblättert war und allmählich in Stücke fiel, weil außer Malitschicks wie mir und meinen Droogs kaum noch jemand hinging, und wir auch nur zum Schreien oder für ein bißchen Rein-Raus im Dunkeln. Die schmutzig-feuchten Plakate in den entglasten Schauvitrinen am Eingang zeigten, daß es den üblichen Cowboykrawall gab, mit den Erzengeln auf der Seite der US Marshals, die mit ihren Sechsschüssigen hinter den Viehdieben aus den Legionen der Hölle her waren, eine von diesen stumpfsinnigen Klamotten, für die es schon lange keinen Markt mehr gab, bloß hatten die Verleiher das noch nicht gemerkt. Die Autos, die bei dem Kino parkten, waren alles andere als Horrorschau, lauter beschissene stari Wetsches, aber ein Stück weiter stand ein ziemlich neuer Durango 95, der es tun mochte. Georgie hatte einen von diesen Polyclefs, wie sie genannt wurden, an seinem Schlüsselring, und so waren wir bald an Bord – Dim und Pete hinten, wo sie sich herrschaftlich räkelten und Slouses Lungentorpedos schmauchten–, und ich schaltete die Zündung ein und fuhr los, und er röhrte ganz horrorschaumäßig davon, und ein hübsches warmes vibrierendes Gefühl grummelte einem durch die Gedärme. Dann machte ich mit dem Noga, und wir waren weg, und niemand hatte uns gesehen.

Wir gurkten ein bißchen in der Stadt herum, scheuchten alte Vecks und Sumkas, die die Straßen überquerten, und jagten Katzen und das. Dann nahmen wir eine der Landstraßen nach Westen. Es gab nicht viel Verkehr, und so stieß ich den alten Noga fast durch den Boden, und der Durango 95 fraß die Chaussee wie Spaghetti. Bald waren es Winterbäume und kahle Felder und schwarze Hecken und die Dunkelheit des flachen Landes, meine Freunde, und an einer Stelle überfuhr ich was Großes mit einem fletschenden zahnigen Maul vor den Scheinwerfern, dann kreischte es und zermatschte unter den Rädern, und

der alte Dim lachte sich darüber fast seinen Gulliver ab –
»Ho ho ho«. Dann sahen wir einen jungen Malitschik,
der mit seiner Pfanne unter einem Baum lubbilubbte,
also hielten wir an und brachten Beifallsrufe aus, dann
patschten wir ihnen ein paar halbherzige Tollschocks,
bis sie weinten, und weiter ging's. Was wir jetzt vorhatten, war der alte Überraschungsbesuch. Das war immer
ein runder Spaß und gut für Smecks und Spiele. Endlich
kamen wir zu einer Art von Dorf, und ein kleines Stück
außerhalb dieses Dorfes war ein Landhäuschen ganz für
sich allein in einem kleinen Garten. Der Mond stand
jetzt hoch, und wir konnten dieses Häuschen sehr schön
sehen, als ich den Wagen ausrollen ließ und die Bremse
trat, und die anderen drei kicherten wie bezumnie, und
wir konnten sehen, daß der Name am Gartentor dieser
Hütte HEIM war, ein glupiger Name. Ich stieg aus und
befahl meinen Droogs, mit dem blödsinnigen Kichern
aufzuhören und auf ernst zu machen, und dann öffnete
ich diese malenki Pforte und ging durch den Garten zur
Tür. Ich klopfte ein bißchen mehr, und diesmal konnte
ich jemand kommen hören. Ein Riegel wurde zurückge-
zogen, und die Tür ging eine Handbreit oder so auf, und
ein Auge linste mich an. Ich sah, daß die Tür an einer
Kette war.

»Ja? Wer ist da?« Es war die Goloß einer Frau, einer
jüngeren Dewotschka, nach dem Klang zu urteilen, also
sagte ich in einer sehr verfeinerten Redeweise, einer
richtigen Gentlemans Goloß:

»Entschuldigen Sie, Madam, es tut mir schrecklich
leid, Sie zu stören, aber mein Freund und ich waren
gerade unterwegs auf einem kleinen Spaziergang, als
mein Freund von einem plötzlichen Unwohlsein befal-
len wurde, einer Herzschwäche, vielleicht, und jetzt liegt
er dort draußen auf der Straße, hat das Bewußtsein
verloren und stöhnt nur noch. Würden Sie die Güte

haben, mich Ihr Telefon benützen zu lassen, damit ich eine Ambulanz rufen kann?«

»Wir haben kein Telefon«, sagte diese Dewotschka. »Es tut mir leid, aber Sie werden anderswo hingehen müssen.« Aus dem Inneren dieser malenki Hütte konnte ich das Klack klack klacki klack klack klackity klackklack von irgendeinem Veck sluschen, der mit zwei Fingern auf einer Schreibmaschine herumhackte, und dann hörte das Tippen auf, und die Goloß von diesem Tschelloveck rief: »Was ist es, Liebes?«

»Nun«, sagte ich, »würden Sie vielleicht die Freundlichkeit haben, mir ein Glas Wasser zu geben, damit ich es meinem Freund bringen kann? Es ist eine Ohnmacht, wissen Sie. Vielleicht kommt er zu sich, wenn ich ihm etwas Wasser einflößen oder sein Gesicht damit abreiben kann.«

Die Dewotschka zögerte, und dann sagte sie: »Warten Sie.« Dann verschwand sie von der Tür, und meine drei Droogs waren inzwischen leise aus dem Auto gekommen und verstohlen rangeschlichen, und nun zogen sie ihre Horrorschau-Masken über, und ich tat das gleiche mit meiner, und dann brauchte ich bloß noch die Kette auszuhängen, denn mit meinem höflichen Slovos hatte ich diese Dewotschka so weich gemacht, daß sie nicht mal die Tür zugemacht hatte, wie sie es hätte tun sollen, wenn spät am Abend Fremde an die Tür klopfen. Wir vier stürmten dann mit Gebrüll rein, und Dim überzog die Schau wie gewöhnlich mit seinem Gehüpfe und seinem Singsang von schmutzigen Slovos, aber es waren ein hübsches malenki Häuschen, das muß ich sagen. Wir alle gingen smeckend in den Raum, wo Licht brannte, und da stand diese Dewotschka ganz verschreckt und puglig, ein hübsches junges Stück von einer Torte mit richtigen Horroschau-Grudies, und bei ihr war dieser Tschelloveck, der wohl ihr Alter war, mit horngerändeter Otsch-

26

ky, und auf dem Tisch vor ihm stand eine Schreibmaschine, und überall lagen Papiere und Zeitungen und Bücher rum. Neben der Maschine sah ich einen kleinen Stoß von Blättern, die das zu sein schienen, was er gerade getippt hatte, also war dies wieder so ein intelligenter Büchertyp wie der, mit dem wir vor ein paar Stunden gespielt hatten, bloß war dieser ein Schreiber, nicht ein Leser. Er sagte:

»Was ist dies? Was hat das zu bedeuten? Wer sind Sie? Wie können Sie es wagen, mein Haus ohne Erlaubnis zu betreten?« Und dabei zitterte sein Goloß genauso wie seine Hände. So sagte ich:

»Fürchte Er nichts. Wenn Er Furcht in Seinem Herzen hat, so verbanne Er sie sogleich, mein Bruder.« Dann gingen Georgie und Pete raus, die Küche zu suchen, während der alte Dim mit offenem Schnabel stehenblieb und auf Befehle wartete. »Was ist dies, verehrungswürdiger Meister?« sagte ich und nahm den kleinen Stapel beschriebener Blätter vom Tisch, und der bebrillte Veck sagte bibbernd:

»Das ist genau, was ich wissen möchte. Was soll das bedeuten? Verlassen Sie sofort mein Haus, bevor ich Sie hinauswerfe!«

Der arme alte Dim, maskiert als P. B. Shelley, hatte einen guten schumny Smeck auf das hin und schüttelte sich vor Lachen wie ein nasser Hund. »Es ist ein Buch«, sagte ich. »Es ist ein Buch, das du schreibst, mein Freund.« Ich machte die alte Goloß sehr sanft. »Ich hatte immer die größte Bewunderung für diejenigen, die schreiben können – Bücher, meine ich.«

Dann blickte ich auf das erste Blatt, und da war der Titel – UHRWERK ORANGE –, und ich sagte: »Das ist ein richtig glupiger Titel. Wer hat je von einem Uhrwerk Orange gehört?« Und dann las ich in einer ganz hohen Art von Predigergoloß ein malenki bißchen daraus vor:

»Der Versuch, dem Menschen, einer mit Vernunft begabten und liebesfähigen Kreatur, die ihr hohes Ebenbild in Gottes bärtig-ernstem Angesicht findet, der Versuch, sage ich, diesem Menschen Gesetze und Bedingungen aufzuerlegen, die einer mechanischen Schöpfung angemessen sein mögen, gegen diese erhebe ich das Schwert meiner Feder—« Dim machte die alte Lippenmusik, und ich mußte selbst smecken und sagte: »Bruder, mir scheint, daß dieser Text dir nicht recht gelungen ist. Am besten schreibst du das noch mal.« Damit zerriß ich die Blätter und verstreute die Fetzen auf den Boden, und dieser Schriftsteller veck wurde wie bezumnie und ging auf mich los, die gelben Zubis gebleckt und die Griffel wie eklige Krallen – er hatte ganz lange Nägel –, und das war für den alten Dim das Stichwort, und er fing an zu grinsen und ging mit »Er er« und »a a a« auf die verzerrte Schnaute von diesem Veck, krack krack, erst die linke Faust und dann die rechte, so daß unser lieber alter Droog, das Rote – roter Vino vom Faß, und überall der gleiche, wie wenn er von derselben großen Firma auf den Markt gebracht würde – anfing zu fließen und den hübschen sauberen Teppich und die Fetzen von seinem scheißigen Buch betropfte, das ich immer noch rizrazzte.

Die ganze Zeit stand diese Dewotschka, seine liebende und treue Ehegefährtin, still und stumm beim Kaminfeuer, als hätte sie einen vor den Gulliver gekriegt, und dann begann sie kleine malenki Schreie von sich zu geben, wie im Takt zur Musik von des alten Dim Faustarbeit. Dann kamen Pete und Georgie aus der Küche zurück, beide mit vollen Backen mampfend, aber mit ihren Masken auf – das konntest du machen, wenn du eine aufhattest, keine Schwierigkeiten. Georgie hatte so was wie ein kaltes Bein von was in der einen Hand und eine halben Laib Kleb in der anderen, dazu einen dicken Klumpen Maslo, und Pete hatte eine schäumende Bierflasche und eine Horrorschau von einer Handvoll Rosinenkuchen. Wie sie den alten Dim rumtanzten und den Schreiberveck frisch machen sahen, smeckten sie »Ha ha ha« und »Ho ho«, daß ihnen Stücke vom halb gekauten Essen rausfielen, und der Schreiberveck fing zu heulen an, als ob sein Lebenswerk ruiniert wäre und machte buu huu huu mit einem ganz breiten und eckigen, blutigen Mund. Das gefiel mir nicht, dieses Durcheinander und die Fresserei, weil es schmutzig und sabberig war, also sagte ich:

»Wer hat gesagt, daß ihr euch vollschlagen sollt? Weg mit dem Zeug jetzt, und haltet diesen Veck hier, daß er alles sehen und nicht abhauen kann.«

So packten sie ihren fettigen Fraß auf den Tisch zwischen all die Bücher und das fliegende Papier und gingen rüber zu dem Schriftstellerveck, dessen horngeränderte Otschky zerbrochen war, aber immer noch auf der Nase festhielt, während der alte Dim schnaufend vor ihm rumstampfte, daß die Porzellanwetsches und Figuren auf dem Kaminsims zitterten (ich räumte sie dann alle ab, und sie konnten nicht mehr zittern, kleine Brüder), und sein Litso hobelte, bis es ganz dunkelrot und triefend war, wie eine besondere Art von einer saftigen Frucht.

»Schon gut, Dim«, sagte ich. »Nun zu der anderen Sache.«

Er machte den starken Mann an der Dewotschka, die in einer Horrorschau von einem dreigestrichenen C weiterkreischte, und hielt ihr von hinten die Arme auf den Rücken, während ich gemächlich ihre Platties rizrazzte, hier ein bißchen und dort, und die anderen noch immer weitermachten mit ihrem ho ho ho. Es waren wirklich gute Horrorschau-Grudies, die dann ihre rosa Glotzies zur Schau stellten, o meine Brüder, während ich abschnallte und einen klar machte, die Dewotschka zappelnd und kreischend vor mir auf der Tischkante, wo Dim sie hingesetzt hatte. Wie ich reinging, konnte ich Agonieschreie sluschen, und dieser blutende Schreiberveck, den Georgie und Pete festhielten, riß sich beinahe los und heulte wie bezumnie die schmutzigsten Slovos, die ich schon kannte, und andere, die er zurechtmachte. Nach mir war es dann richtig, daß der alte Dim an die Reihe kam, und er machte seine Sache in einer viehischen, schnaubenden und heulenden Art und Weise, ohne daß seine Shelley-Maske sich was anmerken ließ, während ich sie auf der Tischkante hielt. Dann gab es eine Umstellung. Dim und ich packten den sabbernden Schreiberveck, der keinen Widerstand mehr in sich hatte und nur noch mit irgendwie schlaffen, lallenden Slovos rauskam, wie wenn er die alte Moloko mit Schuß gepitscht hätte und im anderen Land wäre, während Georgie und Pete der Dewotschka reichlich gaben.

Dann war so was wie Stille, und wir waren voll von so was wie Haß, und so schlugen wir zusammen, was noch übrig war – Schreibmaschine, Lampe, Stühle –, und Dim, es war typisch für den alten Dim, pinkelte das Kaminfeuer aus und wollte schon auf den Teppich scheißen, Papier war ja jede Menge da, aber ich sagte nein. »Raus raus raus«, heulte ich. Der Schreiberveck und seine Alte waren noch nicht wieder richtig da und hingen rum, blutig und aufgerissen, und machten Geräusche. Aber sie würden es überleben.

Wir gingen raus und warfen uns in den wartenden Wagen, und ich ließ Georgie ans Steuer, weil ich mich ein malenki bißchen schlapp und mürbe fühlte, und wir fuhren zurück in die Stadt und plätteten unterwegs ein paar quietschende kleine Dinger.

Wir schaukelten wieder stadtwärts, meine Brüder, aber knapp außerhalb und nicht weit vom Industriekanal sahen wir, daß die Benzinanzeigenadel auf Null stand, wie unsere eigenen ha ha ha Nadeln, und das Auto begann zu husten und zu rucken. Das war kein Grund zu übergroßer Sorge, denn nicht weit blinkte das blaue Licht einer Station der Vorortbahn. Die Frage war, ob wir den Wagen für die Bullen stehenlassen sollten, oder ob wir ihm – wir in einer finsteren Mord- und Totschlag-Stimmung – einen anständigen Tollschock ins stinkende Wasser geben sollten, für einen hübschen lauten Platscher, bevor der Abend verendete. Wir entschieden uns für diese letztere, und so stiegen wir aus, lösten die Bremse und schoben ihn zu viert über die leere Straße und an einem Lagerschuppen vorbei zum Rand der Kaimauer. Das schmutzige Wasser war wie Sirup, gemischt mit menschlichen Lochprodukten. Wir nahmen einen kleinen Anlauf, dann gaben wir dem Auto einen guten Horrorschau-Tollschock, und es ging sauber über Bord. Wir mußten zurückspringen, damit die Jauche nicht auf unsere Platties spritzte, aber es ging spluschh und glolp und gluck gluck, und der Durango versank wie ein U-Boot in den trüben Fluten. »Leb wohl, alter Droog«, rief Georgie, und Dim, der alte Clown, stimmte ein Geheul an – »Huh huh huh huh.« Dann machten wir zur Station, um die eine Haltestelle zu unserm Bezirk zu fahren. Wir zahlten nett und höflich für unsere Fahrkarten und warteten ruhig und gesittet auf dem Bahnsteig, während der alte Dim mit den Automaten spielte, die Taschen voll von malenki Hartgeld und wenn nötig bereit, Schokoriegel an die Armen und Hungernden zu verteilen, bloß waren keine solchen da, und dann kam der alte Espresso Rapido reingerumpelt, fast leer, und wir stiegen ein. Um die sechs Minuten Fahrzeit hinzubringen, spielten wir mit dem, was sie die Polsterung nannten, und rissen den Sitzen ganz horrorschaumäßig die Gedärme raus, und der alte Dim peitschte die Oknos mit seiner Fahrradkette, bis das alte Sekurit brach und tausend kleine Sprünge kriegte, die es undurchsichtig machten, aber wir fühlten uns alle ein bißchen schlapp und scholle, denn schließlich hatten wir an diesem Abend einige Energie verausgabt, meine Brüder, und nur der alte Dim, dieses clownhafte Vieh von einem Molodschino, war noch voll der Lebensfreude, sah aber ganz verdreckt und schmierig aus und hatte zuviel von diesem alten Schweißgestank an sich, was ein Ding war, das ich gegen den alten Dim hatte.

Wir stiegen aus und latschten langsam zur Korova-Milchbar zurück und machten alle ein malenki bißchen i-aaaahhh und zeigten Mond und Stern und Lampenschein unsere Backenzahnfüllungen vor, dann schließlich waren wir noch heranwachsende Malitschicks und hatten tagsüber Schule, und als wir in die Korova kamen, fanden wir sie voller als zuerst. Aber der Tschelloveck, der im anderen Land vor sich hin gegurgelt hatte, völlig weg von seiner Weißen mit Synthemesk oder was immer, war noch dabei und quarrte: »Seeigel von Totensendung im Weg ho Heu die wettergeborene platonische Zeit.« Wahrscheinlich war er auf seinem dritten oder vierten Trip an diesem Abend, denn er hatte dieses blasse, totenhafte Aussehen, wie wenn er ein Ding geworden wäre und als ob sein Litso tatsächlich ein geschnitzter Gipsklumpen wäre. Wenn er so viel Zeit im Land verbringen wollte, hätte er von Rechts wegen in eins von den Kabuffs weiter hinten gehen und nicht im großen Mesto bleiben sollen, denn hier würden ein paar von den Malitschicks ein malenki bißchen mit ihm rumspielen, wenn auch nicht zuviel, denn in der alten Korova gab es starke Muskelmänner, die jeden Krawall unterdrücken konnten. Wie auch immer, Dim quetschte sich neben diesen Veck, und während er sein Maul zum Gähnen aufsperrte, daß du in seinen stinkigen Hals sehen konntest, stampfte er mit seinem großen schmutzigen Sabog auf den Fuß von diesem Typ. Aber der Veck, meine Brüder, merkte nichts, denn er war jetzt ganz über dem Körperlichen.

Es waren hauptsächlich Nadsats da, die die alte Moloko oder auch Coke pitschten (Nadsats waren, was wir die zwischen vierzehn und achtzehn nannten), aber es gab auch ein paar von denen, die mehr starik waren, Vecks und Titsas (aber keine von den Bourgeois, die niemals), die an der Bar govoriteten und smeckten. Ihren Haaren und den lose hängenden Platties (meistens weite, grobgestrickte Pullover) konntest du ansehen, daß sie von den Fernsehstudios waren, gleich um die Ecke von der alten Korova. Die Dewotschkas unter ihnen hatten diese sehr lebhaften Litsos und breiten großen Münder, sehr rot und mit einer Menge Zubis, die man ständig sehen konnte, weil sie die ganze Zeit smeckten und lächelten, als ob diese ganze böse Welt sie nichts anginge. Und dann schwirrte die Platte auf dem Stereo aus (es war Jonny Zablinsky, einer von diesen Koschkas, die damals beliebt waren, mit der Nummer ›Nur jeden zweiten Tag‹), und in der kurzen Pause, bevor die nächste auf den Teller rutschte, kam eine von diesen Dewotschkas – sehr schön und mit langem roten Haar und vielleicht Anfang Dreißig – plötzlich mit ein paar Takten Gesang raus, als wollte sie nur ein Beispiel von was geben, über das sie die ganze Zeit govoriteten, und für einen Moment war es, o meine Brüder, wie wenn ein riesiger Vogel in die Milchbar geflogen wäre, und ich fühlte alle die kleinen malenki Haare auf meinem Plotti aufstehen, und die Schauer krochen über mein Fell wie langsame malenki Eidechsen, rauf und wieder runter. Denn ich wußte, was sie sang. Es war aus einer Oper von Friedrich Gitterfenster, die den

Titel ›Das Bettzeug‹ hatte, und es war die Stelle, wo sie mit durchschnittener Kehle darin schnüffelt, und die Slovos sind ›Vielleicht besser so‹. Jedenfalls, mich überlief es.

Aber der alte Dim, als er diesen Klumpen von Gesang sluschte, der dir wie ein Lomtick von rotglühendem Fleisch auf den Teller plumpste, gab eine von seinen Gemeinheiten von sich, in diesem Fall bestehend aus einem Lippenfurz, gefolgt von zwei Fingern, die in der Luft ziemlich deutliche Signale machten, und einem schweinischen Lachen. Ich fühlte mich noch ganz im Fieber, und mir war, als ersöffe ich im rotglühenden Blut, als ich Dims Obszönitäten sah und hörte, und ich sagte: »Bastard. Schmutziger, sabbernder, manierloser Bastard.« Dann beugte ich mich an Georgie vorbei, der zwischen mir und dem widerlichen Dim saß, und drückte Dim sehr skorri eine in die Schnauze. Dim glupschte sehr verwundert, die Guber offen, und dann wischte er sich mit seinen Griffeln das Krovvy ab und schaute wieder sehr erstaunt, als er das Rote sah.

»Warum hast du das gemacht?« sagte er in seiner unwissenden Art. Nicht viele hatten gesehen, was ich getan hatte, und denen, die es gesehen hatten, war es egal. Das Stereo war wieder an und spielte irgendein elektronisches Gittarrenwetsch, das einen krank machen konnte. Ich sagte:

»Weil du ein Bastard ohne Manieren bist und keinen Dunst von einer Idee hast, wie du dich in der Öffentlichkeit zu benehmen hast, o mein Bruder.«

Dim plierte mich böse an, den Gulliver ganz zwischen den Schultern und diesen störrischen Ausdruck im Litso, und er sagte:

»Ich finde nicht, daß du tun solltest, was du getan hast. Und ich bin nicht mehr dein Bruder und würde es gar nicht sein wollen.« Er hatte ein großes rotziges Taschentuch aus seiner Hose gezogen und wischte ganz verdattert den roten Fluß und starrte mit gerunzelter Stirn auf seinen schmierigen Lappen, als ob er dächte, daß Blut nur für andere Vecks und nicht für ihn sei. Es war, wie wenn er nun Blut singen müßte, um seine Gemeinheit wiedergutzumachen, als diese Dewotschka Musik gesungen hatte. Aber diese Dewotschka smeckte sich jetzt mit ihren Freunden an der Bar einen ab, ha ha ha ha, und ihre Zubis blitzten aus der rotbemalten Gosche, die keinen Augenblick stillzustehen schien. Sie hatte Dims schmutzige Gemeinheit gar nicht bemerkt. In Wirklichkeit war ich es, den Dim beleidigt hatte. Ich sagte:

»Wenn dir das nicht gefällt, und wenn du nicht mehr mein Bruder sein willst, dann weißt du, was du zu tun hast, kleiner Bruder.«

Georgie sagte, in einer scharfen Art, die mich stutzen machte:

»Fertig, jetzt. Laßt uns nicht mit was anfangen.«

»Das liegt bei Dim«, sagte ich. »Dim kann nicht sein ganzes Leben so weitermachen, als ob er ein kleines Kind wäre.« Und zeigte Georgie das wachsame Holzauge. Dim sagte, und das rote Krovvy floß nun nicht mehr:

»Mit welchem Recht denkt er, er könne die Befehle geben und mir eine ballern, wenn es ihm gerade gefällt? Arschloch ist, was ich zu ihm sage, und für das eben kriegt er von mir die Kette in die Glotzies.«

»Gib Er acht«, sagte ich so leise ich konnte, mit der Stereoanlage von Wänden und Decke und diesem bescheuerten Veck auf der anderen Seite von Dim, der in seinem Trip jetzt laut wurde und »Funkle näher, Letzthöchstes« heulte. Ich sagte: »Gib Er acht, o Dim, wenn des Lebens sich fortan zu erfreuen Er wünscht.«

»Einen Scheiß«, sagte Dim höhnisch. »Einen dicken bolschigen Scheiß auf dich. Dazu hattest du kein Recht. Wir können es jederzeit mit Kette, Nozh oder Britva ausmachen, denn ich laß mir nicht grundlos Putz von dir geben, das versteht sich von selbst.«

»Eine Dratserei mit dem Nozh kannst du sofort haben«, knurrte ich zurück. »Brauchst es bloß zu sagen.«

»Macht kein Scheiß, ihr zwei«, sagte Pete. »Wir sind Droogs, nicht? Unter Droogs sollte es so was nicht geben.«

»Dim«, sagte ich, »muß lernen, wo sein Platz ist. Richtig?«

»Warte«, sagte Georgie. »Was soll das heißen, mit Platz und so? Dies ist das erste Mal, daß ich höre, Droogs sollten lernen, wo ihr Platz ist.«

Pete sagte: »Um die Wahrheit zu sagen, Alex, du hättest dem alten Dim nicht diesen unpassenden Tollschock geben sollen. Den hatte er nicht verdient. Ich sage das einmal und nicht wieder. Ich sage es mit allem Respekt, aber wenn du das mit mir gemacht hättest, dann würdest du dich dafür rechtfertigen müssen. Mehr sage ich nicht.« Und er steckte sein Litso in sein Milchglas.

Ich fühlte, wie ich inwendig ganz razdraz und bremsig wurde, aber ich versuchte es zu verdecken und sagte ruhig:

»Es muß einen Anführer geben. Disziplin muß sein. Richtig?« Keiner von ihnen sagte was oder nickte auch nur, und ich wurde innerlich noch mehr razdraz, noch ruhiger nach außen. »Ich«, sagte ich, »bin jetzt schon lange am Ruder. Wir sind alle Droogs, aber jemand muß die Leitung haben. Richtig? Richtig?« Sie machten alle so was wie ein Nicken, aber es sah irgendwie wachsam aus. Dim wischte das letzte von dem Krovvy ab. Er war es, der nun sagte:

»Richtig. Vielleicht sind alle ein bißchen müde. Am besten reden wir nicht mehr davon.«

Ich war überrascht und ein malenki bißchen puglig, daß Dim auf einmal so weise govoritete. Dim sagte:

»Bettwärts ist jetzt rechtwärts, also gehen wir am besten heimwärts. Richtig?« Ich war baß erstaunt. Die anderen zwei nickten.

Ich sagte: »Du mußt das von vorhin verstehen, Dim. Es war die Musik, verstehst du. Ich werde ganz bezumnie, wenn irgendein Veck dabei stört. Wie bei diesem Gesang, zum Beispiel.«

»Am besten, wir gehen heimwärts und machen ein bißchen spatschka«, sagte Dim. »Eine lange Nacht für uns Malitschicks. Richtig?«

Richtig richtig, nickten die anderen zwei. Ich sagte:

»Gehen wir also nach Haus. Dim hat einen richtig klugen Vorschlag gemacht. Wenn wir uns tagsüber nicht treffen, meine Brüder, nun, dann – morgen abend, gleiche Zeit, gleicher Ort?«

»O ja«, sagte Georgie. »Ich glaube, das läßt sich einrichten.«

»Ich könnte«, sagte Dim, »ein malenki bißchen später kommen. Aber gleicher Ort und ungefähr gleiche Zeit, ganz sicher.« Er wischte immer noch an seinem Guber rum, obwohl kein Krovvy mehr zu sehen war. »Und«, sagte er, »es ist zu hoffen, daß keine von diesen singenden Titsas hier sein werden.« Dann machte er sein altes ho ho ho ho und haute sich auf den Schenkel wie der gute alte Clown. Es schien, als hätte er den Zwischenfall verwunden.

Also trennten wir uns und gingen unserer Wege, ich immer arrrgh arrrgh und hick hick von dem kalten Coke, das ich gepitscht hatte. Ich hatte meine Halsabschneider-Britva zur Hand, falls einer von Billyboys Droogs in der Nähe des Wohnblocks lauern sollte, oder, was das anging, jemand von den anderen Bandas oder Gruppas oder Schaikas, die von Zeit zu Zeit mit einem im Krieg waren. Ich wohnte mit Dadda und Emme im städtischen Wohnblock 18a, zwischen Kingsley Avenue und Wilsonsway, und ich kam ohne Ärger zum großen Vordereingang, obwohl ich an einem jungen Malitschick vorbeikam, der schreiend und stöhnend im Rinnstein lag, ganz schön zerschnitten, und im Lampenschein hier und dort auch Blutstreifen sah, wie Unterschriften von den nächtlichen Spielen, meine Brüder. Direkt neben 18a sah ich auch die Hosen einer Dewotschka, ohne Zweifel in der Hitze des Augenblicks grob runtergerissen und in den Dreck getrampelt, o meine Brüder. Und so rein. Im Hausflur war das gute alte städtische Wandgemälde – sehr gut entwikkelte Vecks und Titsas, ernst in der Würde der Arbeit an Werkbank und Maschine, aber ohne einen Faden Zeug an ihren wohlgebauten Plottis. Natürlich hatten einige von den Malitschicks, die in 18a wohnten, besagte Wandmalerei mit Kugel- und Filzschreiber verschönert und ausgestaltet und Haare und steife Schwänze und Sprechblase mit schmutzigen Slovos hinzugefügt, die aus den würdevollen Mündern dieser nagoi (das heißt nackten) Vecks und Dewtoschkas quollen. Ich ging zum Aufzug, aber es hatte keinen Sinn, den elektrischen Knopka zu drücken und zu sehen, ob er funktionierte oder nicht, denn jemand hatte ihn diese Nacht horroschaumäßig getollschockt, die Metalltüren waren ganz verbogen, eine seltene Kraftleistung in der Tat, und so mußte ich die zehn Treppen steigen. Ich fluchte und schnaufte, denn mein Plotti war schwer und müde, obwohl mein Gehirn nichts davon spürte. Ich wollte noch Musik hören. Vielleicht hatte diese singende Dewotschka in der Korova mich auf den Geschmack gebracht, jedenfalls wollte ich an diesem Abend noch ein Ohrenfest, bevor ich meinen Paß gestempelt kriegte, meine Brüder, an der Grenze des Schlafs, und der gestreifte Schlagbaum sich hob, um mich durchzulassen.

Ich öffnete die Tür zur Wohnung 10/8 mit meinem eigenen kleinen Klutsch, und im Inneren unseres malenki

Quartiers war alles still, denn die alten Pe und Em waren längst im Traumland, und Emme hatte mein malenki bißchen Abendessen für mich auf den Tisch gestellt – ein paar Scheiben Dosenwurst und einen Batzen Käse, ein paar Stücke Kleb, Butter und ein Glas von der alten kalten Moloko. Hohoho, die alte Moloko, ohne Messer der Synthemesk oder Drencrom drin. Wie pervers, meine Brüder, mußte unschuldige Milch mir jetzt immer vorkommen. Doch ich aß und trank knurrend, weil ich hungriger war, als ich zuerst gedacht hatte, und als ich fertig war, holte ich mir noch einen halben Obstkuchen aus dem Küchenschrank und riß Stücke davon, um sie in meine gierige Labbe zu stopfen. Dann putzte ich meine Zubis und ging in mein eigenes kleines Zimmer, wobei ich mich aus den Platties schälte. Hier waren mein Bett und mein Stereo, der Stolz meines Lebens, und meine Platten in ihrem Schrank, und Wimpel und Banner an der Wand, so was wie Erinnerungen an die verschiedenen Besserungsanstalten, wo ich seit meinem elften Jahr zur Schule gegangen war.

Die kleinen Lautsprecher meiner Stereoanlage waren kunstvoll über den Raum verteilt, an der Decke, den Wänden und sogar am Boden, und wenn ich auf meinem Bett lag und die Musik sluschte, war ich mitten im Orchester, eingehüllt in das Netzwerk von Tönen und Klängen. Nun, was ich mir heute zuerst einbildete, das war dieses neue Violinkonzert von Geoffrey Plautus, gespielt von Odysseus Chorilos und den Philharmonikern von Macon (Georgia), also nahm ich die Platte aus dem Schrank, wo sie säuberlich eingeordnet war, legte sie auf und wartete.

Dann, meine Brüder, kam es. Oh, Seligkeit und Himmel. Ich lag ganz nagoi auf dem Bett, die Hände hinter meinem Gulliver auf dem Kissen, die Glotzies geschlossen und sluschte dem Strom der lieblichen Klänge. Oh, es war gestaltgewordene Pracht und Herrlichkeit. Die Posaunen dröhnten rotgolden unter meinem Bett, und hinter meinem Gulliver flammten die Trompeten in silbernem Feuer, und dort bei der Tür rollten die Pauken wie ferner Donner und vibrierten in meinen Kischkas. Oh, es war das Wunder der Wunder. Und dann, wie ein Vogel aus himmlischem Metall gesponnen, unwirklich und schwerelos, kam das Violinsolo über all den anderen Streichinstrumenten, und diese Streicher webten einen seidenen Käfig um mein Bett. Der weiche, runde Ton der Oboen erhob sich in einem melancholischen Seitenthema, während die Solovioline ihre einsamen Kantilenen sang. Ich war in der höchsten Seligkeit, meine Brüder. Pe und Em in ihrem Schlafzimmer nebenan hatten inzwischen gelernt, nicht an die Wand zu klopfen und sich über das zu beschweren, was sie Lärm nannten. Jetzt würden sie Schlafpillen nehmen. Vielleicht hatten sie sie bereits genommen, denn sie wußten, welche Freude ich an meiner Nachtmusik hatte. Während ich sluschte, meine Glotzies geschlossen, um die Wonne festzuhalten und auszukosten, die besser war als jeder Synthemesk- oder Drencrom-Trip, sah ich die schönsten Bilder. Da waren Vecks und Titsas, molodoi und stari, und lagen auf dem Boden und kreischten um Gnade, und ich smeckte von einem Ohr zum anderen und drehte meinen Stiefel in ihren Litsos. Und da waren Dewotschkas mit runtergerissenen Platties und kreischten an Wänden, und ich stieß wie ein Schlaga in sie rein, und als die Musik, die nur einen Satz hatte, sich zur Spitze ihres großen höchsten Turms erhob, da war ich vor Seligkeit so weg, daß ich mit den Beinen strampelte und »Aaaaah« schrie, ohne die Glotzies aufzumachen. Und so glitt die wunderbare Musik ihrem leuchtenden Schluß zu.

Danach hatte ich den herrlichen Mozart, die Jupitersinfonie, und es gab neue Bilder von verschiedenen Litsos, die zu ertrampeln und zu zermatschen waren, und als auch diese Musik verklungen war, dachte ich, daß ich nur noch eine letzte Platte hören würde, bevor ich über die Grenze ginge, und ich wollte was Altes und sehr Festes, und so legte ich J. S. Bach auf, das Brandenburgische Konzert Nummer drei nur für Streicher. Und als ich dies sluschte, mit einer anderen Art von Seligkeit als zuvor, sah ich wieder diesen Namen auf dem Papier, das ich an diesem Abend rizrazzt hatte, es schien lange her zu sein, als ich bei diesem Schreiberveck auf dem flachen Land gewesen war. Der Name hatte was mit einer Uhrwerkorange zu tun gehabt, oder so ähnlich. Und wie ich nun dem J. S. Bach zuhörte, begann ich besser zu kapieren, was das bedeutete, und ich dachte, während ich mich von der strengen Großartigkeit dieses stari Meisters mitnehmen ließ, daß ich die zwei dort draußen gern noch härter getollschockt und auf ihrem eigenen Boden in Streifen gerissen hätte.

4

Am nächsten Morgen wachte ich um acht auf, meine Brüder, und ich fühlte mich völlig scholle und beduselt und zerschlagen und wie ausgekotzt, und meine Glotzies waren horrorschaumäßig verklebt, und ich dachte, daß ich nicht zur Schule gehen würde. Ich dachte, wie es wäre, noch ein malenki bißchen im Bett zu bleiben, vielleicht ein Stündchen oder zwei, anschließend im Bad herumzuplantschen und mich gemächlich anzuziehen, dann mit Toast und einer Kanne richtig starkem Horrorschau-Tschai zu frühstücken und dabei Radio zu sluschen oder die Gazetta zu lesen, ganz nach Belieben. Danach könnte ich vielleicht, wenn mir danach wäre, zur alten Skolliwoll gehen und sehen, was in diesem großartigen Ort des glupigen nutzlosen Lernens geboten wurde, o meine Brüder. Ich hörte meinen Dadda in der Wohnung rumtrampeln und brummen und dann in die Färberei abzotteln, wo er robotete, und dann rief meine Emme in einer sehr respektvollen Goloß, die sie jetzt immer anschlug, seit ich zu einem großen starken Kerl herangewachsen war:

»Es ist gleich acht Uhr, Alex. Du willst doch nicht wieder zu spät kommen?«

Also rief ich zurück: »Ein bißchen Kopfschmerzen. Ich werde versuchen, sie wegzuschlafen. Danach kann ich dann frisch und ausgeruht hingehen. Es gibt sowieso nicht viel, was ich da versäumen könnte.«

Ich sluschte eine Art von Seufzer, und sie sagte: »Dann werde ich dein Frühstück in den Backofen stellen, Junge. Ich muß jetzt selber fort.« Was wahr war, denn da gab es dieses Gesetz, daß alle roboten mußten, die nicht mehr in der Ausbildung standen und nicht schwanger oder krank waren. Meine Emme arbeitete in einem der staatlichen Supermärkte, wo sie die Regale mit Bohnenkonserven und Dosensuppen und all dem Scheiß auffüllte. Ich sluschte, wie sie einen Teller in den Gasbackofen stellte, und dann zog sie ihre Schuhe an und nahm ihren Mantel vom Haken hinter der Tür, und dann seufzte sie wieder und sagte: »Ich geh jetzt, Junge.« Aber ich tat, als ob ich schon wieder im Traumland wäre, und dann döste ich tatsächlich gleich wieder ein und hatte einen sehr komischen Traum, der noch dazu was irgendwie sehr Reales hatte, denn ich träumte aus irgendeinem Grund von meinem Droog Georgie, bloß war er in diesem Ding sehr viel älter und sehr scharf und hart und govoritete die ganze Zeit über Disziplin und Gehorsam, und wie alle Malitschicks unter seinem Befehl sich zusammenreißen müßten, und daß sie überhaupt von jetzt an die Arme zum alten Salut hochreißen sollten, wie in der Armee, und da stand ich mit den anderen so in Reihe und Glied angetreten und sagte ja, Sir und nein, Sir, und dann sah ich ganz klar, daß Georgie diese Sterne auf seinen Pletschos hatte und wie ein General war. Und dann brachte er den alten Dim mit einer Peitsche rein, und Dim war viel mehr stari und grau, und ein paar Zubis fehlten ihm, wie man gut sehen konnte, als er einen Smeck von sich gab, wie er mich erblickte, und dann zeigte mein Droog Georgie auf mich und sagte:

»Dieser Mann hat die ganzen Platties voll Schmutz und Scheiße.«

Und es war wahr; ich sah es selbst, als ich an mir runterschaute. Dann kreischte ich: »Haut mich nicht, bitte nicht, Brüder«, und ich fing zu rennen an. Aber ich rannte immer wie im Kreis, und Dim war hinter mir, smeckte sich seinen Gulliver ab und knallte mit der alten Peitsche, und jedesmal, wenn ich einen richtigen Horrorschau-Tollschock mit der Peitsche kriegte, machte etwas wie eine sehr laute elektrische Klingel ringringringring, und dieses Geräusch war auch wie eine Art von Schmerz.

Dann wachte ich ganz plötzlich auf und fuhr skorri in meinem Bett hoch. Mein Herz ging bap bap bap, und natürlich läutete wirklich eine Klingel, und es war die von unserer Wohnungstür. Ich blieb still und gab vor, daß niemand zu Hause sei, aber dieses brrring brrring brrring dauerte an, und dann hörte ich eine Goloß ganz ekelhaft durch die Tür rufen:

»Los, komm schon, steh auf, ich weiß, daß du im Bett bist, Alex!«

Ich erkannte die Goloß sofort. Es war die Goloß von P. R. Deltoid (ein wirklich glupiger Schleimer, dieser Mensch), den sie meinen Erziehungsberater nannten. Manchmal tat er mir leid, weil er ein überarbeiteter Veck war, der Hunderte wie mich in seinen Akten hatte, aber die meiste Zeit war er mir lästig. So auch jetzt. Ich rief. »Ja, ja, gleich«, und ich machte meine Goloß wie einer, der unter Schmerzen leidet, und dann stieg ich aus meinem Bett und kleidete mich, o meine Brüder, in einen Morgenmantel von so was wie Seide und bedruckt mit den Wahrzeichen irgendwelcher großer Städte. Dann steckte ich meine Nogas in sehr bequeme wollige Pantoffeln, kämmte meine gepflegte Pracht, und war bereit für P. R. Deltoid. Als ich aufmachte, kam er reingewatschelt, schnaufend vom Treppensteigen, einen zerknautschten alten Schlapper auf dem Gulliver, einen schmierigen Regenmantel an.

»Ah, Alex-Boy«, sagte er zu mir. »Ich traf deine Mutter, ja. Sie sagte etwas über einen Schmerz irgendwo. Deshalb nicht in der Schule, ja.«

»Ein ganz unerträglicher Schmerz im Kopf, Bruder, Sir«, sagte ich in meiner Gentlemans Goloß. »Ich denke, bis zum Nachmittag sollte er sich gelegt haben.«

»Oder bis zum Abend, ganz gewiß, ja«, sagte P. R. Deltoid. »Der Abend ist die große Zeit, nicht wahr, Alex-Boy? Setz dich«, sagte er, »setz dich, setz dich, mein Junge«, als ob dies seine Bude wäre, und ich sein Gast. Und er setzte sich in diesen stari Schaukelstuhl von meinem Dadda und begann sich zu schaukeln, wie wenn das alles wäre, wozu er gekommen war. Ich sagte:

»Eine Tasse vom alten Tschai, Sir? Tee, meine ich.«

»Keine Zeit«, sagte er. Und er schaukelte vor und zurück, vor und zurück, während er mich unter gerunzelten Brauen anblitzte, als ob er alle Zeit in der Welt hätte. So stellte ich den Teekessel über.

»Keine Zeit, ja«, sagte er glupig und schaukelte weiter. Dann sagte ich:

»Was verschafft mir das außerordentliche Vergnügen? Ist was nicht in Ordnung, Sir?«

»Nicht in Ordnung?« sagte er sehr skorri und schlau, irgendwie hinterhältig, und er linste mich wieder so von unten herauf an, während er weiterschaukelte. Dann fiel sein Blick auf eine Anzeige in der Gazetta, die auf dem Tisch lag – eine lieblich smeckende junge Titsa, die ihre Grudies für die Werbung raushängen ließ, meine Brüder, um die Herrlichkeiten der jugoslawischen Strände deutlich zu machen. Dann, nachdem er zweimal geschluckt und sie mit seinen Blicken schnell vernascht hatte, sagte er:

»Warum solltest du denken, daß etwas nicht in Ordnung sei, Alex-Boy? Hast du etwas getan, das du nicht hättest tun sollen, ja?«

»Bloß so eine Redensart«, sagte ich, »Sir.«

»Nun«, sagte P. R. Deltoid, »es ist bloß so eine Redensart von mir zu dir, kleiner Alex, daß du gut daran tun würdest, dich in acht zu nehmen, denn wie du sehr gut weißt, wird es nächstes Mal nicht mehr die Besserungsanstalt sein. Nächstesmal werden es die schwedischen Gardinen sein, und meine ganze Arbeit mit dir wäre für die Katz. Wenn dir schon deine eigene Zukunft egal ist und du keine Rücksicht auf dein abscheuliches Selbst oder auf deine Eltern nehmen willst, dann solltest du wenigstens ein bißchen an mich denken, der ich für dich geschwitzt habe. Im Vertrauen gesagt, Alex-Boy, für jeden von euch, dessen Resozialisierung nicht gelingt, kriegt unsereiner einen dicken schwarzen Vermerk in die Akten. Tatsache. Wenn du hinter Gittern endest, bedeutet es für mich ein Eingeständnis meines Versagens.«

»Ich habe nichts getan, was ich nicht tun sollte, Sir«, sagte ich. »Die Bullen können mir nichts anhaben, Bruder – Sir, meine ich.«

»Laß dieses schlaue Gequatsche über Bullen und so weiter«, sagte P. R. Deltoid verdrießlich, aber immer noch schaukelnd. »Daß die Polizei dich in letzter Zeit nicht geschnappt hat, bedeutet, wie du sehr gut weißt, keineswegs, daß du nicht wieder einige schmutzige Dinger gedreht hast. Gestern abend gab es eine kleine Schlägerei, nicht wahr? Ein kleines Gerangel mit Messern und Fahrradketten und dergleichen. Einer der Freunde eines gewissen fetten Burschen wurde in der Nähe des Kraftwerks aufgelesen und mußte ins Krankenhaus gebracht werden, sehr übel zugerichtet, ja. Dein Name wurde erwähnt. Die Nachricht erreichte mich durch die üblichen Kanäle. Gewisse Freunde von dir wurden ebenfalls namentlich genannt. Und das scheint nicht alles gewesen zu sein. Wie ich hörte, hat es letzte Nacht ein gerüttelt Maß von diversen Abscheulichkeiten gegeben. Natürlich kann niemand etwas beweisen, wie gewöhnlich. Aber ich warne dich, kleiner Alex, als dein guter Freund, der ich nach wie vor bin, ja. Als der einzige in dieser kranken und wunden Gesellschaft, der dich vor dir selbst retten möchte.«

»Ich weiß das alles zu würdigen, Sir«, sagte ich. »Ehrlich.«

»Ja, das tust du, wie?« sagte er irgendwie höhnisch. »Nimm dich in acht, das ist alles, ja. Wir wissen mehr als du denkst, Alex-Boy.«

Nach einer Pause sagte er in einer Goloß großen Leidens, aber ohne mit seinem Geschaukel aufzuhören: »Was ist bloß in euch alle gefahren? Wir studieren das Problem seit bald dreißig Jahren, ja, aber von einer Lösung sind wir so weit entfernt wie eh und je. Du hast ein gutes Heim hier, gute und liebevolle Eltern, du hast kein allzu schlechtes Gehirn. Ist es irgendein Teufel, der in dir wühlt?«

»Niemand kann mir was anhaben, Sir«, sagte ich. »Es ist lange her, seit die Bullen mich das letzte Mal in den Krallen hatten. Wenn sie was gegen mich hätten, wären sie längst gekommen.«

»Das ist gerade, was mir Sorgen macht«, seufzte P. R.

Deltoid. »Ein bißchen zu lange. Nach meiner Rechnung bist du jetzt so gut wie fällig. Darum warne ich dich, kleiner Alex. Halte deinen hübschen jungen Rüssel aus dem Dreck, ja. Habe ich mich klar genug ausgedrückt?«

»Klar wie ein Gebirgssee, Sir«, sagte ich. »Klar wie ein blauer Hochsommerhimmel. Sie können sich auf mich verlassen, Sir.« Und ich schenkte ihm ein nettes Lächeln, mit Zubis und allem.

Aber als er abgehauen war und ich mir diesen schönen starken Tschai machte, mußte ich über dieses Zeug grinsen, das P. R. Deltoid und seinen Droogs soviel Sorgen machte. Klar, ich tue Schlechtes mit all dem Krasten und Tollschocken und Schnitzen mit der Britva und dem alten Rein-Raus, und wenn ich gekrallt werde, nun, dann habe ich eben Pech gehabt, o meine keinen Brüder, und man kann nicht ein Land regieren, wo jeder Tschelloveck sich meine nächtlichen Manieren zu eigen macht, natürlich nicht, aber die meisten würden es sowieso nie tun, weil sie zuviel Schiß vor den Bullen haben. Wenn ich also gekrallt werde, und es sind drei Monate in diesem Mesto und sechs Monate in jenem, und dann, wie P. R. Deltoid mich so freundlich warnt, soll es sogar der alte Knast selber sein, trotz meines zarten Alters, nun, so sage ich: »In Ordnung, meine Herren, Gerechtigkeit muß sein und alles, aber es ist jammerschade, weil ich es einfach nicht aushalten kann, eingesperrt zu sein. Mein Bestreben wird also sein, mich in Zukunft nicht wieder krallen zu lassen.« Was fair gesprochen ist. Aber, Brüder, dieses Zehennägelbeißen über die Frage, was die Ursache von Schlechtigkeit sei, macht mich zu einem feinen lachenden Malitschick. Sie grübeln nicht darüber nach, was die Ursache des Guten ist, warum also all dieses Aufhebens um den anderen Laden? Wenn einer gut ist, dann ist es so, weil es ihm gefällt oder weil er sich nicht traut, anders zu sein, und es würde mir nie einfallen, mich in die Angelegenheiten seines Landes einzumischen, denn ich bin im anderen Laden Kunde. Und überhaupt, Schlechtigkeit ist vom Selbst, dem Einzelwesen, dem Du oder Ich, und dieses Selbst ist vom alten Bog oder Gott gemacht und ist sein großer Stolz und seine Radosty. Aber das Nicht-Selbst kann keine Schlechtigkeit haben, das heißt, die von der Regierung und die Richter und die Schulen können die Schlechtigkeit nicht erlauben, weil sie das Selbst nicht erlauben können. Und ist nicht unsere Geschichte, meine Brüder, die Geschichte von tapferen malenki Selbsten oder Einzelwesen, die gegen diese großen Maschinen kämpften? Es ist mir ernst damit, Brüder. Aber was ich tue, tue ich, weil es mir Spaß macht.

So trank ich jetzt, an diesem lächelnden Wintermorgen, meinen starken Tschai mit Moloko und viel Zucker, weil ich ihn gern sladki habe, und ich zog das Frühstück aus dem Backofen, das meine arme alte Emme für mich gemacht hatte. Es war ein Spiegelei, das und nicht mehr, aber ich machte Toast und menkelte Spiegelei mit Toast und dann Toast mit Marmelade, und dann kochte ich noch ein weiches Ei und schmatzte vor mich hin, während ich die Gazetta las. In der Gazetta stand das übliche über Gewalttaten und Banküberfälle, und daß alle vor Angst gelähmt seien, weil die Fußballer drohten, am nächsten Sonntag nicht zu spielen, wenn sie keine höheren Gagen kriegten, ungezogene Malitschickiwicks die sie waren. Auch gab es wieder einen neuen Raumflug und größere Stereo-Fernseher und Angebote von kostenlosen Waschmittelpaketen im Austausch gegen die Etiketten von Dosensuppen, einmaliges Angebot für nur eine Woche, was sich smecken machte. Und da war ein bolschiger großer Artikel über die moderne Jugend (womit ich gemeint war, also machte ich die alte Verbeugung und grinste wie bezumnie), von irgendeinem sehr schlauen Tschelloveck mit Glatze. Diesen Artikel las ich aufmerksam, meine Brüder, während ich den alten Tschai schlürfte, Tasse um Tasse, und dazu meinen frischen Toast menkelte, eingetunkt in Ei und Marmelade. Dieser gelehrte Veck sagte die üblichen Wetsches über das Fehlen von elterlicher Autorität und Disziplin, wie er es nannte, und die Knappheit an richtigen Horrorschau-Lehrern, die sich nicht scheuten, ihre Schüler ordentlich zu bretzeln, bis sie um Gnade wimmerten. Alles das war glupiges Zeug und machte mich smecken, aber es war irgendwie nett zu wissen, daß es immer jemanden gab, der die ganze Zeit für Neuigkeiten sorgte, o meine Brüder. Jeden Tag gab es was über die moderne Jugend zu lesen, aber das beste Ding, das sie jemals in der alten Gazetta gehabt hatten, war von so einem stari Veck mit umgedrehtem Kragen gewesen, der sagte, daß er der wohlüberlegten Meinung sei – und er govoritete als ein Mann von Bog – *es müsse der Teufel sein, der unter den Menschen umgehe* und in unschuldiges junges Fleisch hineinschlöffe wie das Wiesel in den Hühnerstall, und daß es die Welt der Erwachsenen mit ihren Kindern und Bomben und Gemetzel sei, die die Verantwortung dafür zu tragen habe. Also das war in Ordnung gewesen. Als Gottesmann mußte er gewußt haben, wovon er redete, und wir jungen und unschuldigen Malitschicks konnten nichts dafür, daß wir so waren. Gut gut gut.

Als mein voller unschuldiger Magen ein paarmal örk örk örk gemacht hatte, drehte ich das Radio an und holte meine Tagesplatties aus dem Schrank. Es gab gerade ein Musikprogramm, ein sehr hübsches malenki Streich-quartett, meine Brüder, von Claudius Vogelmann, einem, den ich gut kannte. Aber ich mußte smecken, als ich daran dachte, was ich mal in einem von diesen Artikeln über die moderne Jugend gelesen hatte, nämlich wieviel besser es um die moderne Jugend bestellt wäre, wenn man sich mehr bemühen würde, die Wertschätzung und ein lebendiges Verständnis der Künste in ihr wachzurufen. Das kulturelle Erbe der Musik und der Dichtung, so hieß es darin, würde die moderne Jugend beruhigen und mehr zivilisiert machen. Zivilisiert, meine syphilisierten Eier! Musik machte mich immer irgendwie scharf, meine Brüder, und wenn ich welche hörte, fühlte ich mich wie der alte Bog selber, bereit, mit dem alten Donner und Blitz zu machen und kreischende Vecks und Titsas in meiner Gewalt zu haben, hahaha.

Nachdem ich mein Litso und meine Krallinge ein bißchen eingeweicht und mich angezogen hatte (meine Tagesplatties waren wie das, was alle trugen: die alten blauen Pantalonies und Pullover mit A für Alex), dachte ich, hier sei endlich die Zeit und die Gelegenheit, zur Disk-Boutique zu latschen und zu sehen, was es mit der lange bestellten und lange versprochenen Beethoven Nummer Neun auf sich hatte, gespielt vom Esch-Scham Sinfonieorchester und Chor unter L. Muhaiwir. Ich also los, Brüder.

Der Tag war sehr verschieden von der Nacht. Die Nacht gehörte mir und meinen Droogs und all den anderen Nadsats, und die stari Bougeois krochen in ihren Wohnungen rum und pumpten sich mit den glupigen öden weltweiten Fernsehübertragungen voll, aber der Tag war für die Alten, und tagsüber schienen auch mehr Bullen unterwegs zu sein. Ich zottelte zur Ecke und nahm den Bus ins Zentrum und ging von dort zur Taylor Street, und da war die Disk-Boutique, die ich mit meiner unschätzbaren Kundschaft begünstigte, o meine Brüder. Sie hatte den glupigen Namen MELODIA, aber es war ein richtiger Horrorschau-Mesto und meistens sehr skorri bemüht, die neuen Aufnahmen zu kriegen. Ich ging rein, und die einzigen anderen Kunden waren zwei junge Titsas, die Eis am Stiel lutschten (und das, man bedenke, an einem arschkalten Wintertag) und zwischen den neuen Popplatten rumfingerten – Johnny Burnaway, Stash Kroh, The Mixers, Ed und Id Molotow und all diesem Scheiß. Diese zwei Titsas konnten nicht älter als zwölf sein, und auch sie hatten anscheinend beschlossen, einen Vormittag von der alten Skolliwoll freizunehmen. Sie sahen sich, wie du schnell merktest, bereits als richtig erwachsene Dewotschkas, was mit dem alten Hüftschwung und so, als sie euren ergebenen Erzähler sahen, Brüder, und den ausgestopften Grudies und den rot beschmierten Gubern. Ich ging zur Theke und machte mit dem höflichen Zubilächeln zum alten Andy dahinter (er immer höflich, immer hilfsbereit, ein wirklicher Horrorschautyp von einem Veck, bloß ganz kahl und sehr sehr dünn). Er sagte:

»Aha, ich weiß, was Sie wünschen, glaube ich. Gute Nachricht, gute Nachricht. Sie ist gekommen.« Und er ging die Platte holen, wobei er die dünnen Arme wie ein Dirigent schwenkte, der den Takt schlägt. Die zwei jungen Titsas fingen an zu kichern, wie sie es in diesem Alter tun, und ich zeigte ihnen so was wie ein kaltes Auge. Andy war bald zurück und wedelte mit der großen glänzenden Hülle, auf der das finsterblickende, buschig überhangene, Donner dräuende Litso von Ludwig van höchstselbst zu sehen war, meine Brüder. »Hier«, sagte Andy. »Sollen wir eine kleine Hörprobe machen?« Aber ich wollte sie zu Hause auf meinem Stereo haben, ganz für mich allein, und ich konnte es kaum erwarten, so winkte ich ab und fummelte das Deng auf den Ladentisch (meine Taschen waren voll davon), und eine von den kleinen Titsas sagte:

»Wen kriegst du, Bratti? Welchen Biggi, was nur?« Diese jungen Dewotschkas hatten so was wie ihre eigene Art zu govoriten. »Die Heaven Seventeen? Luke Sterne? Goggly Gogol?« Und beide kicherten, schaukelten auf den Absätzen und machten mit den Hüften wie bezumnie. Dann schlug eine Idee bei mir ein und haute mich fast um, und ich war davon wie in Ekstase, o meine Brüder, und konnte zehn Sekunden lang kaum schnaufen. Ich erholte mich und machte mit meinen frisch geputzten Zubis und sagte:

»Was habt ihr zu Hause, kleine Schwestern, worauf ihr eure Babyheuler spielt?« Denn ich konnte sehen, daß die Platten, die sie kauften, diese unbedarften Teenager-Popschlager waren. »Ich wette, ihr habt bloß diese umgearbeiteten Frühstücksteller mit ner Gabel drauf.« Und darauf schoben sie ihre Unterlippen raus. »Kommt mit Onkel«, sagte ich, »und hört mal richtig. Hört Engelstrompeten und Teufelsposaunen. Ihr seid eingeladen.« Und ich machte wie eine Verbeugung. Sie kicherten wieder, und eine sagte:

»Oh, aber wir sind so hungrig. Oh, aber wir könnten so essen.« Die andere sagte: »Ha, das kann sie wohl sagen, kann sie wirklich.« Also sagte ich:

»Speist mit Onkel. Sagt ihm euer Lokal.«

Dann sahen sie sich als richtige Sophistos, was wie rührend war, und fingen an, in den Golosses von großen Damen über das Ritz und das Bristol und Hilton und Il Ristorante Granturco zu reden. Aber ich machte dem mit »Folt Onkel« ein Ende und führte sie zu der Pizzeria gleich um die Ecke und ließ sie ihre unschuldigen jungen Litsos mit Spaghetti und Würstchen und Sahnebaisers und Eisbechern mit Banane und heißer Schokoladensoße füllen, bis mir vom Anblick beinahe schlecht wurde, während ich, Brüder, mich frugal von kaltem Hammelfleisch mit Chilisoße ernährte. Diese jungen Titsas waren einander sehr ähnlich, obwohl sie keine Schwestern waren. Sie hatten die gleichen Ideen oder den Mangel daran, und die gleiche Haarfarbe – eine wie gefärbtes Stroh. Nun, heute sollten sie wirklich was lernen. Keine Schule diesen Nachmittag, aber Ausbildung fürs Leben mit Alex als Lehrer. Ihre Namen sagten sie, waren Marty und Sonietta, bezumnie genug und auf der Höhe ihrer kindischen Mode, und so sagte ich:

»Schön schön, Marty und Sonietta. Zeit für den großen Wirbel. Kommt.« Als wir draußen auf der kalten Straße waren, dachten sie, sie würden nicht mit dem Bus fahren, o nein, nur mit dem Taxi, so tat ich ihnen den Gefallen, grinste aber ganz horrorschaumäßig in mich rein, als wir zum nächsten Taxistandplatz gingen. Der Fahrer, ein stari schnurrbärtiger Veck in sehr befleckten Platties, sagte:

»Aber kein Zerreißen und Polsteraufschlitzen, verstanden? Keinen Unfug mit den Sitzen. Sind gerade neu bezogen, die Dinger.« Ich zerstreute seine glupigen Befürchtungen, und wir rauschten ab zum städtischen Wohnblock 18a, während diese zwei tapferen kleinen Titsas miteinander kicherten und tuschelten. Und so, um es kurz zu machen, kamen wir an, o meine Brüder, und ich führte sie rauf in den zehnten Stock, und sie schnauften und smeckten in einem fort, und dann waren sie durstig, sagten sie, und ich schloß die Schatzkiste in meinem Zimmer auf und gab jeder dieser elfjährigen Dewotschkas eine Horrorschau von einem Schotten, aufgefüllt mit etwas Soda. Sie saßen auf meinem Bett (noch ungemacht) und baumelten mit den Beinen und smeckten und pitschten ihre harten Whiskysodas, während ich ihre wie rührenden malenki Platten durch mein Stereo nudelte. Das war, wie wenn man eine süße, parfümierte Kinderlimonade aus sehr schönen und kostbaren goldenen Pokalen pitschte, aber sie machten oh oh oh und sagten »Hilli« und »Kippi« und andere unheimliche Slovos, die in dieser Jugendgruppe gerade die letzte Mode waren. Während ich diesen Scheiß für sie spielte, ermutigte ich sie zum Trinken und füllte ihre Gläser auf, und sie waren durchaus nicht abgeneigt, o meine Brüder, und als ich ihre jämmerlichen Popplatten jede zweimal abgespielt hatte (es waren zwei: ›Honey Nose‹, gesungen von Ike Yard, und ›Nacht für Nacht‹, gestöhnt von zwei entsetzlichen, wie eierlosen Eunuchen, deren Namen ich vergessen habe), waren sie auf der Höhe von so was wie Hysterie junger Titsas und sprangen überall auf meinem Bett rum, und das mit mir im Zimmer.

Was an diesem Nachmittag tatsächlich getan wurde, braucht nicht beschrieben zu werden, meine Brüder, weil ihr leicht alles erraten könnt. Diese zwei waren in Null Komma nichts ausgezogen, und sie smeckten wie die Verrückten und fanden den bolschigsten Spaß daran, den alten Onkel Alex dastehen zu sehen, ganz nagoi und mit dem alten Pfannenstiel. Ich holte die Injektionsspritze und hielt sie wie irgendein seltsamer nackter Doktor gegen das Licht, und dann gab ich mir den alten Schuß von Dschungelkatzensaft in den Arm. Dann zog ich die köstliche Neunte aus ihrer Hülle, so daß Ludwig van nun auch nagoi war, und ich setzte die Saphirnadel zum letzten Satz auf, der ganze Seligkeit war. Da war es dann, und die Kontrabässe govoriteten mächtig von unter meinem Bett zum Rest des Orchesters, und dann kam die männliche Goloß und sagte ihnen allen, freudig zu sein, und dann die liebliche, selige Ode an die Freude, die so was wie ein schöner Götterfunken ist, und dann fühlte ich die alten Tiger in mir springen, und dann sprang ich auf diese zwei jungen Titsas. Diesmal fanden sie es nicht spaßig und hörten mit ihrem fröhlichen Gekreische auf und mußten sich den seltsamen und unheimlichen Gelüsten von Alexander dem Großen unterwerfen, die, was mit der Neunten und der Injektion und allem tschudesny und zammechat und sehr beanspruchend waren, o meine Brüder. Aber sie waren beide sehr sehr betrunken und konnten kaum sehr viel fühlen.

Als der letzte Satz zum zweitenmal rumgegangen war, mit all dem Gepauke und Geschrei über Freude Freude

Freude Freude, machten diese zwei jungen Titsas nicht mehr wie die großen Damen und Sophistos. Sie wachten wie auf und merkten, was mit ihren malenki Personen getan wurde, und redeten, daß sie nach Hause gehen wollten und wie wenn ich ein wildes Tier wäre. Sie sahen aus, als ob sie in irgendeiner großen Rampferei gewesen wären, was sie ja auch gewesen waren, und sie waren voll von blauen Flecken und schmollten. Nun, wenn sie nicht zur Schule gehen wollten, mußten sie dennoch ihre Ausbildung haben. Und Ausbildung hatten sie gehabt. Sie kreischten und machten au au au, als sie ihre Platties anzogen, und klopften mit ihren kleinen Fäusten auf mir rum, wie ich schmutzig und nagoi und völlig scholle auf meinem zerwühlten Bett boppte. Diese Sonietta kreischte: »Du Biest und widerliches Schwein. Du schmutziges Ekel, du!« Und beide heulten und rotzten, und so ließ ich sie ihren Kram zusammenpacken und abhauen, was sie taten, während sie darüber govoriteten, wie man mir die Bullen auf den Hals hetzen sollte und all den Scheiß. Dann gingen sie die Treppe runter, und ich schlief ein, während die alte Freude Freude Freude Freude weiterheulte und krachte.

5

Was bei der Sache rauskam, war, daß ich zu spät aufwachte (beinahe halb acht nach meiner Uhr), und wie sich herausstellte, war das nicht so klug. Du kannst sehen, daß in dieser schlimmen Welt alles zählt und daß eins immer zum anderen führt. Mein Stereo war nicht mehr an mit Freude Freude und Seid umschlungen, Millionen, also hatte irgendein Veck auf den Knopka gedrückt, und das würde entweder Pe oder Em gewesen sein, die ich jetzt beide im Wohnzimmer sluschen konnte, wo sie, nach dem klink klink klink der Teller und dem schlurp schlurp aus den Teetassen zu urteilen, bei ihrer müden Mahlzeit saßen, nachdem sie den Tag über gerobotet hatten, in der Fabrik der eine, im Supermarkt die andere. Die armen Alten. Die bedauernswerten Staris. Ich zog meinen Morgenmantel über und schaute hinaus, in der Gestalt des liebenden einzigen Sohnes, um zu sagen:

»Hallo hallo, ihr zwei. Ein Tag Ruhe, und es geht wieder besser. Jetzt kann ich zur Abendarbeit und ein bißchen was verdienen.« Denn sie glaubten, daß ich abends arbeiten ginge, oder wenigstens sagten sie, daß sie es glaubten. »Ahh hmmm! Kann ich auch davon haben?« Es war wie gefrorener Kuchen, den sie aufgetaut und dann aufgewärmt hatte, und er sah nicht so sehr appetitlich aus, aber ich mußte sagen, was ich sagte. Dadda smottete mich an, und sein Blick war von der nicht so erfreuten, mißtrauischen Sorte, aber er sagte nichts, weil er wußte, daß er es nicht wagen durfte, und Emme schenkte mir einen wie müden kleinen Smeck: du Frucht meines Leibes, mein einziger Sohn. Ich ging ins Bad und nahm skorri eine Dusche, weil ich mich schmutzig und klebrig fühlte, dann zurück in meine Höhle und her mit den Abendplatties. Dann, frisch und glänzend, gekämmt und gebürstet, setzte ich mich zu ihnen an den Tisch vor meinen Kuchen. Papapa sagte:

»Nicht daß ich neugierig sein möchte, Junge, aber wo gehst du eigentlich abends arbeiten?«

»Oh«, kaute ich, »meistens sind es kurzfristige Sachen, Aushilfen und so. Die fallen mal hier an und mal dort, wie es sich gerade ergibt.« Ich warf ihm einen geraden schmutzigen Blick zu, wie um zu sagen, er solle sich um seinen eigenen Kram kümmern. Dann sagte ich: »Ich verlange nie Geld von euch, oder? Weder für Kleider noch für Vergnügungen oder sonst was. Warum fragst du also?«

Mein Dadda war wie beschämt und verlegen. »Entschuldige Junge«, murmelte er. »Aber manchmal mache ich mir Sorgen. Manchmal habe ich Träume. Du kannst darüber lachen, wenn du willst, aber in Träumen steckt viel. Letzte Nacht hatte ich diesen Traum mit dir darin, und der gefiel mir kein bißchen.«

»Ja?« Er hatte mich so weit, daß ich mich interessierte. So von mir zu träumen, das war immerhin was. Ich hatte so ein Gefühl, daß ich auch geträumt hatte, aber ich konnte mich nicht richtig erinnern, was. »Ja?« sagte ich noch mal und hörte auf, meinen klebrigen Kuchen zu kauen.

»Es war ein sehr lebhafter Traum«, sagte mein Dadda. »Ich sah dich auf der Straße liegen, und du warst von anderen Jungen geschlagen worden. Diese Jungen waren wie die, mit denen du immer herumliefst, bevor du das letzte Mal in die Besserungsanstalt kamst.«

»So?« Ich smeckte ein malenki bißchen in mich hinein, weil Papapa glaubte, ich hätte mich wirklich geändert. Und dann erinnerte ich mich an meinen eigenen Traum von diesem Morgen, von Georgie mit seinen Befehlen und seinen Generalssternen auf den Pletschos, und vom alten Dim, wie er zahnlos rumsmeckte und seine Peitsche schwang. Aber Träume sind immer das Gegenteil, hatte ich mal gehört.

»Mache Er sich keine Sorgen um Seinen einzigen Sohn und Erben, o mein Vater«, sagte ich. »Fürchte Er nichts. Mich deucht, Sein Sohn vermag sich gar wohl seiner Haut zu wehren.«

»Und«, sagte mein Dadda, »du lagst hilflos in deinem Blut und konntest dich nicht wehren.« Das war das richtige Gegenteil, und ich hatte wieder diese stille malenki Smecken für mich allein, und dann nahm ich all das Deng aus meinen Stopfern und packte es auf das soßige Tischtuch. Und ich sagte:

»Hier, Papa. Es ist nicht viel. Es ist, was ich letzte Nacht verdient habe, aber vielleicht reicht es, daß ihr mal gemütlich zusammen ausgeht und ein paar Schotten pitscht.«

»Danke, Junge«, sagte er. »Aber wir gehen jetzt kaum noch aus. Wir wagen es nicht, so wie es abends auf den Straßen zugeht. Banden von jugendlichen Rowdies und so weiter. Trotzdem, vielen Dank. Ich werde ihr morgen eine Flasche mit etwas nach Hause bringen.« Und er sammelte dieses unedel verdiente Moos auf und steckte es ein, denn meine Emme war inzwischen in der Küche und spülte die Teller. Und ich zog ab, mit liebendem Lächeln nach allen Seiten.

Als ich am unteren Ende der Treppe ankam, war ich ziemlich überrascht. Ich war mehr als das. Ich klappte meine Guber auf wie eine von diesen steinernen Springbrunnenfiguren, die die ganze Zeit Wasser kotzen müssen. Sie waren gekommen mich abzuholen. Sie warteten bei der bekritzelten städtischen Wandmalerei von der nagoi Würde der Arbeit, bloße Vecks und Titsas ernst an den Rädern von Industrie und Handwerk, wie ich sagte, mit all diesem Unflat, den schlimme Malitschicks in Sprechblasen vor ihre Münder geschrieben hatten. Dim hatte ein großes dickes Ding von einem schwarzen Fettstift und malte schmutzige Slovos richtig groß über den unteren Teil unserer städtischen Wandmalerei und machte dabei den alten Dim-Smeck: wuh huh huh. Aber er drehte sich um, als Georgie und Pete mir das gute Hallo gaben und ihre glänzenden Zubis zeigten, und trompetete: »Er ist da, er ist gekommen, hurra!«

»Ich glaub, mein Bett brennt«, sagte ich. »Was macht ihr hier?«

»Wir machten uns Sorgen«, sagte Georgie. »Da saßen wir und warteten und pitschten von der alten Moloko mit Tschuris drin, und du kamst nicht. Dann dachte Pete hier, du könntest vielleicht wie beleidigt sein, über das eine Wetsch oder das andere, also kamen wir rum zu deiner Hütte. Das ist richtig, Pete, oder?«

»O ja, richtig«, sagte Pete.

»Entschuldigung«, sagte ich vorsichtig. »Ich hatte so was wie einen Schmerz im Gulliver und mußte schlafen. Ich wurde nicht zu der Zeit geweckt, die ich zum Wecken angegeben hatte. Aber nun sind wir alle da, bereit für das, was die alte Notschi zu bieten hat, ja?« Dieses ja? schien ich von P. R. Deltoid übernommen zu haben, meinem Erziehungsberater. Sehr seltsam.

»Tut mir leid, das mit dem Schmerz«, sagte Georgie, wie sehr besorgt. »Vielleicht gebrauchst du deinen Gulliver zuviel. Befehle geben und Disziplin und solche Sachen, vielleicht. Ist der Schmerz jetzt weg? Bist du sicher, du solltest nicht lieber wieder ins Bett?« Und sie hatten alle ein bißchen von einem malenki Grinsen.

»Wartet«, sagte ich. »Laßt uns die Dinge hübsch und funkelnd klar machen. Dieser Sarkasmus, wenn ich es so nennen darf, schickt sich nicht für euch, o meine kleinen Freunde. Vielleicht habt ihr ein bißchen von einem ruhigen Govorit hinter meinem Rücken gehabt und eure eigenen kleinen Scherze und dergleichen gemacht. Weil ich euer Droog und Anführer bin, habe ich sicherlich das Recht zu wissen, was vorgeht, eh? Nun, Dim, welche unfeierliche Vorbedeutung hat dieses große Pferdegrinsen?« Denn Dim hatte seine Labbe in einer Art von bescheuertem Grienen sperrangelweit offen. Georgie kam sehr skorri dazwischen und sagte:

»Also, kein Rumhacken mehr auf Dim, Bruder. Das gehört zum neuen Kurs.«

»Zum neuen Kurs?« sagte ich. »Was ist das mit einem

neuen Kurs? Es muß ein sehr großes Govoriten hinter
meinem schlafenden Rücken gegeben haben, kein Zweifel. Laßt mich mehr sluschen.« Und ich verschränkte
meine Arme und lehnte mich an das zerbrochene Trep-
pengeländer, denn ich stand immer noch höher als sie,
Droogs wie sie sich nannten, auf der dritten Stufe.

»Nichts für ungut, Alex«, sagte Pete, »aber wir wollten
die Dinge mehr wie demokratisch haben. Nicht daß du
die ganze Zeit wie befiehlst, was wir machen und was
nicht. Aber nichts für ungut.«

Georgie sagte:

»Niemand soll beleidigt oder auf die Füße getreten
werden. Es geht bloß darum, wer Ideen hat. Was für Ideen
hat er gehabt?« Und er hielt seine frechen Glotzies voll auf
mich gerichtet. »Es ist immer das kleine Zeug, malenki
Wetsches wie gestern abend. Aber wir werden älter,
Brüder.«

»Mehr«, sagte ich, ohne mich zu rühren. »Laßt mich
mehr sluschen.«

»Nun«, sagte Georgie, »wenn du es unbedingt wissen
willst, dann sollst du es haben. Wir gammeln rum, krasten
mal die Tageseinnahmen aus einem Laden und dergleichen, und am Schluß bleibt jedem eine jämmerliche
Handvoll Deng. Will der Ire in dem Muskelmann-Kaffee-
mesto sagt, er könne alles absetzen, was ein Malitschick
ihm bringt, vor allem das wertvolle Zeug, Brillanten und
so. Verstehst du?« Seine Glotzies waren wie kalt, als er
mich ansmottete. »Das große Geld ist zu haben, sagt Will
der Ire.«

»So«, sagte ich, äußerlich ganz ruhig, aber richtig
razdraz im Inneren. »Seit wann hast du Umgang mit Will
dem Iren?«

»Hin und wieder«, sagte Georgie. »Man kommt rum,
nicht wahr? Und ich kann mein eigenes Leben leben,
richtig, Droogie?«

Dieses ganze Ding ging mir schwer gegen den Strich, meine Brüder. Ich sagte:

»Und was willst du mit dem großen Deng oder Geld machen, wie du es so hochgestochen nennst? Habt ihr nicht alles, was ihr braucht? Wenn ihr ein Auto wollt, pflückt ihr es von den Bäumen. Wenn ihr Deng braucht, holt ihr es euch. Ja? Warum diese plötzliche Gier, der große fette Kapitalist zu sein?«

»Ah«, sagte Georgie, »manchmal denkst du govoritest du wie ein kleines Kind.« Auf das hin machte Dim dem alten huh huh huh, ho ho. »Heute nacht«, sagte Georgie, »ziehen wir das richtige Ding ab. Heute nacht machen wir einen Brast. Keinen solchen Kinderkram, sondern was für Männer. Richtig?«

Richtig richtig, nickten Pete und Dim.

Mein Traum hatte also die Wahrheit gesagt. Georgie der General sagte, was wir tun und lassen sollten, und Dim war mit der Peitsche dabei, ein hirnlos grinsender und sabbernder Prügelknecht. Aber ich spielte vorsichtig, mit der größten Behutsamkeit, und sagte lächelnd: »Gut. Richtig Horrorschau. Ich habe dich viel gelehrt, kleiner Droogie. Nun sag mir, an was du gedacht hast, Georgie-Boy.«

»Oh«, sagte Georgie, gerissen und schlau in seinem Grinsen, »zuerst die alte Moloko-plus, würdest du nicht sagen? Was zum Scharfmachen für dich und uns, aber besonders für dich, weil wir schon einen Vorsprung haben.«

»Du hast meine Gedanken govoritet«, sagte ich und lächelte immer weiter. »Ich wollte gerade die alte Korova vorschlagen. Gut gut gut. Du führst uns, kleiner Georgie.« Und ich machte mit einer tiefen Verbeugung und lächelte wie bezumnie und überlegte dabei die ganze Zeit. Aber als wir auf die Straße kamen, sah ich, daß Denken für die Glupigen ist und daß die Gromkigen wie Inspiration gebrauchen, und was Bog ihnen schickt. Denn nun war es liebliche Musik, die mir zu Hilfe kam. Ein Auto kroch langsam vorbei und hatte das Radio an, und ich konnte gerade ein paar Takte Ludwig van sluschen (es war das Violinkonzert, letzter Satz) und sah gleich, was zu tun war. Ich sagte in einer heiseren, tiefen Goloß: »Gut, Georgie, jetzt«, und ich riß meine Halsabschneider-Britva raus. Georgie sagte: »Uh?« aber er war skorri genug mit seinem Nozh, und die Klinge kam schwupp-klack aus dem Griff, und wir standen uns gegenüber. Der alte Dim sagte: »O nein, das ist nicht richtig«, und machte die Fahrradkette los, aber Pete hielt ihn zurück und sagte: »Laß sie. Es ist richtig so.«

Georgie und euer Ergebener umschlichen einander wie die Kater, und jeder suchte nach einer Blöße und kannte den Stil des anderen ein bißchen zu gut, und so passierte eine Weile gar nichts. Georgie stieß dann und wann mit seinem blitzenden Nozh oder Tschuri zu, aber das waren nur die alten Finten, und die ganze Zeit kamen Leute vorbei und sahen alles, doch keiner kümmerte sich darum, weil es vielleicht ein alltäglicher Anblick war. Aber dann zählte ich ehn parz troms und machte ak ak ak mit der Britva, aber nicht auf Litso oder Glotzies, sondern auf Georgies Hand, die das Nozh hielt, und, meine kleinen Brüder, er ließ es fallen. Sein Nozh klapperte auf den harten Winterboden. Ich hatte seine Griffel bloß ein malenki bißchen mit der Britva gekitzelt, und nun stand er da und glupschte seine Hand an, von der das Krovvy dunkel tröpfelte. »Nun«, sagte ich, und diesmal fing ich an, weil Pete dem alten Dim von Einmischung abgeraten und Dim den Rat befolgt hatte, »nun, Dim, weil wir schon dabei sind, laß es uns zwei miteinander ausmachen, ja? Wollen wir?« Dim machte »Aaaaargh«, wie irgendein bolschiges bezumnie Tier und riß die Radkette wirklich horrorschaumäßig und skorri vom Leib, daß man ihn bewundern mußte. Jetzt war der richtige Stil für mich, eine Art von Froschtanz aufzuführen, immer ziemlich am Boden, um Litso und Glotzies zu schützen, und dies tat ich, meine Brüder, so daß der arme alte Dim ein malenki bißchen überrascht war, weil er an die mehr direkte Art gewöhnt war. Ich muß sagen, daß er mir ein paar furchtbare Dinger über den Rücken zog, so daß es wie bezumnie schmerzte, aber der Schmerz sagte mir, daß ich nicht lange warten durfte und mit dem alten Dim schnell fertig werden mußte. So zog ich ihm die Britva sauber über das linke Bein und schlitzte zehn Zentimeter Stoff und nicht viel weniger Haut auf, und das Krovvy kam raus und machte Dim richtig bezumnie. Dann, während er hauwww hauwww hauwww machte, versuchte ich es mit derselben Masche wie bei Georgie und setzte alles auf eine Bewegung – hoch und zack –, und ich fühlte die Britva hübsch ins Fleisch vom Handgelenk des alten Dim gehen, gerade tief genug, und er kreischte hoch und dünn wie eine Titsa und ließ seine Kette fallen. Dann versuchte er all das Krovvy von seinem Handgelenk in sich rein zu trinken und gleichzeitig zu heulen, und es gab zuviel von dem alten Roten zu saufen, und er fing zwischen seinen Heulern zu blubbern und zu spucken an, und das Blut spritzte lieblich in die Gegend, aber nicht für lange. Ich sagte:

»Also, meine Droogies, jetzt sollten wir es wissen. Ja, Pete?«

»Ich hab' nie was gesagt«, sagte Pete. »Ich hab' nicht ein Slovo govoritet. Aber sieh mal, der alte Dim verblutet.«

»Nie«, sagte ich. »Man kann nur einmal sterben, und Dim starb, bevor er geboren wurde. Dieses rote rote Krovvy wird bald aufhören.« Denn ich hatte das Hauptkabel nicht durchschnitten. Und dann zog ich selbst ein sauberes Poschmookus aus der Tasche und wickelte es um den Arm vom armen alten sterbenden Dim, der heulte und stöhnte, wie wenn es mit ihm schon in die Grütze ginge, und das Krovvy hörte auf, wie ich gesagt hatte, o meine Brüder. Jetzt wußten sie, wer Herr und Meister war, die Schafe, dachte ich.

Es dauerte nicht lange, diese zwei verwundeten Soldaten in den ›Duke of New York‹ zu lotsen und zu beruhigen, was mit großen Kognaks (gekauft mit ihrem eigenen Deng, weil ich alles meinem Dadda gegeben hatte) und einer Behandlung mit Taschentüchern, die ich in die Wasserkaraffe tauchte. Die alten Sumkas, die wir letzten Abend so horrorschaumäßig bewirtet hatten, waren wieder da und machten mit »Danke, Jungs« und »Gott segne euch, Jungs«, als ob sie nicht aufhören konnten, obwohl wir den alten Samariterakt nicht wiederholten. Aber Pete sagte: »Was soll's denn sein, Mädchen?« und kaufte ihnen Kaffee mit Schlagsahne, er mit jeder Menge Deng in seinen Stopfern, und die alten Babuschkas wurden lauter als je zuvor mit ihrem »Gott segne und behüte euch alle, Jungs« und »Wir würden euch nie verraten, Jungs« und »Die nettesten Jungen, die man sich vorstellen kann, wirklich«. Schließlich sagte ich zu Georgie:

»Nun sind wir wieder da, wo wir waren, ja? Genau wie bisher und alles vergessen, richtig?«

»In Ordnung«, sagte Georgie, was ihn nicht wenig kostete. Aber der alte Dim sah noch ganz blaß und benommen aus und sagte sogar: »Ich hätte diesen großen Bastard mit meiner Kette glatt gemacht, versteht ihr, bloß kam mir so ein Veck in den Weg«, wie wenn er nicht mit mir, sondern mit irgendeinem anderen Malitschick gedratst hätte. Ich sagte:

»Gut, Georgie-Boy. An was hattest du gedacht?«

»Oh«, sagte Georgie. »Nicht heute abend. Nicht diese Notschi, wirklich nicht.«

»Du bist ein großer starker Tschelloveck«, sagte ich. »Wie wir alle. Wir sind doch keine kleinen Kinder,

Georgie-Boy, oder? Was war es also, dessen ihr geplanet habt, meine teuren Freunde?«

»Ich hätte ihm die Glotzies richtig Horrorschau harken können«, sagte Dim, und die alten Babuschkas machten immer noch mit ihrem »Danke, Jungs«.

»Es war dieses Haus«, sagte Georgie. »Das mit den zwei Lampen draußen. Das wie herrschaftlich aussieht.«

»Kenne ich nicht.«

»Wo diese stari Titsa wohnt, mit ihren Katzen und all diesen sehr wertvollen stari Wetsches.«

»Was für welchen?«

»Gold und Silber und Juwelen und alles. Will der Ire hat es mir gesagt.«

»Ah, ich sehe«, sagte ich. »Ich sehe Horrorschau.« Ich wußte jetzt, was er meinte – Altstadt, gleich hinter den Viktoria-Wohnblocks. Nun, der richtige Horrorschau-Anführer weiß immer, wann er wie zu geben und sich seinen Unteren großzügig zu zeigen hat. »Sehr gut, Georgie«, sagte ich. »Ein guter Gedanke. Einer, den wir befolgen sollten. Laßt uns gleich gehen.« Und als wir rausgingen, sagten die alten Babuschkas: »Wir werden nichts sagen, Jungs. Ihr seid die ganze Zeit hier gewesen, Jungs.« Also sagte ich: »Gute alte Mädchen. In einer halben Stunde sind wir wieder da und kaufen mehr.« Und so führte ich meine drei Droogs ins Freie, meinem Verhängnis entgegen.

6

Wenn man vom ›Duke of New York‹ in westlicher Richtung ging, kam man zuerst durch eine Gegend mit Büro- und Apartmenthäusern, alles ziemlich neu, und dann, hinter der vergammelten stari Biblio, sah man links das bolschige Betongebirge der Viktoria-Wohnblocks, die nach irgendeinem Sieg oder was benannt waren, und dann kam man zu den wie vornehmen stari Häusern der Stadt, mit Säulen und Schnörkeln und Erkern und so. Hier gab es welche von diesen horrorschaumäßigen alten Villen, meine Brüder, in denen stari Millionäre wohnten, und dünne alte wie bellende Generäle mit Reitgerten, und alte Titsas, die Witwen waren, und taube stari Damen mit Katzen, die in ihrem ganzen wie reinen Leben noch nie die Berührung von einem Tschelloveck gefühlt hatten. Und hier gab es natürlich auch die stari Wetsches, die auf dem Kunstmarkt oder bei den Juwelieren gefragt waren – Gemälde und alten Schmuck und Porzellansachen und anderen stari Scheiß von der Art.

Wir kamen also hübsch ruhig zu dieser Villa, und draußen waren Kugellampen auf verschnörkelten Eisenstengeln, die den Eingang auf beiden Seiten wie bewachten, und in einem der Zimmer im Parterre war Licht an, irgendeine trübe Funzel von einer Stehlampe oder was. Das Haus hatte keinen Vorgarten zur Straße, aber rechts und links waren stari schmiedeeiserne Gitter, durch die man auf der einen Seite eine Garage und auf der anderen Seite einen dunklen Garten sehen konnte, der sich nach hinten zog. Nun, bevor wir lange im Dunkeln rumtappten, wollte ich sehen, was in dem beleuchteten Zimmer vorging, und so suchten wir uns einen guten Platz, und ich zog mich zu einem der Fenster hoch. Die Parterrefenster waren alle stark vergittert, mit so verzierten schmiedeeisernen Stangen, wie wenn das Haus ein Gefängnis wäre, aber ich konnte mich gut an den Stangen festhalten, und Pete hatte auch noch Platz neben mir, und wir sahen hübsch und klar, was in dem Raum war.

Was vorging, war, daß diese stari Titsa, sehr grau und mit einem sehr gefurchten Litso, die alte Moloko aus einer Milchflasche in Untertassen goß und diese Untertassen dann auf den Boden stellte. Was dort passierte, konnten wir nicht sehen, aber es war leicht zu erraten, daß da unten jede Menge von miauenden Murken und Koschkas rumwimmelte. Und wir konnten eine oder zwei sehen, große fette Skutinas, die auf den Tisch sprangen und mit ihren roten Mäulern machten, und dann redete diese alte Babuschka zu ihnen und govoritete in einem wie scheltenden Ton und machte mit dem Zeigefinger zu ihren Miezen. An den Wänden konnte man eine Menge von alten Bildern sehen, und sehr reich verzierte stari Uhren, auch einige Vasen und Leuchter und Figuren, die stari und dorogoi aussahen. Georgie kam zwischen uns hoch und smottete auch durch das Fenster, und dann grinste er und flüchtete:

»Für das Zeug kann man eine wirkliche Horrorschau von Deng kriegen, Brüder. Auf so was ist Will der Ire scharf.« Pete sagte: »Wie rein?«

Nun war es an mir, und skorri, bevor Georgie anfing, uns zu sagen, wie man es machte. »Zuerst«, wisperte ich, »versuchen wir es mit der gewöhnlichen Tour am Eingang. Ich geh hin und läute und sage ganz höflich, daß mein Freund auf der Straße umgekippt sei, und so weiter. Georgie kann sich an den Straßenrand legen und den kranken Mann spielen, falls sie aufmacht. Dann bitte ich freundlich um Wasser, oder ob ich den Arzt anrufen darf. Und dann sind wir drin.« Georgie sagte:

»Vielleicht macht sie nicht auf.«

»Wir können es versuchen, ja?« sagte ich. Georgie zuckte mit den Pletschos und machte so ein Froschmaul, wie wenn er sagen wollte, einem Verrückten müsse man seinen Willen lassen, uns so sagte ich zu Pete und dem alten Dim:

»Ihr zwei Droogies stellt euch rechts und links neben die Tür. Richtig?« Sie nickten gut gut gut. »Also los«, sagte ich zu Georgie und machte direkt zum Eingang. Da war ein Klingelknopf in einer Fassung aus poliertem Messing, und ich drückte ihn, und in der Eingangshalle dieser stari Villa machte es brrrr brrrr. Es blieb ganz still, und ich stellte mir vor, wie di alte Titsa und ihre Koschkas alle die Ohren angelegt hatten und sich über das brrrr brrrr wunderten, also drückte ich den alten Zvonock ein malenki bißchen dringender. Dann bückte ich mich zum Briefschlitz runter (auch er aus blankem Messing, ganz schwerem Zeug), hob die Klappe und rief in einer wie verfeinerten Goloß durch: »Bitte helfen Sie, Madame. Mein Freund hat eben auf der Straße einen Herzanfall erlitten. Lassen Sie mich bitte einen Arzt anrufen.« Dann konnte ich sehen, daß in der Halle Licht gemacht wurde, und dann hörte ich die Nogas der alten Babuschka in ihren Pantoffeln flip, flap flip flap zur Tür kommen, und ich hatte irgendwie die Idee, warum, weiß ich nicht, daß sie unter jedem Arm eine große fette Mieze hatte. Dann rief sie in einer sehr überraschend tiefen Goloß:

»Gehen Sie fort. Verschwinden Sie, oder ich schieße!«

Pete und Dim hörten das und kicherten und smeckten hinter vorgehaltenen Händen. Ich sagte in meiner leidenden und dringlichen Gentlemans Goloß:

»Oh, bitte helfen Sie, Madame. Mein Freund ist sehr krank.«

»Verschwinden Sie«, rief sie hinter der Tür. »Ich kenne Ihre schmutzigen Tricks. Sie wollen mich nur dazu bringen, daß ich die Tür öffne, damit Sie mir Sachen verkaufen können, die ich nicht will. Lassen Sie mich in Frieden.« Das war wirklich rührende Unschuld, das. »Gehen Sie weg, oder ich lasse meine Katzen auf Sie los.«

Ein malenki bißchen bezumnie war sie, das konnte man sehen, immer allein mit ihren Katzen und so. Dann blickte ich auf und entdeckte, daß es ziemlich leicht sein mußte, zu den unvergitterten Fenstern im Obergeschoß raufzukommen, und daß ich auf diesem Weg viel schneller reinkäme. Sonst würde dieses Hin und Her vielleicht die ganze lange Notschi dauern. So sagte ich:

»Sehr gut, Madame. Wenn Sie nicht helfen wollen, dann muß ich meinen leidenden Freund anderswohin bringen.« Und ich winkte meine Droogies leise vom Eingang fort, drehte mich um und rief laut: »Macht nichts, alter Freund, wir werden bestimmt einen guten Samariter finden. Wir sollten dieser alten Dame vielleicht keinen Vorwurf daraus machen, daß sie mißtrauisch ist, wo es heutzutage so viele Halunken und Rowdies gibt.« Dann verzogen wir uns still vom Eingang nach rechts, wo es etwas dunkler war, und warteten wieder, und ich flüsterte:

»Gut. Jetzt wieder zum Eingang, aber leise. Ich steig auf Dims Pletschos und weiter die Fassade rauf zu diesem Fenster da oben. Dann rein und diesem alten Reff das Maul stopfen und für euch aufmachen. Kein Problem.« Denn ich zeigte ihnen, wer der Anführer war, und der Tschelloveck mit den Ideen. »Seht ihr«, sagte ich, »diesen ganzen Stuck und Verputz? Das gibt guten Halt für meine Nogas, Brüder.« Sie sahen alles das und bewunderten vielleicht meine Idee, dachte ich, und sagten gut gut gut und nickten.

Also auf Zehenspitzen zurück zum Eingang. Dim war unser großer starker Malitschick, und Pete und Georgie halfen mir auf Dims bolschige Pletschos. Wir hatten die ganze Zeit die Glotzies offengehalten und gesehen, daß die Gegend wie tot war. Dank dem glupigen Fernsehen und der Angst der Bourgeois und dem Mangel an nächtlichen Bullenstreifen hatten wir das Glück, daß auf der ganzen Straße kein Arsch rumkrebste. Als ich auf Dims Pletschos stand, konnte ich bequem diesen breiten Sims über dem Eingang erreichen, und ich zog mich rauf und stand und hatte den Fenstersims in Griffweite. Es war kein Problem, auch da raufzuklettern, und dann hockte ich draußen vor dem Fenster. Es war zu, wie ich erwartet hatte, aber ich zog meine Britva und wickelte das alte Poschmookus um den Griff, daß es keinen solchen Lärm gab, und schlug krack krack die Scheibe ein. Meine Droogies linsten von unten rauf, und ich konnte sie aufgeregt schnaufen hören. Ich steckte meine Hand durch das Loch und drückte den Hebel nach oben, und die beiden Fensterflügel gaben nach, und ich kletterte rein. Und unten standen meine Schafe mit offenen Mäulern und glupschten, o meine Brüder.

Ich war in einem muffigen dunklen Zimmer mit einem Bett und Schränken und Glasvitrinen und bolschig schweren Sesseln und Büchern überall, aber ich schritt mannhaft zur Tür, unter der ein Lichtspalt zu sehen war. Die Tür knarzte und quietschte unheimlich, und dann war ich in einem staubigen Korridor mit anderen Türen zu beiden Seiten. All diese Verschwendung, Brüder, ich meine, all diese Räume und nur eine stari Titsa darin, sie und ihre Miezen, da konnte man schon einen zuviel kriegen, wenn man darüber nachdachte, aber vielleicht hatten die Kots und Koschkas wie getrennte Schlafzimmer und lebten von Schlagsahne und Leber und ganzen Fischen wie Königinnen und Prinzen. Ich hörte die wie gedämpfte Goloß dieser alten Babuschka unten im Parterre sagen: »Ja ja ja, so ist es recht«, aber wahrscheinlich govoritete sie zu diesen miauenden Dachhasen, die maaaaaao maaaaao machten und mehr Moloko wollten. Dann war ich an der Treppe, die nach unten in die Halle führte, und ich dachte mir, daß ich diesen wankelmütigen und wertlosen Droogs von mir zeigen würde, daß ich mehr wert war als die drei von ihnen zusammen. Ich würde alles auf eigene Faust machen. Ich würde es diesem alten Reff besorgen, wenn nötig auch noch ihren fetten Miezekatzen, und dann würde ich ein paar ordentliche Hände voll von dem greifen, was wie das richtige polezni Zeug aussah, und damit zum Eingang tanzen und aufmachen und meine wartenden Droogs mit Gold und Silber wie überschütten. Sie mußten alles über Führerschaft lernen.

Also ging ich runter, langsam und vorsichtig, und bewunderte im Treppenhaus stari Gemälde aus alten Zeiten – Dewotschkas mit langem Haar und hohen Kragen, das Land mit Bäumen und Pferden, der heilige bärtige Veck, wie er ganz nagoi an einem Kreuz hing. Es war ein richtig modriger Sung nach Katzen und Fischen und Staub in dieser Villa, ganz anders als in den Wohnblocks. Und dann war ich unten und konnte das Licht in diesem Vorderzimmer sehen, wo sie ihren Kots und Koschkas die alte Moloko gegeben hatte. Mehr noch, ich konnte diese großen, vollgestopften Skutinas rein- und rausschleichen sehen, wobei sie ihre Schwänze wie schwenkten und sich unten am Türrahmen rieben. Auf einer großen Truhe oder was, die in der dunklen Eingangshalle stand, sah ich eine hübsche malenki Statue, die im Licht aus dem Zimmer glänzte, also krastete ich sie für mich selbst, denn sie war wie von einer jungen dünnen Dewotschka, die auf einem Noga stand und die Arme ausbreitete, und ich konnte sehen, daß dieses Ding aus Silber gemacht war. So hatte ich diese Statue in der Hand, als ich in das beleuchtete Zimmer zottelte und sagte:

»Hallo hallo. Endlich kommen wir doch zusammen. Unser kleiner Govorit durch den Briefschlitz war nicht, sagen wir, befriedigend, ja? Geben wir zu, daß er es nicht war, ganz bestimmt nicht, du stinkende alte stari Mesuse.« Und ich blinzelte ins Licht von diesem Zimmer, wo die alte Titsa drin war. Es war voll von Kots und Koschkas, die alle auf den Teppichen rumkrabbelten, und überall waren Haare von diesen Biestern, und diese fetten Murken kamen in allen Formen und Farben vor, schwarz, weiß, braun, scheckig und gestreift, und auch in jedem Alter, von den ganz Jungen, die miteinander spielten und hüpften, bis zu den großen, fetten erwachsenen Miezen und einigen, die schon sehr stari waren, triefäugig und wie räudig und sehr reizbar. Ihre Herrin, diese alte Titsa, starrte mich hart und grimmig an, wie ein Mann, beinahe, und sagte:

»Wie bist du hereingekommen? Halte deinen Abstand, du schurkige junge Kröte, oder ich werde gezwungen sein, dich zu schlagen.«

Darauf hatte ich eine Horrorschau von einem guten Smeck, denn ich sah, daß sie in ihren geäderten Krallen einen beschissenen hölzernen Gehstock hatte, den sie drohend gegen mich erhob. Und so, während ich mit meinen glänzenden Zubis machte, ging ich ein bißchen näher zu ihr, und unterwegs sah ich auf einer Kommode oder was ein herrliches kleines Ding, das lieblichste malenki Wetsch, das ein musikliebender Malitschick wie ich mit eigenen Glotzies zu sehen jemals hoffen konnte, denn es war wie der Gulliver und die Pletschos von Ludwig van selber, was man eine Büste nennt, wie aus Stein gemacht, mit langem Steinhaar und blinden Glotzies und der großen Krawatte. Ich war sofort ganz hin davon und sagte: »O wie schön, und ganz für mich«, oder so ähnlich, aber wie ich darauf zuging und es liebevoll betrachtete und meine gierigen Griffel schon danach ausstreckte, übersah ich die Untertassen mit Milch, die auf dem Boden standen, und in eine von ihnen trat ich und kam aus dem Gleichgewicht. Ich sagte: »Hoppla« und versuchte mich auf den Beinen zu halten, aber diese alte Titsa war sehr schlau und sehr skorri für ihr Alter hinter mich gekommen und haute mir ihren Stock über den Gulliver, krack krack. So fand ich mich auf allen vieren zwischen den Untertassen und all den Miezen, und ich versuchte wieder hochzukommen und sagte: »He, du unartiges altes Mädchen.« Und dann machte sie wieder krack krack krack auf meinen Gulliver und keifte: »Warte nur, du verkommener Gassenjunge, dich werd' ich lehren, bei besseren Leuten einzubrechen!« Dieses Krack krack ging mir allmählich an den Nerv, und was sie sagte, gefiel mir auch nicht, und so packte ich das Ende von ihrem Stock, als es wieder runterkam, und dann verlor sie das Gleichgewicht und versuchte sich am Tisch festzuhalten, aber dann kam das Tischtuch in Bewegung, mit einem Milchkrug und einer Milchflasche darauf, die wie betrunken torkelten, bevor sie umkippten und das Weiße in alle Richtungen platschte, dann war die stari Babuschka mit einem Grunzer am Boden und rief: »Verdammt, Junge, das sollst du mir büßen!« Nun waren alle die Katzen ganz verschreckt und rannten und sprangen wie in einer Art Katzen-Panik durcheinander, und manche gaben sich gegenseitig die Schuld, verteilten Katzen-Tollschocks mit den Pfoten und machten grrr kraaaaark und chht.

Ich kam auf meine Nogas, und da war diese bösartige, rachsüchtige alte Reff mit ihren wabbelnden Hautlappen unter dem Kinn und grunzte, als sie sich wie vom Boden hochzuhebeln versuchte, und so gab ich ihr einen hübschen malenki Tritt in ihr Litso, und das gefiel ihr nicht und sie machte: »Waaaaah«, und du konntest sehen, wie ihr fleckiges faltiges Litso lila und purpurn wurde, wo ich mit dem alten Noga gelandet war, wie wenn ihr auf die alten Tage noch eine Knospe aufgegangen wäre.

Als ich von dem Tritt zurückging, mußte ich einer dieser fauchenden Miezen auf den Schwanz gestiegen sein, denn ich sluschte ein wildes Jauuuuuuuw und fand, daß ein Gewicht mit Zähnen und Krallen an meinem Bein hing. Ich fluchte und versuchte sie abzuschütteln, während ich diese malenki Silberstatue in einer Hand hielt und über diese alte Titsa auf dem Boden stieg, um den herrlichen Ludwig van zu erreichen, der in Stein wie die Stirn runzelte. Und dann war ich in einer anderen Untertasse voll Moloko und wäre beinahe wieder hingeflogen, das Ganze wirklich eine sehr humoristische Nummer, wenn man sie sich mit irgendeinem anderen Veck vorstellen könnte und nicht mit eurem ergebenen Erzähler. Und dann langte die stari Titsa am Boden über ihre kratzenden und fauchenden Miezen und erwischte meinen Noga, ohne mit ihrem »Waaaaah« aufzuhören, und weil meine Balance schon ein malenki bißchen wacklig war, krachte ich diesmal richtig hin, mitten in die spritzende Moloko und die kreischenden Koschkas, und die alte Schraube bearbeitete mein Litso mit ihren knochigen Fäusten, beide von uns jetzt am Boden, und kreischte: »Kratzt ihm die Augen aus, beißt ihn, reißt ihn in Stücke, den schändlichen jungen Räuber!« Und dann, wie wenn sie der alten stari Titsa gehorchten, sprangen ein paar von diesen fetten Koschkas auf mich und fingen wie bezumnie zu kratzen an. Darauf wurde ich selbst richtig bezumnie, meine Brüder, und schlug nach ihnen, aber diese Babuschka sagte: »Laß du deine Finger von meinen Kätzchen, du Kröte«, und krallte mein Litso mit ihren ekligen alten Fingernägeln, und ich kreischte: »Du schmutzige alte Sumka«, und kam mit der kleinen malenki Silberstatue hoch und knallte ihr einen feinen sauberen Tollschock auf den Gulliver, und das legte sie schön und richtig horrorschaumäßig schlafen.

Nun, als ich mich zwischen all den raunzenden Kots und Koschkas vom Boden aufrappelte, was sollte ich anderes sluschen als den Schum der alten Streifenwagensirene in der Ferne, und mir dämmerte skorri, daß die alte Mutter der Miezen die Bullen angerufen hatte, während ich dachte, sie wäre von der Tür wieder in ihre Menagerie gegangen, um mit der Fütterung weiterzumachen. Aber ihr Verdacht war skorri am Kochen gewesen, als ich an der Tür die alte Schau mit dem kranken Freund abgezogen hatte. Jetzt, mit dem schrecklichen Schum der Bullenkutsche im Ohr, raste ich zur Haustür und fummelte wie besessen mit all den Schlössern und Ketten und Riegeln. Dann kriegte ich sie auf, und wer anders sollte auf der Schwelle stehen als der alte Dim, ich gerade noch imstande, die anderen zwei von meinen sogenannten Droogs krauten zu sehen.

»Los, Abflug«, kreischte ich Dim zu. »Die Bullen kommen.«

Dim sagte: »Du bleibst hier und wartest, wuh huh huh huh«, und dann sah ich, daß er seine Radkette in den Griffeln hatte, und er machte damit, und sie kam phuuuuiiitt, und er zog sie mir sauber und wie artistisch über die Glotzies, ich konnte eben noch rechtzeitig die Deckel zumachen. Dann heulte ich rum und versuchte mit diesem wahnsinnigen großen Schmerz zu sehen, und Dim sagte: »Ich finde nicht richtig, daß du tun solltest, was du getan hast, alter Droog. Das war nicht in Ordnung, so auf mich loszugehen, Bratti.« Und dann konnte ich seine bolschigen klumpigen Sabogs wegtrampeln sluschen, er immer noch mit seinem huh huh huh, während er den anderen in die Dunkelheit nachkrautete, und es war nur ungefähr sieben Sekunden danach, daß ich die Bullenkutsche mit einem schmutzigen gromki Sirenengeheul ankommen sluschte. Ich heulte auch und torkelte rum und schlug meinen Gulliver bom gegen die Wand der Eingangshalle, denn meine Glotzies waren zu, und der Saft strömte über mein Litso, sehr qualvoll. So tappte ich wie blind in der Halle umher, als die Bullen kamen. Ich konnte sie natürlich nicht sehen, aber ich konnte sie sluschen und den Sung von den Bastarden riechen, und bald konnte ich sie auch fühlen, als sie grob wurden und mir die Arme verdrehten und mich raustrugen. Ich konnte auch einen Bullengloß sluschen, die wie aus dem Zimmer kam, wo alle die Kots und Koschkas waren, und sagte: »Sie ist übel zugerichtet, aber sie atmet«, und die ganze Zeit raunzten und miauten diese fetten Murken wie im Hintergrund.

»Ein richtiges Vergnügen, das«, hörte ich eine andere Bullengoloß sagen, als ich sehr grob und skorri in den Wagen getollschockt wurde. »Der kleine Alex, und ganz für uns allein.«

Ich schrie: »Ich bin blind, Bog soll euch braten, ihr graznigen Bastarde.«

Einer smeckte, und dann sagte eine Goloß: »Reiß dich gefälligst zusammen«, und dann kriegte ich einen Rück-hand-Tollschock mit irgendwelchen beringten Griffeln voll in die Schnauze. Ich sagte:

»Bog soll euch morden, ihr stinkigen Bratschnis. Wo sind die anderen? Wo sind meine stinkenden, verräteri-schen Droogs? Einer von meinen verfluchten graznigen Brattis hat mir mit seiner Kette die Glotzies geraspelt. Fangt sie, bevor sie einen Geist machen. Es war alles ihre Idee, Brüder. Sie haben mich wie gezwungen, es zu tun. Ich bin unschuldig, Bog soll euch schlachten.«

Inzwischen hatten sie alle einen guten Smeck über mich und knufften und bufften mich auf den Rücksitzen rum und hatten ihren wie herzlosen Spaß mit mir, aber ich machte weiter über diese sogenannten Droogs von mir, und dann sah ich, daß es keinen Zweck hatte, denn mittlerweile würden sie alle wieder gemütlich im ›Duke of New York‹ sitzen und Kaffee mit Schlagsahne und doppelte Schotten durch die bereitwilligen Gurgeln die-ser stinkenden stari Babuschkas gießen, und die würden wieder anfangen mit ihrem: »Danke, Jungs. Gott segne euch, Jungs. Die ganze Zeit hiergewesen, jawohl, das seid ihr, Jungs. Nicht einen Moment aus unseren Augen.«

Die ganze Strecke zum Bullenladen ließen sie die Sirene

heulen, und ich saß eingekeilt zwischen zwei smeckenden Bullen und kriegte immer wieder die malenki Tollschocks und die alten Ellenbogen und sah wie durch lauter Tränen und Blut eine Art von wässriger Stadt vorbeirauschen, wo alle Lichter ineinanderflossen. Ich konnte jetzt mit schmerzenden Glotzies diese zwei smekkenden Bullen neben mir sehen, und den dünnen, wie vogelköpfigen Fahrer und den fettnackigen Bastard neben ihm. Dieser hatte sich halb umgedreht, und als er sah, daß ich die Augen offen hatte, schleimte er mich an: »Nun, Alex-Boy, wir alle freuen uns auf einen angenehmen Abend zusammen, nicht wahr?« Ich sagte:

»Woher weißt du meinen Namen, Scheißbulle? Bog soll dich zur Hölle schießen, grazniger Bratschni.« Darauf hatten sie alle einen Smeck, und einer von meinen Nachbarn drehte an meinem Ohr, bis ich meinen Gulliver zwischen den Knien hatte. Der specknackige Beifahrer sagte: »Jeder kennt den kleinen Alex und seine Droogs. Unser Alex ist ein ziemlich berühmter Junge geworden.«

»Es waren diese anderen«, schrie ich. »Georgie und Dim und Pete. Das sind keine Droogs von mir, diese Sackratten.«

»Nun«, sagte der Specknacken, »du hast noch den ganzen Abend vor dir und kannst uns die ausführliche Geschichte von den verwegenen Heldentaten dieser jungen Herren erzählen, und wie sie den armen unschuldigen kleinen Alex vom rechten Weg abgebracht haben.« Dann konnte ich den Schum einer anderen Polizeisirene sluschen, die an diesem Auto vorbeikam und sich in die Gegenrichtung entfernte.

»Ist das für diese Schweinepriester?« sagte ich. »Werden sie von euch Bastarden eingesackt?«

»Das«, sagte Specknacken, »war ein Krankenwagen für dein Opfer, die alte Dame, du verkommener Strolch.«

»Es war alles denen ihre Schuld«, rief ich und hielt die

Hände vor meine schmerzenden Glotzies. »Die Bastarde werden jetzt im ›Duke of New York‹ sein und einen pitschen. Holt sie, verdammt noch mal, ihr stinkenden Teufel.« Und dann gab es mehr Smecken und noch einen malenki Tollschock auf meine arme schmerzende Schnauze, o meine Brüder. Und dann kamen wir bei dieser stinkenden Bullenabsteige an, und sie halfen mir mit Tritten und Stößen aus dem Auto und tollschockten mich die Stufen rauf, und ich wußte, daß ich nichts von einer anständigen Behandlung erwarten durfte, nicht von diesen stinkigen graznigen Bratschnis, Bog soll sie verdammen.

7

Sie schleiften mich in dieses sehr hell beleuchtete, weißgekalkte Kontora, und es hatte einen starken Sung, der wie eine Mischung von Gekotztem und Bierfahnen und Desinfektionsmittel war und von den Ausnüchterungszellen weiter rückwärts kam. Du konntest einige von den Plennies dort fluchen und singen hören, und ich bildete mir ein, daß ich einen sluschen konnte, der grölte:

> »Und ich komm zurück zu dir,
> Mein Liebling, mein Liebling,
> Wenn du, mein Liebling, bist tot.«

Aber dann kamen die Golosses von Bullen dazwischen, die ihnen sagten, daß sie die Schnauzen halten und die Zellen nicht so verunreinigen sollten, und du konntest sogar sluschen, daß jemand richtig horrorschaumäßig getollschockt wurde und aowwwwwwwhhuuu machte, und es klang wie die Goloß einer betrunkenen stari Titsa, nicht wie von einem Mann. Mit mir waren noch vier Bullen in diesem Kontora, und alle pitschten den alten Tschai, ein mächtiger Topf davon stand auf dem Tisch, und sie schlürften und rülpsten in einem fort über ihren schmutzigen, bolschig großen Tassen. Mir boten sie keinen an. Alles was sie mir gaben, meine Brüder, war ein beschissener stari Spiegel zum Hineinschauen, und in der Tat war ich nicht länger euer stattlicher junger Erzähler, sondern ein wahres Jammerbild von einem Anblick, mit geschwollenen blutigen Lippen und ganz roten Glotzies und einer dicken Nase. Sie smeckten alle ganz horrorschaumäßig, als sie meinen Schrecken sahen, und einer von ihnen sagte: »So schön hast du dich noch nicht gesehen, was?« Und dann kam ein Bullenoberer rein, mit wie Sternen auf seinen Pletschos, um zu zeigen, daß er sehr sehr hoch und was Besseres sei, und er smottete mich kurz an und sagte: »Hm.« Und so fingen sie an. Ich sagte:

»Ich werde nicht ein einziges Slovo sagen, solange ich keinen Anwalt hier habe. Ich kenne das Gesetz, ihr Bastarde.« Natürlich hatten sie darauf alle einen guten gromkigen Smeck, und der mit den Sternen sagte:

»Recht so, recht so, dann fangen wir mal damit an, daß wir ihm zeigen, daß wir auch das Gesetz kennen, aber daß Gesetzeskenntnisse nicht alles sind.«

Er hatte eine Goloß wie ein feiner Herr und sprach in einer sehr müden und gelangweilten Art und Weise, und er nickte mit einem wie schläfrigen Droogielächeln einem sehr großen, fetten Bastard zu. Dieser Bastard zog seine Uniformjacke aus, und ich konnte sehen, daß er eine richtig große Wampe hatte, dann kam er nicht zu skorri auf mich zu, und ich roch den Tschai mit Moloko, den er gepitscht hatte, als er seinen Mund in einem wie sehr müden und lauernden Grinsen öffnete. Für einen Bullen war er nicht allzu gut rasiert, und unter seinen Armen hatte sein Hemd Flecken von getrocknetem Schweiß, und als er nahe zu mir kam, kriegte ich diesen widerlichen warmen Sung von Schweiß und stari Unterhosen. Dann ballte er seine dicke rote Faust und gab mir einen direkt in den Magen, was unfair war, und alle die anderen Bullen smeckten sich ihre Gullivers ab, bis auf den Oberen, der mit seinem müden und gelangweilten Lächeln weitermachte. Ich mußte mich gegen die weißgekalkte Wand lehnen, so daß all das Weiße auf meine Platties abfärbte und schnappte mühsam und mit großen Schmerzen nach Luft, und dann kam mir der klebrige Kuchen hoch, den ich vor dem Anfang des Abends gemenkelt hatte. Aber ich konnte dieses Ding nicht ertragen, einfach so auf den Boden zu kotzen, und so hielt ich es zurück. Dann sah ich, daß dieser fette Schläger sich halb zu seinen Bullendroogs umdrehte, um mit ihnen über das zu smecken, was er getan hatte, und so hob ich meinen rechten Noga, und bevor sie ihm zuschreien konnte, daß er aufpassen sollte, gab ich ihm einen schönen sauberen Tritt in den Sack. Und er kreischte Zeter und Mordio und stöhnte und wankte ganz krumm zu seinem Stuhl.

Aber danach fielen sie alle über mich her, nahmen mich in die Mitte und spielten mich wie einen sehr müden blutigen Ball von einem zum anderen, o meine Brüder, und knallten mir ihre Fäuste ins Litso und in den Bauch und die Eier und teilten Tritte aus, und dann mußte ich schließlich doch auf den Boden kotzen, und wie ein wirklicher bezumnie Veck murmelte ich sogar: »Tut mir leid, Brüder, das war nicht richtig. Tut mir leid.« Aber sie gaben mir Fetzen von einer stari Gazetta, und ich mußte alles aufwischen, und dann mußte ich noch mit dem Sägemehl machen. Zuletzt sagten sie, beinahe wie liebe alte Droogs, daß ich mich hinsetzen solle, und wir würden alle wie in Ruhe miteinander govoriten. Und dann kam P. R. Deltoid, den sie anscheinend zu Hause angerufen hatten, von der Straße rein, und er sah sehr müde und und graznig aus und sagte: »So ist es also passiert, Alex-Boy, ja? Genauso, wie ich es mir gedacht hatte. Lieber Gott, ja.« Dann wandte er sich zu den Bullen und sagte: »n'Abend, Inspektor, n'Abend, Sergeant, n'Abend allerseits. Nun, dies ist der Schlußpunkt für mich, fürchte ich, ja. Meine Güte, sieht der Junge aus. Sehen Sie sich bloß seinen Zustand an.«

»Gewalt erzeugt Gewalt«, sagte der Bullenobere in einer wie heiligmäßigen Goloß. »Er widersetzte sich seiner Festnahme.«

»Der Schlußpunkt, ja«, sagte P. R. Deltoid wieder. Er sah mich mit sehr kalten Glotzies an, wie wenn ich ein Ding geworden wäre und nicht mehr ein blutender, sehr müder und zerschlagener Tschelloveck war. »Ich nehme an, ich werde morgen den Haftrichter aufsuchen müssen.«

»Ich war es nicht, Bruder, Sir«, sagte ich, ein malenki bißchen weinerlich. »Sprechen Sie für mich, Sir, denn ich bin nicht so schlecht. Ich wurde von der Verräterei der anderen wie in die Falle gelockt, Sir.«

»Kann gurren wie ein Täubchen, der Bursche«, sagte der Bullenobere spöttisch. »Rührt einen zu Tränen, ja, das tut er.«

»Ich werde sprechen«, sagte der kalte P. R. Deltoid. »Ich werde morgen meine Erklärungen abgeben, keine Sorge.«

»Wenn Sie ihm gern eine Ohrfeige geben wollen, Sir«, sagte der Bullenobere, »dann lassen Sie sich durch uns nicht stören. Wir werden ihn festhalten. Er muß eine weitere große Enttäuschung für Sie sein.«

Dann tat P. R. Deltoid was, was ich einem Mann wie ihm, der uns Bösewichter in gute brave Malitschicks verwandeln sollte, nie zugetraut hätte, schon gar nicht vor all diesen Bullen. Er kam ein bißchen näher und spuckte. Er spuckte mir einen richtig großen Qualster ins Litso, und dann wischte er sich das nasse Maul mit dem Handrücken. Und ich wischte und wischte und wischte mein bespucktes Litso mit meinem blutigen Poschmookus und sagte: »Danke, Sir, danke sehr, Sir, das war sehr freundlich von Ihnen, Sir, danke.« Und dann ging P. R. Deltoid ohne ein weiteres Slovo hinaus.

Die Bullen setzten sich nun zusammen und knobelten ihren Bericht aus, den ich unterschreiben sollte, und ich dachte, zur Hölle mit euch allen, wenn ihr Bastarde auf der Seite des Guten seid, dann bin ich froh, daß ich zum anderen Laden gehöre. »In Ordnung«, sagte ich zu ihnen, »ihr graznigen Bratschnis, die ihr seid, ihr stinkigen Bullen. Schreibt es auf, schreibt alles auf. Ich werde nicht mehr auf dem Bauch rumkriechen, ihr merzki Gesocks. Wo soll ich anfangen, ihr Rotärsche? Mit meiner Entlassung aus der Besserungsanstalt? Gut, Horrorschau, ihr sollt es haben.«

Und so gab ich es ihnen, und dieser Stenographenveck, den sie kommen ließen, ein sehr stiller und schüchterner Typ, gar kein richtiger Bulle, schrieb Seite um Seite voll. Ich gab ihnen das Ultrabrutale, das Ladenkrasten, die Dratsereien, das alte Rein-Raus, den ganzen Haufen bis zu diesem Abend mit der stari Titsa und den miauenden Kots und Koschkas. Und ich sorgte dafür, daß meine sogenannten Droogs bis zu den schmutzigen Hälsen mit drin waren. Als ich endlich fertig war, sah der Stenograph ein bißchen blaß und geschwächt aus, der arme alte Veck, und der Bullenobere sagte zu ihm, in einer freundlichen Art von Goloß:

»Gut, Perkins, Sie gehen jetzt und machen sich eine gute Tasse Tee, und dann tippen Sie diesen ganzen Schmutz und Unflat mit einer Wäscheklammer auf der Nase, drei Kopien. Dann werden wir sie unserem hübschen jungen Freund hier zur Unterschrift vorlegen. Und dich«, sagte er zu mir, »werden wir jetzt in dein Hotelzimmer bringen, mit fließendem Wasser und allen Annehmlichkeiten. In Ordnung«, in dieser müden Goloß zu zweien von den richtig brutalen Bullentypen, »bringt ihn raus«.

So wurde ich durch den Korridor und zu den Zellen getreten und geboxt und gestoßen und mit zehn oder zwölf anderen Plennies zusammengesperrt, viele von ihnen betrunken. Es gab wirklich ekelhafte merzki Vecks unter ihnen, schlimmer als Tiere, einer mit seiner Nase ganz weggefressen und das Maul offen wie ein großes schwarzes Loch, einer, der auf dem Boden lag und schnarchte, wobei ihm die ganze Zeit wie gelber Schleim aus dem Mundwinkel lief, und einer, der seine Pantalonies naß und voll Scheiße hatte. Dann waren da zwei Warme, die alle beide Gefallen an mir fanden, und einer von ihnen sprang mich von hinten an und begrapschte mich, und ich hatte einen richtig bösen Kampf mit ihm und seinem Gestank, wie von Likör und billigem Parfüm, bis mir wieder das Kotzen kam, bloß war mein Bauch jetzt leer, o meine Brüder. Dann fing der andere Warme an, mich mit seinen Griffeln zu befummeln, und dann gab es ein Knurren und eine Dratserei zwischen den beiden, weil alle zwei an meinen Plotti wollten. Der Schum wurde sehr laut, so daß ein paar Bullen daherkamen und diese zwei von den alten Gummiknüppeln kosten ließen. Danach saßen beide still und glupschten wie ins Leere, und das alte Krovvy lief einem von ihnen übers Litso und machte tropf tropf tropf von seinem Kinn. Es gab dreistöckige Pritschen in dieser Zelle, aber alle waren besetzt. Ich kletterte auf einer Seite zur obersten Pritsche rauf, und da boppte ein betrunken schnarchender stari Veck, wahrscheinlich von den Bullen da hinaufgehoben. Nun, ich hob ihn wieder runter, denn er war nicht allzu schwer, und er fiel auf den fetten betrunkenen Tschelloveck, der da am Boden schnarchte und schleimte, und beide wachten auf und fingen an zu hakeln und fuhren einander mit ihren schmutzigen Fäusten in die Litsos. So packte ich mich auf diese stinkende Matratze, meine Brüder, und war so sehr müde und erschöpft und verletzt, daß ich gleich einschlief. Aber es war nicht wirklich wie Schlaf, es war wie der Übergang in eine andere, bessere Welt. Und in dieser anderen, besseren Welt, o meine Brüder, war ich wie auf einem großen Feld mit lauter Blumen und Bäumen, und da war eine Art von Ziegenbock mit dem Litso eines Mannes und spielte auf einer Art Flöte. Und dann erhob sich Ludwig van wie die Sonne am Himmel, mit donnergrollendem Litso und Krawatte und wilder Mähne, und dann hörte ich die Neunte, letzter Satz, und die Slovos waren alle ein bißchen durcheinander, als ob sie selbst wüßten, daß es so sein mußte, weil es ja nur ein Traum war:

> Junge, Hai im Himmelslichte,
> Schlächter aus Elysium,
> Deinem blut'gen Arschgesichte
> Schlagen wir die Nase krumm.

Aber die Melodie war richtig, das wußte ich noch, als ich zwei oder zehn Minuten oder zwanzig Stunden oder Tage oder Jahre später geweckt wurde (meine Uhr hatten sie mir abgenommen). Viele Kilometer unter mir stand ein Bulle, wie es schien, und stieß mit einem langen Stock mit einem Eisenstachel am Ende nach mir und sagte:

»Wach auf, Junge. Wach auf, mein Herzchen. Jetzt hast du richtigen Ärger.« Ich sagte:

»Warum? Wer? Wo? Was ist los?« Und die Melodie der Ode an die Freude aus der Neunten sang lieblich in mir weiter. Der Bulle sagte:

»Komm runter und du wirst sehen. Es gibt hübsche Neuigkeiten für dich, mein Sohn.« Also kletterte ich runter, sehr steif und wund und noch nicht richtig wach, und dieser Bulle, der mächtig nach Käse und Zwiebeln roch, stieß mich aus der schmutzigen schnarchenden Zelle und Korridore entlang, und die ganze Zeit jubelte die Freude schöner Götterfunken in mir fort. Dann kamen wir zu einem sehr sauberen und feinen Kontora mit zwei Schreibtischen und Blumen darauf, und an dem Chefschreibtisch saß der Bullenobere mit sehr ernster Miene und richtete einen sehr kalten Blick auf mein verschlafenes Litso. Ich sagte:

»Gut gut gut. Wie geht's Bratti? Was gibt's, in dieser feinen, strahlenden Mitte der Notschi?« Er sagte:

»Ich gebe dir genau zehn Sekunden, dieses dämliche Grinsen aus deinem ungewaschenen Gesicht zu wischen. Dann möchte ich, daß du mir zuhörst.«

»Was denn?« sagte ich smeckend. »Sind Sie noch nicht zufrieden damit, daß Sie mich halb totschlagen und bespucken und stundenlang Geständnisse ablegen und dann zwischen Bezumnies und stinkende Perverse in eine graznige Zelle schmeißen ließen? Haben Sie sich eine neue Quälerei für mich ausgedacht, Sie Bratschni?«

»Es wird eine Qual sein, die du dir selber bereitet hast«, sagte er ernst. »Ich hoffe zu Gott, daß sie dich zum Wahnsinn treiben wird.«

Und dann, bevor er es mir sagte, wußte ich, was es war. Diese alte Titsa, die alle die Kots und Koschkas hatte, war in einem der städtischen Krankenhäuser in eine bessere Welt hinübergegangen. Ich hatte ihr ein bißchen zu hart auf den Kürbis geklopft. Ich sagte:

»Ist diese Frau gestorben, ja?«

»Sie ist tot«, sagte der Bullenobere mit einem Blick, als wollte er mich gleich hinterherschicken, »und du hast sie auf deinem Gewissen, sofern du etwas wie ein Gewissen kennst. Nun, du wirst in den kommenden Jahren sehr viel Zeit haben, dir darüber Gedanken zu machen.«

Nun, das war alles. Ich dachte an all diese Kots und Koschkas, die nach der alten Moloko miauten und keine kriegten, nicht mehr von ihrer stari Babuschka von einer Herrin, und an diese muffige stari Villa mit den vielen kostbaren dorogoi Wetsches darin, und wie die Erben der alten Titsa über das Zeug herfallen und sich darüber in die Haare kriegen würden. Das war alles. Jetzt hatte ich alles getan. Und ich noch keine siebzehn.

II.

1

»Was soll denn nun werden, hm?«

Ich nehme den Faden wieder auf, und dies ist der wirklich tränenreiche und wie tragische Teil der Geschichte, der, meine Brüder und einzigen Freunde, im Staja (das heißt, Staatsgefängnis) Nummer 84 F beginnt. Ihr werdet wenig Verlangen haben, von all den traurigen und schlimmen Dingen zu sluschen, die sich abspielten, nachdem die Bullen mich gekrallt hatten, wie etwa von dem Schock, in dem mein Dadda seine an den Wänden aufgeschlagenen krovvy Hände gegen den wie unfairen Bog im Himmel schüttelte, oder wie meine Emme in ihrem mütterlichen Kummer den Mund eckig zog und das große Buhuuuhu über ihren einzigen Sohn anstimmte, der sie und alle anderen so horrorschaumäßig im Stich gelassen hatte. Dann gab es den stari und sehr grimmigen Polizeirichter, der einige sehr harte Slovos gegen euren Freund und ergebenen Erzähler govoritete, nach all den scheißigen und graznigen Verleumdungen, die P. R. Deltoid und die Bullen über mich ausgespuckt hatten. Danach kam die Untersuchungshaft in großen schmierigen Massenzellen unter stinkenden Perversen und Prestupniks. Und schließlich gab es die Verhandlung vor dem Schwurgericht, mit einem bösartigen stari Veck von einem Richter und glupigen Geschworenen, die fortwährend wie sittliche Entrüstung mimten, und einigen sehr, sehr schmutzigen Slovos, die in einer wie sehr feierlichen

Art und Weise govoritet wurden, und dann Schuldig und meine Emme mit ihrem Buhuuuuhu buhuuuuh, als der Richterveck vierzehn Jahre sagte, o meine Brüder. Und so war ich jetzt hier, genau zwei Jahre, nachdem man mich mit Tritten und Stößen ins Staja 84 F eingeliefert hatte, gekleidet nach dem letzten Schrei der Gefängnismode, die ein einteiliger Anzug von einer sehr schmutzigen Farbe wie Kacke war, mit einer großen weißen, auf Brust und Rücken genähten Nummer, so daß ich jetzt im Kommen und Gehen 6537 war, und nicht länger euer kleiner Droog Alex.

»Was soll denn nun werden, hm?«

Es war nicht erbaulich gewesen, zwei Jahre in diesem Höllenloch und wie menschlichen Zoo zu sein, getreten und getollschockt von brutalen Wärtern und wie belästigt von diesen schleimigen perversen Typen, die gleich zu sabbern anfingen, wenn sie einen frischen jungen Malitschick wie euren Erzähler sahen. Und man mußte in den Werkstätten roboten und Zündholzschachteln machen und zum Luftschnappen im Hof herumzotteln, immer dreißig Runden, und abends kam manchmal ein stari Professorentyp von einem Veck und govoritete über Käfer oder die Milchstraße oder die Wunder der Schneeflocke, und bei diesem letzten Vortrag hatte ich einen guten Smeck, weil er mich an diesen anderen Veck erinnerte, der eines Winterabends von der öffentlichen Biblio gekommen war, als meine Droogs noch keine hinterlistigen Mamser gewesen waren und ich mich noch wie glücklich und frei gefühlt hatte.

Von diesen meinen ehemaligen Droogs hatte ich nur ein Ding gesluscht, und es war eines Tages, als meine Pe und Em zu Besuch kamen und mir erzählten, daß Georgie tot war. Ja, tot, meine Brüder. Tot wie ein Stück Hundescheiße auf der Straße. Georgie hatte die anderen zwei in das Haus eines sehr reichen Tschelloveck geführt, und dort hatten sie den Besitzer zu Boden getollschockt und getreten, und dann hatte Georgie angefangen, die Polstermöbel und Vorhänge zu rizrazzen, und dann hatte der alte Dim einige sehr wertvolle Ornamente wie Statuen und Vasen und so zerschlagen, und dieser zusammengenagelte reiche Veck war davon wieder munter geworden und hatte getobt wie bezumnie und war mit einer sehr schweren Eisenstange auf sie losgegangen. Seine Wut hatte ihm wie gigantische Kräfte verliehen, und Dim und Pete waren durch das Fenster gekrautet, aber Georgie war mit einem Teppich ausgerutscht und hatte dann diese Eisenstange mit voller Wucht auf den Gulliver gekriegt, krack und plautsch, und das war das Ende vom verräterischen Georgie gewesen. Der reiche stari Mörder hatte sich auf Notwehr berufen und war freigesprochen worden, was wirklich richtig und in Ordnung war. Daß Georgie in die Grütze gegangen war, wenn auch erst ein gutes Jahr, nachdem die Bullen mich kassiert hatten, schien mir nur recht und billig zu sein und wie Schicksal.

»Was soll denn nun werden, hm?«

Ich war in der Knastkapelle, weil Sonntagmorgen war, und der Gefängnispfarrer govoritete das Wort des Herrn. Ich mußte das stari Stereo spielen und vorher und nachher feierliche Musik auflegen, manchmal auch in der Mitte, wenn Hymnen gesungen wurden. Mein Platz war ziemlich weit hinten in der Kapelle, wo die Wärter oder Tschassos mit ihren Gewehren und ihren schmutzigen, brutalen Litsos standen, und vor mir konnte ich alle die Plennies in ihren scheißfarbenen Knastplatties sitzen und das Slovo des Herrn sluschen hören, und ein muffiger Sung ging von ihnen aus, nicht richtig ungewaschen, aber so was wie ein spezieller Gestank, den man nur im Gefängnis kriegt, meine Brüder, eine staubige, fettige, hoffnungslose Art von einem Sung. Und ich dachte, daß ich vielleicht auch diesen Sung hatte, weil ich selber ein richtiger Plenni geworden war, wenn auch ein sehr junger. So war es sehr wichtig für mich, meine Brüder, so bald wie möglich aus diesem stinkenden graznigen Zoo rauszukommen. Und, wie ihr sehen werdet, wenn ihr weiterlest, es dauerte nicht lange, bis ich tatsächlich rauskam.

»Was soll denn nun werden, eh?« sagte der Sündenfeger zum dritten Mal. »Soll es ein ewiges Kommen und Gehen, Kommen und Gehen bei Institutionen wie dieser sein, wobei ich fürchte, daß es für die meisten von euch mehr ein Kommen und Bleiben sein wird, oder werdet ihr euch an das göttliche Wort halten und die Strafe erkennen, die den unbußfertigen Sünder erwartet, in der anderen Welt ebenso wie in dieser? Ein Haufen von verdammten Dummköpfen seid ihr, die meisten von euch, die ihr euer Geburtsrecht für einen Teller Linsensuppe verkauft. Der kurzlebige Sinnenkitzel, den Diebstahl und Gewalttat erzeugen mögen, der Drang zum leichten Leben – sind diese Dinge den Einsatz wert, wenn wir unleugbare Beweise habe, ja ja, unumstößliche Beweise, daß die Hölle existiert? Ich weiß, ich weiß, meine Freunde, daß es einen Ort gibt, dunkler als irgendein Gefängnis, heißer als jede von Menschenhand erzeugte Flamme, wo die Seelen von büßenden kriminellen Sündern wie euch – und grinst mich nicht so an, verdammt noch mal, lacht nicht –, wo die Seelen von euresgleichen, sage ich, in endloser und unerträglicher Agonie kreischen, ihre Nasen verstopft vom Geruch des Unrats brennenden Kot in den Mündern, während die Haut sich von ihren Körpern abschält und verfault und eine Feuerkugel in ihren kreischenden Gedärmen wühlt. Ja, ja, ja, ich weiß es, meine Freunde, denn ich habe es in gottgesandten Visionen gesehen.«

An diesem Punkt, Brüder, fing ein Plenni in einer der hinteren Reihen mit der alten Lippenmusik an –

»Brrrrrzzzrrrp«–, aber die brutalen Tschassos waren gleich zur Stelle und stürzten sich skorri auf die vermutete Quelle des Schums, wo sie wütend loskeilten und nach allen Seiten Tollschocks austeilten. Dann suchten sie sich einen armen, zitternden Plenni aus, sehr dünn und malenki und auch stari, und schleppten ihn raus, obwohl er die ganze Zeit kreischte: »Ich war es nicht, er war es, seht!« Aber das machte keinen Unterschied. Er wurde sehr schmutzig getollschockt und dann aus der Kapelle geschleift, während er wimmerte und kreischte.

»Nun, meine Freunde«, sagte der Vaterunsermacher vorn am Altar, »höret das Wort des Herrn«. Dann nahm er das große Buch auf und blätterte die Seiten, wobei er immer wieder seine Finger mit der Zunge befeuchtete. Er war ein bolschiger großer Bastard mit einem sehr roten Litso, aber er mochte mich sehr gern, weil ich jung war, und in letzter Zeit sehr interessiert an dem großen Buch. Als Teil meiner weiteren Ausbildung hatte er arrangiert, daß ich allein in dem Buch lesen durfte und dabei sogar Musik von der Stereoanlage in der Kapelle haben konnte, o meine Brüder. Und das war richtig Horrorschau. Sie sperrten mich ein und ließen mich heilige Musik von J. S. Bach und G. F. Händel sluschen, und dann las ich von diesen stari Yahuhudis, wie sie einander tollschockten und dann ihren hebräischen Vino pitschten und mit den Hausmägden ihrer Frauen ins Bett gingen, richtig Horrorschau. Das hielt mich wie aufrecht, Brüder. Den späteren Teil des Buches fand ich nicht so sladki, denn der ist mehr wie lauter predigermäßiges Govoriten, und über Kämpfe und das alte Rein-Raus steht nicht viel drin. Aber eines Tages sagte der Pfarrer zu mir, und er drückte mich dabei mit seinem bolschigen dicken Arm an sich: »Ah 6537, denk an das göttliche Leiden. Versenke dich in das Leiden und Sterben des Gottessohns, mein Junge.« Und die ganze Zeit hatte er diesen kräftigen männlichen Sung von Scotch an sich, und dann ging er in sein kleines Kontorva, um ein wenig mehr davon zu pitschen. Also las ich alles über die Geißelung und die Dornenkrönung und das mit dem Kreuz, und dann sah ich besser, daß da was dran war. Während das Stereo Orgelfugen von Bach spielte, schloß ich meine Glotzies und sah mich selber bei dem Tollschocken und Annageln mithelfen und sogar die Leitung übernehmen, in so was wie eine Toga gekleidet, die die Höhe der römischen Mode war. So war die Zeit im Staja 84 F nicht ganz verschwendet, und der Direktor selber war sehr erfreut zu hören, daß ich mich wieder der Religion zugewandt hatte, und das war, wo ich meine Hoffnungen hatte.

An diesem Sonntagmorgen las der Pfarrer aus dem Buch über Tschellovecks, die das Slovo sluschten und es nicht befolgten. Sie seien wie ein Haus, das auf Sand gebaut ist, und dann kommt der Regen und spült es fort, und das ist das Ende von dem Haus. Aber ich dachte, daß nur ein sehr dummer Veck sein Haus auf Sand bauen würde, und eine saubere Bande von falschen Droogs und ekelhaften Nachbarn mußte ein solcher Veck haben, daß sie ihm nicht sagten, wie dämlich er war, eine solche Art von Bau zu machen. Dann rief der Pfarrer: »Denkt darüber nach und geht in euch. Wir beschließen die Andacht mit Hymne Nummer 435 aus dem Gesangbuch für Gefangene.« Dann gab es ein Gepolter und Gegrabbel und Gehüstel und Geraschel, während die Plennis ihre schmierigen malenki Gesangbücher aufnahmen und fallen ließen und darin blätterten, und diese Schweine von Wärtern brüllten: »Hört auf zu reden, da, Bastarde! Ich beobachte dich, 9205.« Natürlich hatte ich die Platte auf dem Stereo bereit, und als unser Seelenbändiger mir das Zeichen gab, ließ ich so ein kurzes Orgelgrollen aus den Lautsprechern donnern, und dann fingen die Plennies ganz schauderhaft zu singen an:

Schwach sind wir und in Dunkelheit,
Der Sünden Last drückt schwer,
Und lange währt der Prüfung Zeit,
Doch hilft uns Gott der Herr.

Sie leierten und heulten diese stumpfsinnigen Slovos, und der Pfarrer machte wie wild mit den Armen, um sie anzufeuern, und schrie: »Lauter, verdammt, das ist kein Singen!« und die Wärter brüllten: »Warte nur, 7749!« und: »Für dich gibt's gleich einen auf die Rübe, 3320!« Dann war der Gottesdienst beendet, und der Pfarrer sagte: »Möge die allerheiligste Dreifaltigkeit euch erhalten und zum Guten führen, Amen«, und zum Hinausschlurfen gab es ein hübsches Stück aus der zweiten Sinfonie von Adrian Schweigselber, ausgewählt von eurem ergebenen Erzähler, o meine Brüder. Was für ein trauriger Haufen waren sie, dachte ich, als ich neben dem stari Kapellenstereo stand und sie rausschlurfen sah, hustend und mit maaarr und baaaaa wie eine Hammelherde. Verschiedene machten mit ihren graznigen Fingern zu mir, um zu zeigen, daß sie mich für einen Arschkriecher hielten, denn es sah so aus, als ob ich besondere Vergünstigungen hätte. Als der letzte rausgeschlurft war, krumm und mit baumelnden Armen wie ein Affe, und der einzige noch in der Kapelle gebliebene Wärter ihm einen kräftigen lauten Tollschock an den Gulliver gegeben hatte, und als ich das Stereo ausgeschaltet hatte, kam Bruder Sanktus zu mir, einen Krebsspargel schmauchend und noch in seinem stari Meßgewand ganz weiß und voll Spitzen, wie die Unterplatties einer Dewotschka. Er sagte:

»Wie immer, vielen Dank, kleiner 6537. Und welche Neuigkeiten hast du heute für mich?«

Die Idee dabei war, das wußte ich, daß dieser Pfarrerveck darauf aus war, ein sehr großer heiliger Tschelloveck in der Welt der Gefangenenseelsorge zu werden, und dazu wollte er die Unterstützung und Hilfe des Direktors. Also ging er dann und wann zu ihm und govoritete vertraulich darüber, was für finstere Verschwörungen unter den Plennies am Sieden waren, und eine Menge von diesem Scheiß kriegte er von mir. Vieles davon dachte ich mir einfach aus, aber manches war wahr, wie zum Beispiel diese Sache damals, als durch den alten Klopftelegrafen der Wasserleitung die Meldung gekommen war, daß der große Harriman ausbrechen wollte, einer von den Lebenslänglichen. Er wollte zur Essenszeit den Wärter schlafen legen und in seinen Platties krauten gehen. Dann sollte es einen großen Streik wegen des Schlangenfraßes geben, mit dem man uns in der Gefängniskantine vergiftete, und alle sollten ihre Schüsseln mit diesem widerlichen Motschka nehmen und durch die Fenster und gegen die Wände schmeißen, und ich wußte davon und sagte es. Dann gab der Pfarrer die Nachricht an den Direktor weiter und wurde darüber vom Direktor wie beglückwünscht und belobigt. Also sagte ich diesmal, und es war nicht wahr:

»Nun Sir, durch die üblichen Kanäle ist die Botschaft gekommen, daß eine Sendung Kokain eingeschmuggelt wurde, und daß das Verteilungszentrum irgendeine Zelle in Block fünf sein soll.«

Ich dachte mir das alles so von einem Moment zum anderen aus, wie ich es meistens tat, wenn ich solche Geschichten erfand, aber der Pfarrerveck war sehr dankbar und sagte: »Gut gut gut, mein Junge. Ich werde das an ihn selbst weiterleiten.« Das war, wie er den Direktor gewöhnlich nannte. Dann sagte ich:

»Sir, ich habe mein Bestes getan, nicht wahr?« Ich verwendete immer meine sehr höfliche Gentlemans Goloß, wenn ich mit denen von oben govoritete. »Ich habe mir Mühe gegeben, ist es nicht so?«

»Ich denke«, sagte der Pfarrer, »daß man das, im Ganzen gesehen, sagen kann, 6537. Du machst dich nützlich und hast, wie ich glaube, ein echtes Verlangen, dich zu bessern. Wenn du so weitermachst, mein Junge, dann wirst du ohne Schwierigkeiten eine Strafmilderung erreichen.«

»Aber Sir«, sagte ich, »wie ist es mit dieser neuen Sache, von der so viel geredet wird? Ich meine diese neue Behandlung, die einen ganz schnell aus dem Gefängnis bringt und dafür sorgt, daß man nie wieder reinkommt?«

»Oh«, sagte er, und er war auf einmal sehr wachsam und kühl. »Wo hast du das gehört? Wer hat dir von diesen Dingen erzählt?«

Ich machte mit den Pletschos und sagte:

»Diese Dinge sprechen sich rum, Sir. Zwei Wärter reden miteinander, wie es sich gerade so ergibt, und man kann nicht umhin, zu hören, was sie sagen. Und dann findet jemand eine alte Zeitung in den Werkstätten, und die Zeitung sagt alles darüber. Wie wäre es, wenn Sie mich für diese Sache vorschlagen würden, Sir, wenn ich so anmaßend sein darf, die Bitte vorzubringen.«

Man konnte sehen, daß er angestrengt darüber nachdachte, während er an seinem Krebsspargel wegpaffte. Wahrscheinlich überlegte er, wieviel von seinem Wissen über dieses Ding er mir verraten dürfe. Nach einer Pause sagte er:

»Ich nehme an, du meinst diese sogenannte Ludovico-Technik?« Er war immer noch sehr wachsam.

»Ich weiß nicht, wie es genannt wird, Sir«, sagte ich. »Ich weiß nur, daß es einen schnell aus dem Gefängnis bringt und garantiert, daß man nicht wieder reinkommt.«

»So ist es«, sagte er, und seine Augenbrauen zogen

sich zusammen, während er wie mißtrauisch zu mir herabsah. »Genauso ist es, 6537. Natürlich befindet sich das Verfahren gegenwärtig noch im Experimentierstadium. Es ist sehr einfach. Und sehr drastisch.«

»Aber es wird hier ausprobiert, nicht wahr, Sir?« sagte ich. »Diese neuen weißen Gebäude draußen an der Südseite, Sir. Wir haben gesehen, wie sie gebaut wurden, und wenn wir den Rundgang im Hof machen, können wir sehen, daß hinter den Fenstern Leute arbeiten.«

»Das Verfahren ist noch nicht angewendet worden«, sagte er. »Nicht in diesem Gefängnis, 6537. Er selbst hat ernste Bedenken dagegen, und ich muß sagen, daß ich diese Bedenken teile. Die Frage ist, ob eine solche Technik einen Menschen wirklich gut machen kann. Gutartigkeit kommt von innen, 6537. Anständigkeit und menschliche Güte sind etwas, für das man sich entscheidet, das man für sich selber wählt. Wenn ein Mensch nicht mehr wählen kann, dann hört er auf, Mensch zu sein.« Er hätte noch viel mehr von diesem Scheiß verzapft, aber wir konnten sluschen, wie die nächste Gruppe von Plennies klank klank bang bang die Eisentreppe herunterkam, um sich ihre Portion von Religion zu holen. Er machte seine Zigarette aus und sagte:

»Wir werden ein anderes Mal in Ruhe darüber sprechen. Jetzt wird es Zeit, daß du mit der Musik anfängst.«

Also ging ich rüber zu dem stari Stereo und legte mit J. S. Bachs Choralvorspiel ›Wachet auf‹ los, und da kamen auch schon diese graznigen stinkenden Prestupniks und perversen Strolche reingezottelt wie eine Herde von gezähmten Affen, und die Tschassos oder Aufpasser bellten sie an und stießen sie vorwärts. Und nicht lange, und Bruder Sanktus breitete seine fleischigen Arme aus und fragte sie: »Was soll denn nun werden, eh?« Und dann ging alles wieder von vorn an.

Wir hatten diesen Morgen vier Andachten, aber der

Pfarrerveck sagte nichts über diese Ludovico-Technik zu mir, was immer sie war, o meine Brüder. Als ich mit der Arbeit am Stereo fertig war, govoritete er bloß ein paar Worte des Danks, und dann wurde ich in die Zelle in Block 6 zurückgetrieben, die mein stinkendes und beengtes Heim war. Der Tschasso war kein allzu schlechter Kerl, und er tollschockte oder trat mich nicht, als er aufsperrte, sondern sagte bloß: »Da sind wir wieder am alten Wasserloch, Jungchen.«

Und dann war ich wieder mit meinen neuen Droogs zusammen, die alle sehr kriminell waren, aber, Bog sei es gedankt, den Perversionen des Körpers nicht ergeben. Zophar lag auf seinem Bett, ein sehr magerer und brauner Veck, der in einer heiseren und wie vom Krebs zerfressenen Goloß unaufhörlich über seine Vergangenheit govoritete, so daß ihm kein Arsch mehr zuhörte. Was er jetzt erzählte, war ungefähr wie:

»Wenn du zu der Zeit einen Massematten handeln wolltest, brauchtest du einen guten Pascher, sonst konntest du keine Kohlen schaffen, denn damals brannten die Steine, kann ich dir sagen. Also, wie mein Sebber und ich mit dem Groß-Klamones die Winde aufgemacht und ausgefegt hatten, geh ich zu dem Türken und zeig ihm die ganzen verdienten Sachen, aber er war gar kein echter Kone, die hatten mich alle verjonert, und er sagte zu mir: ›Kippe oder Lampe?‹ und was konnte ich machen?« Es war alles dieser alte richtige Verbrecherslang, den er sprach, und man verstand immer nur die Hälfte davon. Dann war Wall da, der nur ein Glotzie hatte und zur Feier des Sonntags Stücke von seinen Zehennägeln abriß, während er mit halbem Ohr sluschte, was Zophar govoritete. Wir hatten auch einen Juden in der Zelle, einen sehr fetten schwitzenden Veck, der wie tot auf seiner stinkigen Matratze lag. Außer denen war noch Jojohn und der Doktor da. Jojohn war sehr bösartig und schlau und drahtig und hatte sich auf Bankraub spezialisiert, und der Doktor hatte behauptet, er könne Syphilis und Tripper und andere Sachen heilen, aber er hatte bloß Wasser gespritzt, und außerdem hatte er zwei Dewotschkas umgebracht, statt, wie er versprochen hatte, sie von unerwünschter Last zu befreien. Sie waren wirklich ein furchtbarer grazniger Haufen, und das Zusammensein mit ihnen machte mir keinen Spaß, meine Brüder, das könnt ihr mir glauben.

Nun, was ihr wissen müßt, ist, daß diese Zelle nur für drei Plennies gedacht war, als man sie gebaut hatte, aber sechs von uns saßen drin, schwitzend und zusammengepfercht wie die Sardinen. Und so sah es in allen Zellen in all den Gefängnissen jener Tage aus, Brüder, und es war eine elende schmutzige Schande, daß ein Tschelloveck kaum Platz hatte, seine Beine auszustrecken. Und ihr werdet kaum glauben, was ich jetzt sage, nämlich, daß sie uns an diesem Sonntag noch einen Plenni reinschoben. Ja, wir hatten gerade unser widerliches Motschka aus pappigen Klößen und stinkenden fetten Rinderfleischbrocken verdrückt und lagen auf unseren Betten, um in Ruhe einen Krebsspargel zu rauchen, als die Tür aufgerissen und dieser Veck in unsere Mitte geschmissen wurde. Er war ein stämmiger stari Veck mit einem Schubladenkinn, und nach einem Blick in die Zelle fing er schon zu toben und Beschwerden zu brüllen an. Er rüttelte wie bezumnie am Türgitter und heulte: »Ich verlange meine verdammten Rechte, dieses Loch ist voll belegt, es ist eine Sauerei und eine Zumutung, das ist es.«

Darauf kam einer von den Tschassos zurück und sagte, er werde ihm eine auf die matschige Birne geben, wenn er nicht sofort die Schnauze halte, und er solle das Beste daraus machen und mit einem von uns das Bett teilen, wenn jemand ihn reinließe, andernfalls er auf dem Boden schlafen müsse. »Und«, sagte der Wärter, »es wird schlimmer werden, nicht besser, denn es gibt mehr von euch Halunken, und wenn wir euch machen ließen, hätten wir bald eine richtig schmutzige, kriminelle Welt.«

2

Nun, es war die Einquartierung von diesem neuen Tschelloveck, die den Stein ins Rollen und mich aus dem alten Staja brachte, denn er war ein so ekelhafter und streitsüchtiger Typ von einem Plenni, mit nichts als schmutzigen Gedanken und Absichten, daß wir noch am selben Tag Bambule hatten. Er war auch ein großer Prahler und fing bald an, mit einem sehr höhnischen Litso und einer lauten, stolzen Goloß zu machen. Er stellte sich hin, wie wenn er der einzige richtig horrorschaumäßige Prestupnik im ganzen Zoo wäre, und erzählte uns, daß er dies und das getan und zehn Bullen umgelegt hätte und all diesen Scheiß. Aber niemand war sehr beeindruckt, meine Brüder. Dann fing er mit mir an, weil ich der jüngste war, und sagte, es sei ganz klar, daß ich auf dem Boden spatten müsse und nicht er, denn er sei vierzig und ein gestandener Mann, während ich bloß ein unreifer Hosenscheißer sei, der noch alles über das Leben zu lernen habe, und dies sei eine gute Gelegenheit, gleich damit anzufangen. Aber die anderen waren alle für mich und schrien: »Laß ihn in Ruhe, du Schmutzlappen«, und: »Spuck nicht, Alter«, und dann legte er eine andere Platte auf und machte mit dem alten Gewinsel, daß niemand ihn liebe und so. Aber er hatte doch gemerkt, daß alle gegen ihn waren, und nach einer Weile wurde er friedlicher, und als das Licht ausgemacht wurde, rollte er sich am Boden in eine Decke, die die Taschassos ihm gegeben hatten.

Nun, in derselben Notschi wachte ich auf und fand diesen widerlichen Veck neben mir auf meiner Matratze, die in der untersten Etage der dreistöckigen Betten war, und sehr schmal dazu, und er govoritete schmutzige wie Liebesslovos und streichelte mich in einem fort mit seinen ekligen Griffeln. Das machte mich richtig bezumnie, und ich keilte los, obwohl ich nicht so gut sehen konnte, denn es gab nur dieses blaue malenki Licht über der Tür. Aber ich wußte, daß es dieser neue Plenni war, der stinkende Bastard, und dann a der Krawall richtig in Gang und wir aus dem Bett waren, konnte ich sein Litso sehen, ganz voll Krovvy aus seiner Nase, die ich im Dunkeln geplättet hatte.

Was dann passierte, war natürlich, daß meine Zellengenossen aufwachten, und als ich ihnen sagte, was der Neue sich geleistet hatte, mischten sie auch mit, und es gab ein Gedränge und ein ziemlich wildes Tollschocken in dem schlechten Licht, und der Schum schien den ganzen Zellenblock zu wecken, und bald konntest du ein höllisches Gebrüll und ein Gehämmer mit Blechtassen gegen die Wände sluschen, als ob alle Plennies in all den Zellen glaubten, ein großer Aufstand und Massenausbruch sei fällig, o meine Brüder. Dann gingen überall die Lichter an, und die Tschassos kamen in Hemdsärmeln, ihre Schlemmies im Nacken, und schwenkten die Gummiknüppel. Wir konnten unsere schwitzenden roten Litsos und gehobenen Fäuste sehen, und es gab eine Menge Geschrei und Gefluche. Dann brachte ich meine Beschwerde vor, und jeder von den Tschassos sagte, es sei wahrscheinlich euer ergebener Erzähler gewesen, der mit allem angefangen habe, denn ich hätte ja keinen Kratzer an mir, während diesem neuen Plenni das rote Krovvy von Mund und Nase tropfte. Das machte mich erst richtig bezumnie, und ich sagte, ich würde nicht noch eine Nacht in dieser Zelle schlafen, wenn die Gefängnisbehörden solchen ekligen, stinkenden, schwulen Prestupniks erlaubten, auf meinen Plotti zu springen, während ich wehrlos und hilflos schnarchte. Darauf stemmten sie ihre Fäuste in die Hüften und smeckten richtig, und einer sagte: »Wenn der gnädige Herr bis morgen zu warten geruhen. Ist es ein Einzelzimmer mit Bad und Fernsehen, das Euer Gnaden wünschen? Nun, für alles das stehen wir Herrn Baron morgen früh zu Diensten.« Und sie smeckten wieder und machten mit ihren Gummiknüppeln, daß wir skorri auf unsere Matratzen krochen. Dann zogen sie mit strengen Warnungen ab, und bald danach gingen die Lichter aus, und dann sagte ich, ich würde den Rest der Notschi auf der Bettkante sitzen, weil ich die ganze Zeit fürchten müsse, daß dieses geile Schwein wieder auf mich kriechen würde, wenn ich mich lang machte. Aber dann fingen die anderen an und sagten, das gebe es nicht, und jeder habe das Recht auf ungestörten Schlaf, und unser fetter schwitzender Jude sagte:

»Er soll dir lassen dein Naches, oder er soll kriegen Mackeies von allen.« Und dieser Neue sagte:

»Halt die Fresse, du jiddscher Benhanide.«

Das war anscheinend eine schlimme Beleidigung, denn unser dicker Schlaume kam skorr aus dem Bett und machte sich bereit, einen Tollschock vom Stapel zu lassen. Der Doktor sagte:

»Aber meine Herren, wir wollen doch nicht schon wieder Streit, nicht wahr?« Er sagte es in dieser sehr vornehmen, gewählten Goloß, aber dieser neue Prestupnik wollte es genau wissen. Du konntest sehen, daß er sich für einen sehr großen bolschigen Veck hielt, für den es unter seiner Würde war, mit sechs anderen eine Zelle zu teilen und auf dem Boden zu schlafen. In seiner höhnischen Art versuchte er den Doktor wie nachzuahmen und sagte:

»Ah, der Herr möchte seine gepflegten Finger nicht beschmutzen, ist es das, Sir Archibald?«

Also sagte Jojohn, bösartig und schlau und drahtig:

»Wenn wir schon nicht schlafen können, dann laßt uns ein bißchen in Erziehung machen. Unser neuer Freund hier bedarf einer Lektion.« Obwohl er ein alter Prestupnik war, hatte er eine gute Art zu govoriten, ruhig und präzise. Der neue Plenni höhnte: »Kusch dich, Kleiner!«

Dann fing alles erst richtig an, aber in einer komischen, wie vorsichtigen Art und Weise, und keiner machte laut mit seiner Goloß. Zuerst kreischte der neue Plenni ein malenki bißchen, aber dann scheuerte Wall ihm eine in die Labbe, während der dicke Schlaume ihn festhielt, wo man ihn im schlechten blauen Licht sehen konnte, und darauf machte er nur noch ah ah oh oh. Er war kein sehr gromkiger Typ von einem Veck, obwohl er gern den starken Mann spielte und mit der prahlerischen Goloß machte, und wenn er zurückschlug, war es ziemlich schwach. Wie auch immer, als ich das alte Krovvy schwarz im blauen Licht fließen sah, fühlte ich was von der alten Freude in den Kischkas hochkommen und sagte:

»Laßt ihn mir, Brüder, laßt ihn jetzt mir.« Und unser fetter Jude sagte:

»Je je, Chawwer, das is zaddik. Gib ihm Azkes malaikes, Alex.« Und er machte mit der Faust an seinen Hals.

So standen sie dann alle rum, während ich diesen widerlichen Veck tollschockte, der mit seinen Fäusten viel zu langsam war, um mir was anzuhaben. Ich machte ihn richtig zur Sau, und dann stellte ich ihm ein Bein, und er schlug klabums auf den Boden. Ich gab ihm einen richtig horrorschaumäßigen Tritt an den Gulliver, und er machte aaaarrgh, und dann schnarchte er weg, und der Dotor sagte:

»Sehr gut, ich denke, das wird ihm eine Lehre sein.« Und er beugte sich über diesen zusammengeschlagenen und blutigen Veck am Boden. »Lassen wir ihn träumen. Vielleicht wird er in Zukunft ein besserer Mensch sein.« Also krochen wir alle zurück in unsere Betten, denn wir waren jetzt sehr müde.

Was ich träumte, meine Brüder, war, daß ich in einem sehr großen Orchester war, mit Hunderten und Hunderten von Musikanten, und der Dirigent war wie eine Mischung von Ludwig van und G. F. Händel und sah sehr taub und blind und lebensmüde aus. Ich war bei den Blasinstrumenten, aber was ich spielte, war wie ein weißliches, rosiges Fagott, das aus Fleisch gemacht war und aus meinem Plotti genau in der Mitte von meinem Bauch, und wenn ich reinblies, mußte ich sehr laut smecken, ha ha ha ha, weil es wie kitzelte, und dann wurde Ludwig von G. F. sehr razdraz und bezumnie. Er kam ganz nahe an mein Litso heran und brüllte in mein Ohr, und dann wachte ich verschwitzt auf, und natürlich war es das alte Wecsignal mit seinem schrillen Gebimmel. Es war Morgen, und meine Glotzies waren ganz verklebt, und als ich sie aufkriegte, blendete mich das Licht, das sie im ganzen Zoo angemacht hatten. Dann wälzte ich mich auf die andere Seite, um noch ein malenki bißchen zu spatten, aber ich wußte, daß es keinen Zweck hatte, denn gleich würden die Tschassos vorbeikommen und nachsehen, ob alle aufgestanden waren und ihre Betten gebaut hatten, wie es sich gehörte. Also ächzte ich hoch und stellte meine Nogas auf den Boden, und dann sah ich diesen neuen Prestupnik vor mir liegen, sehr blutig und mit horrorschaumäßig blauen Flecken und immer noch völlig weg. Nun fiel mir ein, was in der Nacht gewesen war, und das machte mich ein bißchen smecken.

Aber wie ich aufstand und ihn mit den bloßen Noga anbuffte, gab es ein Gefühl wie von steifer Kälte, also ging ich rüber zur Koje des Doktors und schüttelte ihn, denn er war einer von denen, die morgens nur schwer hochzukriegen waren. Aber diesmal war er skorri genug auf den Beinen, und auch die anderen wurden sehr schnell munter, alle bis auf den fetten Schlaume, der wie ein Nilpferd auf seinem Bett schnaufte und ratzte und überhaupt nichts gehört hatte.

»Sehr unangenehm«, sagte der Doktor. »Ein Herzanfall, das muß es gewesen sein. Ja, Herzversagen, so würde ich es nennen.« Dann blickte er von einem zum anderen und sagte zu mir: »Du hättest wirklich nicht so hart draufgehen sollen. Es war sehr unbesonnen von dir.«

Jojohn sagte: »Komm schon, Doc, du warst auch nicht gerade zurückhaltend, als es darum ging, ihm ein schlaues bißchen Faust zu drücken.« Dann drehte sich der einäugige Wall zu mir um und sagte:

»Alex, du warst zu ungestüm. Dieser letzte Tritt mit dem Stiefel war ein sehr sehr haariges Ding.«

Ich wurde allmählich sehr razdraz und sagte:

»Wer hat mit der Rampferei angefangen, he? Ich war erst zum Schluß dabei, nicht?« Ich zeigte auf Jojohn und sagte: »Es war deine Idee.« Schlaumes Geschnarche ging mir jetzt auf die Nerven, und so sagte ich: »Weckt diesen stinkenden Bratschni auf. Er hat ihn festgehalten und gesehen, wie ihr ihm in die Visage gedonnert habt.« Der Doktor sagte.

»Niemand wird leugnen, dem Mann einen sachten kleinen Schlag versetzt zu haben, um ihm eine Lektion zu erteilen, sozusagen, aber es ist offensichtlich, daß du, mein lieber Junge, ihm mit der Gewaltsamkeit und, wie soll ich sagen, Unbekümmertheit der Jugend den Kuh de Gras versetzt hast. Es ist jammerschade.«

»Verräter«, sagte ich. »Mamser und Lügner.« Denn ich konnte sehen, daß es alles wie vor zwei Jahren war, als meine sogenannten Droogs mich verraten und den Bullen in die schmutzigen Krallen gespielt hatten. Es gab kein Vertrauen in der Welt, o meine Brüder. Jojohn ging hin und weckte den Juden, und als der Schlaume gesehen und begriffen hatte, war er nur zu gern bereit, jeden Eid zu leisten, daß euer ergebener Erzähler und kein anderer das richtig schmutzige Tollschocken besorgt hatte, und er zeigte auf mich und sagte:

»Es is de toffe Wahrheit, er hat ihn horeg malochnet.« Und die anderen nickten sich zu und machten wie weg von mir, und auf einmal stand ich ganz allein neben diesem toten Plenni. Als dann die Tschassos kamen, und nach ihnen der Obertschasso, und dann der Direktor selbst, da waren alle diese Zellengenossen nicht mehr zu bremsen mit ihren Geschichten über das, was ich getan hatte, um diesen widerlichen Schweinepriester zu massakrieren, dessen krovvybedeckter Plotti wie ein schmieriger Sack am Boden lag.

Das war ein sehr seltsamer Tag, o meine Brüder. Der tote Plotti wurde rausgetragen, und dann blieben alle Plennies im ganzen Gefängnis eingesperrt in ihren Zellen, bis weitere Anweisungen ergingen, und es wurde keine Motschka ausgegeben, nicht mal eine Tasse heißen Tschai. Wir saßen alle bloß so rum, während die Tschassos draußen auf und ab marschierten und »Maul halten!« oder »Ruhe da!« brüllten, wann immer sie auch nur ein Geflüster aus einer der Zellen sluschten. Dann, gegen elf Uhr, breitete sich so was wie Erregung und der Geruch von Angst aus, und dann sahen wir den Direktor und den Obertschasso und einige sehr bolschig und wichtig aussehende Tschellovecks sehr skorri vorbeigehen und wie bezumnie miteinander govoriten. Sie schienen durch den ganzen Block zu gehen, und dann kamen sie wieder zurück, langsamer diesmal, und du konntest den Direktor, einen sehr schwitzigen, fetten, hellhaarigen Veck, Slovos wie »Aber, Sir –« und »Nun, aber was können wir tun, Sir?« sagen hören. Dann machte der ganze Haufen vor unserer Zelle halt, und der Obertschasso sperrte auf.

Man sah sofort, wer der wirklich wichtige Veck war, sehr groß und mit blauen Glotzies und mit horrorschaumäßigen Platties am Leib – dem schönsten Anzug, Brüder, den ich je gesehen hatte, absolut auf der Höhe der Mode. Er blickte einfach durch uns arme Plennies durch, als ob wir schlechte Luft wären, und sagte in einer sehr schönen, wirklich gebildeten Goloß:

»Die Regierung kann sich nicht länger mit überholten Strafvollzugstheorien beschäftigen. Pferchen Sie Kriminelle zusammen und sehen Sie, was geschieht. Sie erhalten konzentrierte Kriminalität, Verbrechen während der Strafverbüßung. Bald werden wir die Kapazitäten unserer Strafanstalten für politische Täter benötigen.« Ich kapierte dies überhaupt nicht, Brüder, aber schließlich govoritete er nicht zu mir. Dann sagte er:

»Gewöhnliche Kriminelle wie diese widerwärtigen Typen« – damit war ich gemeint, Brüder, genau wie die anderen, die echte Prestupniks und obendrein feige Mamser waren – »können am besten auf einer rein medizinisch-psychischen Basis behandelt werden. Der kriminelle Impetus wird gebrochen, das ist alles. Volle Resozialisierung innerhalb eines Jahres. Strafe bedeutet ihnen nichts, das können Sie sehen. Sie gewöhnen sich an ihre Haft, finden Gefallen an ihrer sogenannten Strafe. Und sie schrecken nicht davor zurück, einander zu ermorden.« Und er richtete seine strengen blauen Glotzies für einen Moment auf mich. Also sagte ich kühn:

»Mit Verlaub, Sir, ich protestiere entschieden gegen das, was Sie eben sagten. Ich bin kein gewöhnlicher Krimineller, Sir, und ich bin nicht widerwärtig. Die anderen mögen widerwärtig sein, aber ich bin es nicht.« Der Obertschasso wurde puterrot und bellte:

»Du hältst dein verdammtes Maul, du! Weißt du nicht, wer dies ist?«

»Schon gut, schon gut«, sagte dieser bedeutende Veck.

Dann wandte er sich zum Direktor und sagte: »Sie können ihn als eine Art Bahnbrecher verwenden. Er ist jung, kräftig, mutig, bösartig. Brodsky wird morgen mit ihm anfangen, und Sie können dabeisitzen und Brodsky beobachten. Es funktioniert einwandfrei, machen Sie sich deswegen keine Sorgen. Dieser gemeingefährliche junge Raufbold wird so verwandelt werden, daß Sie ihn nachher nicht wiedererkennen werden.«

Und diese harten Slovos, Brüder, waren wie der Beginn meiner Freiheit.

3

An diesem selben Tag wurde ich nach der Abendmotschka von zwei brutal tollschockenden Tschassos nett und fein in den Verwaltungsbau runtergeschleift, um den Direktor in seinem allheiligst-heiligen Büro zu besuchen. Der Direktor linste mich sehr müde an und sagte:

»Ich nehme an, Sie wissen nicht, wer das heute morgen war, 6537?« Und ohne mein Nein abzuwarten, sagte er : »Das war kein Geringerer als der Innenminister persönlich, der neue Minister des Inneren, und was man so einen neuen Besen nennt. Nun, diese neuen lächerlichen Ideen scheinen sich höheren Orts durchzusetzen, und Befehl ist Befehl, ohwohl ich Ihnen im Vertrauen sagen darf, daß ich diese Ideen nicht billige. Ich mißbillige sie auf das schärfste. Auge um Auge, sage ich. Wenn jemand Sie schlägt, dann schlagen Sie zurück, nicht wahr? Warum sollte dann nicht auch der Staat zurückschlagen, wird er doch vom kriminellen Milieu im allgemeinen und von euch brutalen Strolchen im besonderen fortgesetzt geschädigt und beleidigt? Aber der neue Gesichtspunkt lehnt das Vergeltungsprinzip ab und verlangt, daß wir die Bösen in Gute verwandeln. Was mir im höchsten Maße ungerecht erscheint. Hm?«

Ich dachte, er wollte meine Meinung hören, und so sagte ich respektvoll und wie bemüht, ihm entgegenzukommen:

»Sir, ich—« Und dann schrie der Obertschasso, der bullig und mit rotem Litso hinter dem Lehnstuhl des Direktors stand:

»Halt dein schmutziges Maul, du Abschaum!«

»Schon gut, schon gut«, sagte der müde und wie erschöpfte Direktor. »Sie, 6537, sollen resozialisiert werden. Morgen werden Sie zu diesem Brodsky gehen. Man glaubt, Sie in etwa vierzehn Tagen aus dem Gewahrsam entlassen zu können. In etwas mehr als zwei Wochen werden Sie wieder in der großen freien Welt sein, nicht länger eine Nummer.« Er schnaubte kurz. »Ich nehme an, diese Aussichten erfreuen Sie?«

Ich sagte nichts, und sofort brüllte der Obertschasso:

»Antworte, du dreckiges junges Schwein, wenn der Direktor dir eine Frage stellt!« Also sagte ich:

»O ja, Sir. Ich danke Ihnen, Sir. Ich habe hier mein Bestes getan, das habe ich wirklich. Ich bin allen Beteiligten sehr dankbar.«

»Seien Sie es lieber nicht«, sagte der Direktor und seufzte. »Dies ist keine Belohnung. Dies ist weit davon entfernt, eine Belohnung zu sein. Nun, hier ist ein Formular, das Sie zu unterschreiben haben. Es besagt, daß Sie mit der Umwandlung ihrer Reststrafe in das einverstanden sind, war hier, lächerliche Bezeichnung, Besserungsbehandlung genannt wird. Wollen Sie unterschreiben?«

»Selbstverständlich werde ich unterschreiben«, sagte ich, »Sir. Und vielen Dank.« Also kriegte ich einen Tintenstift und schrieb meinen Namen hübsch und flüssig unter das Getippte. Der Direktor sagte:

»In Ordnung. Das ist dann alles, denke ich.« Und der Obertschasso sagte:

»Der Herr Pfarrer möchte gern noch mit ihm sprechen, Sir.« So wurde ich wieder rausgeführt und durch den Korridor zur Kapelle getrieben, immer mit Tollschocks auf den Rücken und den Gulliver, aber in einer wie gelangweilten und gähnenden Art und Weise. Dann quer durch die Kapelle zu dem kleinen Kontora von unserem Vaterunsermann und rein zu ihm. Der Pfarrerveck hatte eine laute und klare Fahne von Scotch und schmauchte eine gute Zigarre.

»Ah, kleiner 6537, setz dich«, sagte er. Und zu den Tschassos: »Warten Sie draußen, ja?« Was sie taten. Dann govoritete er in einer sehr ernsten Art zu mir. »Du sollst wissen und verstehen, Junge, daß ich mit dieser Entwicklung nichts zu tun habe. Wäre es zweckdienlich, so würde ich dagegen protestieren, aber es ist nicht zweckdienlich. Da ist die Frage meiner eigenen Karriere und da ist die Tatsache, daß meine Stimme nur schwach ist und bei bestimmten mächtigen Gruppen in der Politik ohne Echo bleiben würde. Habe ich mich klar genug ausgedrückt?« Ich fand es nicht, Brüder, aber ich nickte.

»Entscheidende ethische Fragen werden hier berührt«, fuhr er fort. »Du sollst zu einem guten Jungen gemacht werden, 6537. Nie wieder wirst du das Verlangen haben, Akte der Gewalttätigkeit zu begehen oder in irgendeiner Weise die staatliche Ordnung und die Autorität ihrer Organe anzutasten. Ich hoffe, du hast dir darüber Gedanken gemacht. Ich hoffe, du bist dir darüber absolut im klaren.«

»Oh, es wird schön sein, gut zu sein, Sir«, sagte ich. Aber ich smeckte dabei ganz horrorschaumäßig in mich hinein, Brüder. Er sagte:

»Es könnte sich erweisen, daß es nicht schön ist, gut zu sein, kleiner 6537. Es könnte sich erweisen, daß es schrecklich ist. Und wenn ich das zu dir sage, ist mir bewußt, wie widersprüchlich es klingt. Ich weiß, daß ich manche schlaflose Nacht darüber verbringen werde. Was will Gott? Will er das Gute, oder will er die Entscheidung für das Gute? Ist ein Mensch, der sich für das Böse entscheidet, vielleicht in einer Weise besser als ein Mensch, dem das Gute auferlegt wird? Das sind harte und bohrende Fragen, kleiner 6537. Aber alles, was ich jetzt zu dir sagen möchte, ist dies: Solltest du zu irgendeiner Zeit in der Zukunft an diese Jahre zurückdenken und dich meiner erinnern, des niedrigsten und demütigsten unter allen Dienern Gottes, so denke, darum bitte ich dich, in deinem Herzen nicht schlecht von mir und glaube mich nicht verantwortlich für das, was nun mit dir geschehen wird. Ich möchte gern für dich beten, aber ich erkenne mit Trauer, daß es wenig Sinn haben würde, für dich zu beten. Du gehst nun in eine Region hinüber, wo du jenseits der Reichweite dessen leben wirst, was ich die Macht des Gebets nennen möchte. Ein schrecklicher, schrecklicher Gedanke. Und doch hast du in einem Sinne wirklich das Gute gewählt, als du die Wahl trafst, dich der Fähigkeit zu ethischen Entscheidungen berauben zu lassen. Dies ist wenigstens, was ich gern denken möchte. Daran, Gott stehe uns allen bei, 6537, möchte ich gern glauben.« Und dann begann er zu weinen. Aber ich kümmerte mich nicht sehr darum, Brüder, hatte nur ein bißchen von einem stillen Smeck für mich selbst, weil ich sehen konnte, daß er die ganze Zeit vom alten Whisky gepitscht hatte, und nun zog er eine Flasche aus seinem Schreibtisch und schüttelte eine Horrorschau von einem bolschigen Schuß daraus in ein sehr fettes und grazniges Glas. Er hob es und gluckerte es auf einmal leer, und dann sagte er: »Alles mag gut sein, wer weiß es? Gottes Wege sind unerforschlich.« Dann begann er in einer richtig gromkigen dröhnenden Goloß eine Hymne zu singen. Die Tür ging auf, und die Tschassos kamen rein, um mich in meine stinkende Zelle zu tollschocken, aber der alte Pfarrerveck machte weiter mit seiner Hymne, und ich konnte ihn noch lange sluschen.

Nun, am nächsten Morgen mußte ich vom alten Staja Abschied nehmen, und mir war ein malenki bißchen traurig zumute, wie es einem immer ergeht, wenn man ein Mesto verlassen muß, an das man sich gewöhnt hat. Aber ich ging nicht sehr weit, meine Brüder. Ich wurde zu dem neuen weißen Gebäude gleich auf der anderen Seite des Hofs getreten und gestoßen, und es hatte noch diesen wie kalten neuen Geruch von Kalk und Farbe und Leim. Ich stand in der bolschigen kahlen Halle und schnüffelte alle diese neuen Sungs mit meinem sehr empfindlichen Schniffling, und bald merkte ich, daß da auch Krankenhausgerüche eine Rolle spielten, und der Tschelloveck, der mich von den Tschassos im Empfang nahm, hatte einen weißen Mantel an, weil er vielleicht ein Pfleger oder Arzt war. Er unterschrieb ein Art Quittung für mich, und einer von den brutalen Tschassos, die mich gebracht hatten, sagte:

»Passen Sie gut auf diesen hier auf, Sir. Ein gefährlicher und brutaler Bastard und Totschläger, trotz all seiner Kriecherei und Bibelleserei beim Gefängnisgeistlichen.« Aber dieser neue Tschelloveck hatte ganz horrorschaumäßig blaue Glotzies, die wie lächelten, wenn er govoritete.

»Oh, wir erwarten keine Schwierigkeiten«, sagte er und legte seine Hand auf meine Pletscho. »Wir werden bald Freunde sein, nicht wahr?« Und er lächelte mit seinen Glotzies und seinem freundlichen breiten Mund, voll von glänzenden Zubis, und irgendwie fand ich sofort Gefallen an diesem Veck. Dann gab er mich an einen anderen Veck weiter, der auch einen weißen Mantel trug, aber so was wie sein Untergebener war, und dieser war auch sehr nett, und ich wurde in ein sehr hübsches weißes Zimmer gebracht, mit Vorhängen und einer Nachttischlampe und bloß dem einen Bett darin, alles für euren ergebenen Erzähler. Ich hatte einen horroschaumäßigen inneren Smeck über alles das und dachte, daß ich wirklich ein sehr glücklicher junger Malitschickiwick sei. Ich mußte meine ekligen alten Sträflingsplatties ausziehen, was ich mir nicht zweimal sagen ließ, und kriegte einen wirklich schönen Schlafanzug, o meine Brüder, grasgrün und ohne Muster, der Gipfel der Schlafzimmermode. Und ich kriegte auch einen guten warmen Bademantel und schöne Pantoffeln, in die ich meine bloßen Nogas stecken konnte, und ich dachte: ›Nun, Alex-Boy, ehemaliger kleiner 6537, du hast das große Los gezogen, kein Zweifel. Hier wird es dir wirklich gefallen.‹

Nachdem man mich mit gutem Kaffee und ein paar Gazettas bedient hatte, setzte ich mich gemütlich ans Fenster und las und schlürfte Kaffee wie ein Feriengast. Nach einer halben Stunde kam dieser erste Veck in Weiß rein, derjenige, der für mich unterschrieben hatte, und sagte: »Aha, da sind wir ja«, was eine ziemlich alberne Bemerkung ist, aber sie klang nicht albern, weil dieser Veck so freundlich war. »Mein Name«, sagte er, »ist Doktor Branom. Ich bin Doktor Broskys Assistent. Mit Ihrer Erlaubnis werde ich jetzt die übliche Allgemeinuntersuchung vornehmen.« Und er zog das alte Stetho aus seinem rechten Stopfer. »Wir müssen uns natürlich vergewissern, daß Sie gesund sind, nicht wahr? Das ist eine wichtige Voraussetzung.«

Also zog ich die Pyjamajacke aus und legte mich aufs Bett, und er tat dieses und jenes. Während er dabei war, fragte ich:

»Können Sie mir sagen, Sir, was für eine Behandlung das ist, die Sie mir geben werden?«

»Oh«, sagte Dr. Branom, während sein kaltes Stetho auf

meinem Rücken herumging, »es ist ganz einfach, wirklich. Wir werden Ihnen einfach ein paar Filme zeigen.«

»Filme?« sagte ich. Ich traute meinen Ohren nicht, Brüder, wie ihr gut verstehen werdet. »Sie meinen«, sagte ich, »es wird einfach so sein, wie wenn ich ins Kino gehen würde?«

»Es werden besondere Filme sein«, sagte dieser Dr. Branom. »Ganz spezielle Filme. Heute nachmittag werden Sie die erste Sitzung haben.« Dann richtete er sich auf und sagte: »Ja, Sie scheinen ein kerngesunder junger Mann zu sein. Ein wenig unterernährt, vielleicht, aber das wird an der Gefängniskost liegen. Ziehen Sie Ihre Schlafanzugjacke nun wieder an.«

Er setzte sich auf die Bettkante und wartete, bis ich es getan hatte, dann sagte er: »Nach jeder Mahlzeit werden wir Ihnen eine Injektion in den Arm geben. Das sollte helfen.«

Ich war diesem sehr netten Dr. Branom wirklich dankbar. Ich sagte: »Sie meinen, mit Vitaminen und so, Sir?«

»Etwas Ähnlichem«, sagte er und lächelte richtig Horrorschau und freundlich. »Nach jeder Mahlzeit bloß ein kleiner Stich in den Arm.« Dann ging er wieder. Ich blieb auf dem Bett liegen und dachte, daß dies wie ein richtiger Himmel sei, und ich las und blätterte ein bißchen in den Gazettas, und dann ließ ich meinen Gulliver ins weiche Poduschka zurücksinken, schloß meine Glotzies und dachte, wie schön es sein würde, wieder draußen zu sein, vielleicht mit einem netten ruhigen Job während des Tages, weil ich für die alte Skolliwoll inzwischen zu stari war, und dann vielleicht mit einer neuen Bande für die Notschi. Natürlich würde ich meine künftigen Droogs erst zusammenbringen müssen, aber das sollte nicht zu schwierig sein, und dann würde das erste Ding sein, den alten Dim und Pete zu schnappen, wenn die Bullen sie nicht schon gekrallt hatten. Und diesmal würde ich sehr vorsichtig sein. Sie gaben mir wie eine neue Chance, obwohl ich Totschlag und alles auf dem Kerbholz hatte, und es würde nicht fair sein, wenn ich mich wieder fangen und in den Knast stecken ließe, wo sie sich all diese Mühe gaben und mir Filme zeigen wollten, die mich zu einem richtig guten und braven Maltschick machen sollten. Ich mußte ganz horrorschaumäßig smekken, weil alle wie ahnungslos und unschuldig waren, und ich smeckte mir meinen Gulliver ab, als sie mein Mittagessen auf einem Tablett reinbrachten. Der Veck, der es brachte, war derselbe, der mich in dieses saubere malenki Schlafzimmer geführt hatte, und er sagte:

»Es ist gut zu wissen, daß jemand auf dieser Welt glücklich ist.«

Es war wirklich ein sehr appetitliches und hübsch zubereitetes Essen, was sie mir da vorsetzten, kein Vergleich mit der elenden Motschka, die ich gewohnt war: zwei oder drei Scheiben Roastbeef mit Kartoffelmus und Gemüse, ein Glas mit der alten Moloko, dann Eis und schließlich eine gute Tasse heißen Tschai und sogar einen Lungentorpedo und eine Schachtel mit einem Zündholz darin. Also dies sah ganz nach dem guten Leben aus, meine Brüder. Dann, vielleicht eine halbe Stunde später, als ich ein bißchen schläfrig auf dem Bett lag, kam eine Krankenschwester zu mir, eine nette junge Dewotschka mit einer richtigen Horrorschau von Grudies (ich hatte solche seit zwei Jahren nicht gesehen), und sie hatte ein kleines Tablett und eine Spritze.

»Ah, die alten Vitamine, eh?« sagte ich und machte mit den Zubis zu ihr, aber sie nahm keine Notiz davon. Alles was sie machte, war, daß sie mir die Nadel in den linken Arm jagte, und dann ging es swischhhh, und ich hatte das Vitaminzeug in mir. Dann trippelte sie wieder raus, klak klak klak auf ihren hohen Absätzen und ohne einen Blick für euren ergebenen Erzähler. Bald darauf duselte ich wie ein, aber es konnte nicht lange gedauert haben, dann kam der Veck mit dem weißen Mantel, der wie ein Krankenpfleger war, und schob einen Rollstuhl vor sich her. Ich war ein malenki bißchen erstaunt, das zu sehen, und so sagte ich:

»Was gibt es, Freund? Meine Beine sind in Ordnung. Ich kann sicherlich gehen, wo wir hin müssen.« Aber er sagte:

»Es wird besser sein, ich fahre Sie.« Und in der Tat, o meine Brüder, als ich vom Bett aufstand, fühlte ich mich ein malenki bißchen schwach. Es war die Unterernährung, wie Dr. Branom gesagt hatte, all diese schlechte Gefängnismotschka. Aber die Vitamine in der Injektion würden mich bald wieder auf die Beine bringen, da gab es überhaupt keinen Zweifel, dachte ich.

4

Der Pflegerveck fuhr mich in eine Art Saal, aber der war wie kein Kino, das ich je gesehen hatte, Brüder. Gewiß, auf einer Seite war eine Leinwand, und gegenüber war eine Wand mit kleinen viereckigen Löchern darin, daß der Projektionsapparat seine Filmbilder auf die Leinwand werfen konnte, und das ganze Mesto war voll von Stereolautsprechern. Aber an der rechten Seitenwand waren so was wie Computerpulte mit lauter kleinen Anzeigeskalen, und mitten im Saal und gegenüber von der Leinwand war ein Ding wie ein Behandlungsstuhl von einem Zahnarzt, und von diesem Stuhl ging jede Menge Kabel aus.

Ich mußte aus dem Rollstuhl auf dieses Ding kriechen, wobei mir ein anderer Pflegerveck in einem weißen Mantel half. Dann merkte ich, daß die Wand unter den

Projektionslöchern wie aus beschlagenem Glas war, und ich glaubte Schatten wie von Leuten zu sehen, die sich dahinter bewegten, und ich dachte, daß ich ein Husten sluschte, das von dort zu kommen schien. Das mußte an der Umstellung von der Gefängnismotschka auf dieses neue üppige Futter liegen, und an diesen Vitaminen, die mir eingespritzt wurden, dachte ich.

»Gut«, sagte der Veck, der meinen Rollstuhl geschoben hatte, »ich lasse Sie jetzt allein. Die Vorstellung wird beginnen, sobald Doktor Brodsky eintrifft. Ich hoffe, sie wird Ihnen gefallen.«

Um die Wahrheit zu sagen, Brüder, ich hatte eigentlich nicht das Gefühl, daß ich an diesem Nachmittag Filme sehen wollte. Ich war irgendwie nicht in der Stimmung. Es hätte mir viel besser gefallen, einen hübschen ruhigen Spatschka auf dem Bett zu haben, ganz still und für mich allein. Ich fühlte mich sehr schlapp.

Was nun passierte, war, daß einer von diesen weißgekleideten Vecks meinen Gulliver an eine Art Kopfstütze schnallte, und dabei sang er die ganze Zeit so einen beschissenen Popschlager vor sich hin. »Wozu soll das gut sein?« fragte ich. Und dieser Veck unterbrach sein Gesumme und Gegurgel für einen Augenblick und antwortete, es habe den Zweck, meinen Gulliver stillzuhalten und dafür zu sorgen, daß ich zur Leinwand sehe.

»Aber ich will ja zur Leinwand sehen«, sagte ich. »Ich bin hergebracht worden, um Filme zu sehen, und das werde ich auch tun.«

Und dann hatte der andere Weißmantelveck (es waren insgesamt drei von ihnen da, wie es schien, aber der mit dem Rollstuhl war abgezogen) einen ruhigen kleinen Smeck über meine Worte und sagte:

»Man kann nie wissen. Wirklich, das kann man vorher nie so genau wissen. Vertrauen Sie uns, Freund. Es ist besser so.«

Dann kam eine Dewotschka vorbei und setzte sich an diese Schaltpulte und begann mit den Knöpfen herumzuspielen, aber gleich darauf hatten sie meinen Gulliver so fest, daß ich nur noch geradeaus sehen konnte. Und dann fand ich, daß sie meine Arme auf die Armlehne schnallten, und meine Nogas wurden auf der Fußstütze festgemacht. Es kam mir ein bißchen bezumnie vor, aber ich ließ sie machen. Wenn ich in zwei Wochen wieder ein freier junger Malitschick sein durfte, dann mußte ich in der Zwischenzeit auch was in Kauf nehmen, und so war mir alles recht, was sie mit mir machten. Ein Ding, das mir allerdings nicht gefiel, war, als sie Spangen oder Klammern an die Haut meiner Stirn machten, so daß meine Augenlider hoch und hoch gezogen wurden und ich meine Glotzies nicht mehr zumachen konnte, egal wie ich es versuchte. Ich versuchte zu smecken und sagte:

»Das muß eine Horrorschau von einem Film sein, wenn Sie so scharf darauf sind, daß ich ihn sehe.«

Einer der Weißmantelvecks sagte smeckend: »Horrorschau ist richtig, Freund. Eine wirkliche Horrorschau.«

Sie setzten mir eine Art Kappe auf den Gulliver, und ich konnte sehen, daß viele Drähte davon ausgingen, und dann drückten sie etwas wie ein Saugkissen auf meinen Bauch und ein zweites auf meine Brust, wo das alte Uhrwerk tickte, und auch von diesen gingen Drähte aus. Schließlich klebten sie mir was an die Stirn, anscheinend zwei dünne Schläuche oder was, und daraus tröpfelte eine Flüssigkeit wie Wasser ganz langsam in die Augen, wie um sie feucht zu halten.

Dann slutschte ich das Öffnen einer Tür und Schritte, und es war klar, daß irgendein wichtiger Tschelloveck in den Saal gekommen war, denn die Untervecks in ihren weißen Mänteln wurden alle wie steif. Und dann sah ich diesen Dr. Brodsky. Es war ein malenki Veck, sehr fett und mit kleinen glänzenden schwarzen Locken überall auf seinem Gulliver, und auf seiner Kartoffelnase hatte er eine Otschky mit dicken Gläsern. Ich konnte sehen, daß er einen horrorschaumäßigen Anzug anhatte, absolut auf der Höhe der Mode, und es ging ein gepflegter Sung von ihm aus. Bei ihm war Dr. Branom, ganz Lächeln und Zubis, als wollte er mir Mut machen.

»Alles fertig?« sagte Dr. Brodsky in einer sehr heiseren Goloß. Die Untervecks nickten und sagten: »Alles bereit, Chef«, und andere, entfernte Stimmen sagten das gleiche und »Ja, wir können jederzeit anfangen«, und ich sluschte summende Geräusche, wie wenn Dinge und Apparate eingeschaltet würden.

Dann gingen die Lichter aus, und da saß euer ergebener Erzähler und Freund allein im Dunkeln und konnte sich weder bewegen noch die Glotzies schließen noch sonst was. Und dann, o meine Brüder, begann die Filmschau mit einer sehr gromkigen Begleitmusik, sehr wild und voll von Mißklängen. Und dann kam das Bild auf die Leinwand, aber es gab keinen Titel und keine Angaben, wer den Film gemacht hatte oder wer darin mitspielte. Zu sehen war irgendeine Straße, die in jeder Stadt sein konnte, und es war dunkle Notschi, und die Laternen waren an. Der Film war technisch gut gemacht, und man sah nichts von diesem Geflimmer und diesen Flecken, über die man sich ärgert, wenn man bei jemand eingeladen ist und einen von diesen schmutzigen Filmen sieht. Die ganze Zeit wummerte die Musik ziemlich unheimlich und finster. Und dann sah man einen alten Veck die Straße daherkommen, sehr stari, und dann sprangen plötzlich zwei Malitschicks hinter einer dunklen Ecke vor und gingen auf diesen stari Veck los. Sie waren nach der letzten Mode gekleidet, wie sie jetzt war (immer noch enge Hosen, aber keine so großen Krawatten mehr, sondern Schlipse), und sie hielten sich nicht lange mit Slovos auf, sondern fingen gleich an, mit ihm zu spielen.

Du konntest seine Schreie und sein Stöhnen sluschen, sehr realistisch, und du konntest sogar das wie schwere Atmen und Keuchen der zwei tollschockenden Malitschicks mitkriegen. Ihre Fäuste gingen nur so krak krak krak, und sie machten diesen stari Veck richtig zu Pudding. Dann rissen sie ihm die Platties runter und machten mit den Sabogs gegen seine nagoi Plotti (dieser lag ganz krovvyrot im graznigen Rinnstein), und dann krauteten sie sehr skorri. Zuletzt kam eine Nahaufnahme vom Gulliver dieses zusammengedroschenen stari Vecks, und das alte Krovvy floß schön rot. Es ist komisch, wie die Farben von der richtigen Welt nur echt zu sein scheinen, wenn du sie auf der Kinoleinwand siehst.

Nun, die ganze Zeit, während ich dies alles sah, wurde mir mehr und mehr bewußt, daß ich mich gar nicht so gut fühlte, und ich führte das auf die Unterernährung zurück, und daß mein Magen die reiche Kost und die Vitamine nicht gewöhnt war, die ich hier kriegte. Aber ich versuchte das zu vergessen und konzentrierte mich auf den nächsten Film, der sofort anfing, meine Brüder, ohne irgendeine Unterbrechung im Programm. Diesmal sprang der Film sofort mitten in eine Szene rein, und man sah eine junge Dewotschka, der das alte Rein-Raus gegeben wurde, zuerst von einem Malitschick, dann von einem anderen und noch einem und noch einem, und sie kreischte in einem fort sehr gromik aus den Lautsprechern, und dazu erklang eine wie sehr rührende und tragische Musik. Dies war Wirklichkeit, realistische Wirklichkeit, aber wenn man richtig darüber nachdachte, konnte man sich nicht vorstellen, daß jemand tatsächlich zustimmen würde, für einen Film alles das mit sich machen zu lassen. Und wenn diese Filme von den Guten oder dem Staat gemacht worden waren, dann konnte man nicht verstehen, daß die Behörden solche Sachen erlaubt hatten, ohne die gefilmten Vorgänge zu verhindern. Also mußten es sehr schlaue Trickaufnahmen und Schnitte und solche Sachen sein, mit denen sie diese Filme gemacht hatten, denn alles sah furchtbar wirklich aus. Und als der sechste oder der siebente malitschick an die Reihe kam und einen klar machte und smeckte, und als die Dewotschka wieder einen reinkriegte und wie bezumnie aus den Lautsprechern kreischte, da wurde mir wie schlecht. Ich hatte überall Schmerzen und dachte, ich müßte kotzen, aber gleichzeitig wußte ich, daß ich nicht konnte, und es war wie ein Qual, o meine Brüder, weil ich bei alledem so auf diesem Stuhl festgenagelt war, daß ich mich kein bißchen rühren konnte. Als dieser Film vorbei war, sluschte ich die Goloß von diesem Dr. Brodsky, der irgendwo bei den Schaltpulten mit all den Instrumenten war, und sie sagte: »Reaktion zwölfkommafünf? Nicht schlecht für den Anfang. Vielversprechend.«

Dann fing sofort der nächste Film an, und diesmal war bloß ein menschliches Litso zu sehen, ein sehr blasses Gesicht, mit dem verschiedene böse Sachen gemacht wurden. Ich schwitzte ein malenki bißchen von den Schmerzen in meinen Eingeweiden, und ich hatte einen schrecklichen Durst, und in meinem Gulliver pochte es wie dumpf und bohrend, und ich dachte, daß mir vielleich nicht so übel sein würde, wenn ich dieses Stück Film nicht zu sehen brauchte. Aber ich konnte meine Glotzies nicht zumachen, und selbst wenn ich mit den Augäpfeln rollte und sie nach den Seiten verdrehte, konnte ich nicht wie aus der Schußlinie des Films kommen. So mußte ich weiter zusehen, was getan wurde, und die gräßlichsten Schreie hören, die aus diesem Litso kamen. Ich wußte, es konnte nicht wirklich so passiert sein, aber das machte keinen Unterschied. Ich würgte in einem fort und japste und schnappte nach Luft wie ein Fisch auf dem Trockenen, und ich hätte gern das ganze gute Essen ausgekotzt, um endlich Ruhe in den Kischkas zu haben, aber es kam nichts hoch. Zuerst sah ich, wie eine Britva ein Auge aus dem Litso schnitt, dann schlitzte sie die Backe runter, und dann ging sie ritsch ratsch ritsch ratsch durch das ganze Gesicht, während rotes Krovvy rausschoß und die Kameralinse wie bespritzte. Dann wurden alle die Zubis mit einer Zange rausgerissen, und die Schreie und das Blut waren fürchterlich. Dann hörte ich diese sehr zufriedene Goloß von Dr. Brodsky sagen: »Ausgezeichnet, ausgezeichnet.«

Der nächste Film war von einer alten Bubuschka, die einen Laden hatte und von einem Haufen Malitschicks mit sehr gromkigem Gelächter rumgestoßen und getreten wurde. Diese Malitschicks schlugen den ganzen Laden kurz und klein, und dann steckten sie ihn in Brand. Du konntest sehen, wie diese arme stari Titsa versuchte, aus den Flammen zu kriechen, heulend und kreischend, aber weil diese Malitschicks ihr mit all den Tritten ein Bein gebrochen hatten, konnte sie sich nicht bewegen. Das Feuer brüllte, und die Flammen schoßen über sie, und du konntest ihr gequältes Litso wie flehend durch die Flammen starren sehen, und dann verschwand es im Feuer, und du konntest die gromkigsten und qualvollsten Schreie sluschen, die je aus einer menschlichen Goloß kamen. Diesmal wußte ich, daß ich reihern mußte, also schrie ich:

»Ich muß kotzen. Bitte bringen Sie einen Eimer oder was, schnell!«

»Das ist bloß Einbildung«, rief dieser Dr. Brodsky zurück. »Sie brauchen sich keine Sorgen zu machen, junger Freund. Aufgepaßt, jetzt, wir fangen mit dem nächsten Film an.« Das war vielleicht als ein Witz gemeint, denn aus der Dunkelheit kam so was wie ein glucksendes Smecken. Und dann war ich gezwungen, einen höchst bösartigen Film über Japaner und ihre Quälereien zu sehen. Es war was aus dem Zweiten

Weltkrieg, und da waren nackte Gefangene, die an Bäume genagelt wurden, und die Japaner machten Feuer unter ihnen, und einigen wurden die alten Eier abgeschnitten, und man sah sogar, wie einem der Gulliver mit einem Schwert abgeschlagen wurde, und dann, während sein Kopf am Boden rollte und der Mund und die Augen noch ganz lebendig aussahen, rannte der Plotti dieses Gefangenen tatsächlich noch ein bißchen rum, einen Springbrunnen von Krovvy auf dem Hals, und dann fiel er, und die ganze Zeit gab es sehr sehr lautes Gelächter von den Japanern. Die Schmerzen, die ich jetzt in meinem Bauch und in meinem Gulliver fühlte, waren schrecklich, und dazu quälte mich dieser furchtbare Durst, und alles schien aus der Leinwand zu kommen. Also schrie ich:

»Aufhören! Aufhören! Ich halt es nicht mehr aus! Bitte hört auf!«

Und dann sagte die Stimme von diesem Dr. Brodsky:

»Aufhören? Aufhören, sagten Sie? Wieso, wir haben kaum angefangen!« Und er und die anderen smeckten laut, wie über einen guten Witz.

5

Ich möchte nicht beschreiben, Brüder, welche anderen entsetzlichen Dinge ich an diesem Nachmittag zu sehen gezwungen wurde. Die Gesinnungen von diesen Dr. Brodsky und Dr. Branom und den anderen in den weißen Mänteln, und wohlgemerkt, da war diese Dewotschka, die an den Knöpfen drehte und die Zeiger beobachtete, sie mußten grausamer und schmutziger sein als die Gesinnungen der schlimmsten Prestupniks im alten Knast. Denn ich hätte nicht geglaubt, daß es irgendeinem Veck möglich sein würde, auch nur daran zu denken,

Filme von der Art zu machen, wie ich sie hier zu sehen gezwungen wurde, festgeschnallt auf diesem Stuhl und mit gewaltsam aufgesperrten Glotzies. Ich konnte nichts tun als kreischen, daß sie aufhören aufhören aufhören sollten, und das übertönte wenigstens zum Teil den Schum der Schläge und Schreie und des Gewimmers, und auch die Musik, die alles begleitete. Ihr könnt euch vorstellen, meine Brüder, daß es wie eine ungeheure Erleichterung war, als ich das letzte Stück Film gesehen hatte und dieser Dr. Brodsky in einer wie gähnenden und gelangweilten Goloß sagte:

»Ich glaube, das sollte für den ersten Tag reichen, meinen Sie nicht, Branom?«

Das Licht wurde eingeschaltet, und ich saß da wie am Boden zerstört. Mein Gulliver hämmerte wie eine bolschige große Maschine, die Schmerzen macht, und meine Fresse war ganz ausgetrocknet und mit einem Geschmack wie von Scheiße auf der Zunge, und ich hatte ein Gefühl im Magen, daß ich jeden Bissen Essen auskotzen könnte, den ich seit meiner Entwöhnung von der Milchflasche jemals gegessen hatte, o meine Brüder.

»In Ordnung«, sagte dieser Dr. Brodsky, »er kann in sein Zimmer zurückgebracht werden.« Dann kam er zu mir und klopfte mir auf die Pletscho und sagte: »Gut, gut. Ein vielversprechender Anfang.« Und dabei grinste er übers ganze Litso.

Dann watschelte er raus, und Dr. Branom nach ihm, aber Dr. Branom warf mir vorher noch ein freundliches und wie mitleidiges Lächeln zu, als hätte er mit dem ganzen Scheiß nichts zu tun und wäre wie ich in dieses Ding wie hineingezwungen worden.

Wie auch immer, sie befreiten meinen Plotti von dem Stuhl und nahmen die Klammern von meinen Lidern, so daß ich sie wieder öffnen und schließen könnte, und ich schloß sie, o meine Brüder, so groß war der Schmerz in meinem Gulliver und dann hoben sie mich in den alten Rollstuhl und fuhren mich zurück zu meinem malenki Schlafzimmer. Der Unter-Veck, der mich schob, sang und pfiff irgendeinen blödsinnigen Popschlager, und ich war so geschafft und entnervt, daß ich ihn wie anknurrte: »Hör auf mit dem elenden Mist«, aber er smeckte bloß und sagte: »Mach dir nichts daraus, Freund«, und dann sang und pfiff er noch lauter.

So wurde ich ins Bett gebracht, und ich fühlte mich noch immer bolnoy und mehr tot als lebendig, ohne dabei schlafen zu können, aber nach einer Weile kam so ein leises Gefühl, daß ich vielleicht hoffen durfte, mich bald ein malenki bißchen besser zu fühlen, und dann brachte man mir eine Tasse guten heißen Tschai mit Moloko und Sakar, und wie ich ihn pitschte, wußte ich, daß dieser gräßliche Alptraum in der Vergangenheit und vorbei war. Und dann kam Dr. Branom, ganz Freundlichkeit und Lächeln, und sagte:

»Nun, nach meinen Berechnungen sollten Sie jetzt anfangen, sich besser zu fühlen. Ja?«

»Ja, Sir«, sagte ich vorsichtig und wie zögernd. Ich kapierte nicht ganz, was er mit diesem Govoriten über Berechnungen meinte, denn ob du dich bolnoy fühlst oder nicht mehr, das ist deine eigene Sache und hat mit Berechnungen nichts zu tun. Er kam wieder mit diesem netten Lächeln raus und setzte sich wie ein alter Droog auf die Bettkante.

»Doktor Brodsky ist sehr zufrieden mit Ihnen«, sagte er. »Sie hatten eine sehr positive Reaktion. Morgen wird es natürlich zwei Sitzungen geben, vormittags und nachmittags, und ich kann mir denken, daß Sie sich am Abend ein wenig erschöpft und matt fühlen werden. Aber wir müssen hart mit Ihnen sein, schließlich sollen Sie geheilt werden.«

»Sie meinen, ich muß wieder auf diesen Stuhl?« fragte

ich entsetzt. »Sie meinen, ich soll wieder diese Filme sehen? Oh, nein nein!« sagte ich. »Es war furchtbar.«

»Natürlich war es furchtbar«, sagte Dr. Branom und lächelte. »Gewalt ist eine furchtbare Sache. Das ist es, was Sie jetzt lernen. Ihr Körper lernt es.«

»Aber ich verstehe das nicht«, sagte ich. »Ich kann nicht verstehen, warum mir so speiübel war. Das gab es bei mir nie. Im Gegenteil, meistens fühlte ich mich sehr gut. Ich meine, es zu tun oder zu sehen, gab mir immer eine Horrorschau von einem guten Gefühl. Ich kann einfach nicht verstehen, warum oder wie oder was –«

»Das Leben ist eine wunderbare Sache«, sagte Dr. Branom in einer wie heiligen Goloß. »Die Lebensprozesse, der Aufbau des menschlichen Organismus, wer kann diese Wunder völlig verstehen? Doktor Brodsky ist ein bemerkenswerter Mann. Was Sie jetzt erleben und fühlen, ist genau das, was jeder normale und gesunde menschliche Organismus erleben und fühlen sollte, wenn er mit Bösartigkeit und Grausamkeit konfrontiert wird, wenn er die Wirkungsweise des destruktiven Prinzips erfährt. Wir machen Sie gesund. Wir machen Sie zu einem normalen, gesund empfindenden Menschen.«

»Davon will ich nichts wissen«, sagte ich. »Was Sie getan haben, hat mich sehr sehr krank gemacht.«

»Fühlen Sie sich jetzt krank?« fragte er, immer mit dem alten Droogielächeln in seinem Litso. »Tee trinken, ausruhen, eine gemütliche Plauderei mit einem Freund – sicherlich fühlen Sie sich völlig gesund und gut?«

Ich horchte wie in mich hinein und fühlte nach Schmerzen und Übelkeit in meinem Gulliver und Plotti, sehr vorsichtig, aber er hatte recht, meine Brüder. Es war wahr, daß ich mich ganz horrorschaumäßig gut fühlte und sogar mein Abendessen wollte.

»Ich komme da nicht mit«, sagte ich. »Sie müssen

was mit mir tun, das mir diese Übelkeit macht.« Und ich dachte über diese Dinge nach.

»Sie fühlten heute nachmittag Übelkeit«, sagte er, »weil Sie sich bereits auf dem Weg der Besserung befinden, mein Freund. Wenn wir gesund empfinden, reagieren wir mit Angst und Übelkeit auf Grausamkeiten. Sie werden gesund, das ist alles. Morgen um diese Zeit werden Sie noch gesünder sein.« Dann klopfte er mir auf den Noga und ging, und ich versuchte dieses Ding auszuknobeln, so gut ich konnte. Wie mir schien, mußten es die Drähte und anderen Wetsches sein, die mich so krank und elend machten, all diese Sachen, die auf dem Stuhl an mir befestigt worden waren. Ich grübelte noch immer darüber nach und fragte mich, ob ich mich morgen weigern sollte, auf diesen Stuhl geschnallt zu werden, und wie es wäre, wenn ich es darauf ankommen ließe und eine richtige Dratserei mit ihnen allen anfinge, weil ich auch meine Rechte hatte, als die Tür aufging und ein neuer Tschelloveck zu mir kam. Er war ein lächelnder stari Veck mit einer Glatze, der mir erklärte, er sei Verwaltungsbeamter und für meine Entlassung zuständig, und er hatte allerlei Papiere bei sich.

»Wohin werden Sie gehen, wenn Sie hier entlassen werden?« fragte er mich als erstes.

Darüber hatte ich wirklich noch nicht nachgedacht, und erst jetzt wurde mir richtig klar, daß ich schon sehr bald ein freier Malitschick sein würde, aber dann sah ich auch, daß ich es nur sein würde, wenn ich brav alles mitspielte, was sie wollten und nicht mit Dratserei und Weigerungen und so weiter anfinge, also sagte ich: »Oh, ich werde nach Hause gehen. Zu Dadda und Emme.«

»Zu wem?«

»Zu meinen Eltern in den lieben alten Wohnblock.«

»Ich sehe«, sagte er. »Und wann hatten Sie zuletzt Besuch von Ihren Eltern?«

»Vor vielleicht einem Monat«, sagte ich. »Sie hatten die wöchentlichen Besuchstage für die Gefangenen für eine Zeit wie aufgehoben, weil ein Prestupnik mit ein paar Stangen Dynamit erwischt worden war, die seine Pfanne ihm bei einem Besuch zugesteckt hatte. Ein wirklich beschissener Trick, um die Gefangenen gegeneinander aufzubringen, indem man die Unschuldigen mitbestraft. So ist seit dem letzten Besuch ein guter Monat vergangen.«

»Ich sehe«, sagte dieser Veck. »Und sind Ihre Eltern über Ihre Verlegung und bevorstehende Entlassung verständigt worden?« Das hatte einen richtig lieblichen Klang, dieses Slovo ›Entlassung‹. Ich sagte:

»Nein.« Dann sagte ich: »Das wird eine hübsche Überraschung für sie sein, nicht? Ich meine, wenn ich einfach so zur Tür hereinkomme und sage: ›Hier bin ich wieder, ein freier Veck‹. Ja, richtig Horrorschau.«

»Gut«, sagte der Beamtenveck, »lassen wir es dabei. Hauptsache, Sie haben nach Ihrer Entlassung einen Ort, wohin Sie gehen können, ein Dach über dem Kopf, Nun, dann stellt sich als nächstes die Frage nach einem Arbeitsplatz für Sie, nicht wahr?«

Er suchte in seinen Papieren und gab mir eine lange Liste von Jobs, die ich haben konnte, aber ich dachte, nun, dafür ist später noch Zeit genug. Zuerst ein hübscher malenki Urlaub. Ich könnte einen Laden krasten, sobald ich rauskäme, und die alten Stopfer mit Deng füllen, aber es würde sehr vorsichtig wie inszeniert werden müssen, und ich würde den Job ganz allein und in aller Stille durchziehen müssen. Ich hatte kein Vertrauen mehr zu sogenannten Droogs.

Nachdem ich so getan hatte, als ob ich die Liste aufmerksam studiert hätte, gab ich sie diesem Veck zurück und sagte ihm, ich müsse mir das erst noch genauer überlegen, und wir würden später noch mal darüber govoriten. Er sagte gut gut gut und machte, wie wenn er gehen wollte, und dann zeigte sich, daß er ein sehr wunderlicher Typ von einem Veck war, denn was er nun machte, kam mir wie bezumnie vor. Er kicherte ganz bescheuert und sagte dann: »Möchten Sie mir gern eine ins Gesicht geben, bevor ich gehe? Ich meine, so mit der Faust?«

Ich dachte nicht, daß ich das richtig gesluscht haben konnte, und so sagte ich:

»Eh?«

»Würden Sie«, kicherte er, »mir gern einen Faustschlag ins Gesicht geben, bevor ich gehe?«

Ich runzelte die Stirn und sah ihn an und dachte: Bei dem müssen mehrere Schräubchen locker sein, und dann fragte ich ihn vorsichtig: »Warum?«

»Oh«, sagte er, »bloß um zu sehen, wie Sie vorwärtskommen.« Und er beugte sich über mich und schob sein Litso ganz nahe ran, ein fettes Grinsen von einem Ohr zum anderen.

Wenn er es unbedingt will, dann soll er es haben, dachte ich, und ich machte eine Faust und langte ihm eine batz ins Litso, oder vielmehr, ich wollte es, aber er zog sich richtig skorri zurück, immer noch grinsend, und meine Faust traf nur Luft.

Dieses Ding war sehr sonderbar, und ich lag mit gerunzelter Stirn und starrte ihm nach, als er ging und sich den Gulliver absmeckte. Und dann, meine Brüder, fühlte ich mich wieder richtig elend, genau wie am Nachmittag, bloß dauerte es diesmal nur ein paar Minuten, und dann verging das Gefühl wieder, und als sie mein Abendessen brachten, fand ich, daß ich einen bolschigen Appetit hatte und bereit war, das ganze Brathähnchen zu verschlingen. Aber es war komisch, daß dieser stari Tschelloveck um einen Tollschock ins Litso wie gebeten hatte. Und es war komisch, daß mir gleich so übel geworden war.

Noch komischer war, was passierte, als ich in dieser Nacht schlief, o meine Brüder. Ich hatte einen Alptraum, und wie ihr euch denken könnt, war er von einem dieser Filme, die ich am Nachmittag gesehen hatte. Ein Traum oder Alptraum ist wirklich nicht viel anders als ein Film im eigenen Gulliver, nur ist er so, daß man wie hineingehen und und ein Teil davon sein kann. Und so war es bei mir. Es war ein Alptraum von einem der Filme, die sie mir gegen Ende der Nachmittagssitzung, wie sie es nannten, vorgeführt hatten, von lauter smeckenden Malitschicks, die das Ultrabrutale mit einer jungen Titsa machten, die in ihrem roten roten Krovvy lag und in einem fort kreischte, ihre Platties rizrazzt und in Fetzen überall rumgestreut, ganz horrorschaumäßig. Ich war mit dabei und smeckte mich weg, und ich war wie der Anführer, gekleidet nach dem letzten Heuler der Nadsatmode. Und plötzlich, mitten in dieser Dratserei, fühlte ich mich wie gelähmt und fing zu würgen an und preßte beide Hände vor den Mund, um nicht vor allen anderen auf die Straße zu kotzen, und die übrigen Malitschicks hatten einen richtig gromkigen Smeck über mich. Dann dratste ich mühsam meinen Weg zurück zum Wachen und ruderte wie durch mein eigenes Krovvy, und wie ich endlich die Augen aufkriegte, fand ich mich in meinem Bett in diesem Raum. Mir war speiübel, und ich sprang wie bezumnie aus dem Bett und raste ganz zittrig zur Tür, um schnell noch durch den Korridor zum alten Scheißhaus zu kommen, bevor es losging. Aber wehe, Brüder, die Tür war abgeschlossen. Und wie ich mich umdrehte, sah ich zum ersten Mal, daß das Fenster vergittert war. Und so, als ich in dem malenki Nachttisch neben dem Bett nach dem guten alten Pißpott grabbelte, wurde mir endgültig klar, daß es kein Entkommen von alledem geben würde. Nach einer Weile verging der Brechreiz von selbst, aber ich wagte nicht mehr in meinen eigenen schlafenden

Gulliver zurückzukehren, und schließlich setzte ich mich auf die Bettkante und wollte so den Morgen abwarten, aus lauter Angst, ich könnte wieder einschlafen, wenn ich mich ins Bett legte. Aber bald schlief ich trotzdem ein und träumte nicht mehr.

6

»Aufhören, aufhören, aufhören!« heulte ich. »Stellt es ab, ihr graznigen Bastarde, ich halt's nicht mehr aus!« Es war der nächste Tag, Brüder, und ich hatte wahrhaftig mein Bestes getan, erst am Vormittag und jetzt am Nachmittag, um ihre Erwartungen nicht zu enttäuschen und wie ein braver, willig lächelnder Malitschick in diesem Folter-stuhl zu sitzen, während sie die wüstesten und wie perversesten Greuel über die Leinwand gehen ließen. Eben hatten meine mit diesen Klammern aufgesperrten Glotzies sehen müssen, wie kleine gelbhäutige Vecks im Verhör getollschockt und getreten wurden, und wie ih-nen dann die Fingernägel ausgerissen und die Bäuche aufgeschnitten wurden, daß das alte Krovvy spritzte und die Kischkas rausfielen, alles begleitet von den gräßlich-sten Schreien, und wie gummikauende Soldaten dann die gelbhäutigen kleinen Dewotschkas und nackten Kinder dieser Vecks wie gelangweilt abschossen und in ihre brennenden Strohhütten schmissen, o meine Brüder. Was nun kam, war im Vergleich dazu beinahe wie eine Erholung und wirklich kein Ding, über das ich mich normalerweise aufgeregt hätte, nämlich drei oder vier Malitschicks, die einen Laden krasteten und ihre Stopfer mit Strom aus der Registrierkasse füllten, während sie gleichzeitig mit der stari Babuschka von Ladenbesitzerin spielten und sie ein malenki bißchen tollschockten und das Krovvy fließen ließen. Aber das Hämmern und Dröhnen in meinem Gulliver und das elende Würgen von diesem Brechreiz und der furchtbare kratzende Durst in meiner Kehle, alles das war schlimmer als gestern. »Genug!« schrie ich. »Ich hab' genug, macht endlich Schluß, ihr Teufel, es ist nicht fair!« Und ich versuchte mich von diesem Höllenstuhl loszureißen, aber es war nicht möglich, ich war so hilflos wie die Fliege auf dem Leim.

»Erstklassig!« krächzte dieser Dr. Brodsky. »Sie machen sich ausgezeichnet. Nur noch einen, und dann sind wir für heute fertig.«

Jetzt kam wieder was aus dem stari Zweiten Weltkrieg, und es war ein streifiger alter Schwarzweißfilm. Er begann mit einer Parade und vielen Fahnen mit diesem Hakenkreuz, das alle Malitschicks so gern an die Wände malen, und dann waren da sehr stolze Offiziere in sehr langen wie Ledermänteln, die durch Straßen gingen, die ganz Staub und Bombentrichter und Ruinen waren. Dann konntest du eine Reihe von Vecks sehen, die an einer Mauer standen und erschossen wurden, wozu Offiziere die Befehle gaben, und auch schreckliche nagoi Plotties, die in einem Graben lagen, wie hautüberzogene Gerippe mit dünnen weißen Nogas. Dann sah man eine Menge Vecks und Titsas, die meisten von ihnen ziemlich stari, wie sie aus ihren Häusern gezerrt und mit Gewehrkolben getollschockt und unter Gejammer und Geschrei weggetrieben wurden, nur konnte man das Geschrei nicht hören, meine Brüder, weil auf der Tonspur nur Musik war und keine anderen Geräusche. Dann merkte ich in all meinen Schmerzen und meiner Übelkeit, was für eine Musik es war, die da aus den Lautsprechern krachte und dröhnte, und es war Ludwig van, der letzte Satz aus der fünften Sinfonie, und darauf kreischte ich wie bezumnie los.

»Aufhören!« schrie ich. »Aufhören, ihr graznigen

Bratschnis! Es ist eine Sünde, das ist es, eine schmutzige, unverzeihliche Sünde, ihr stinkenden Teufel!«

Sie hörten nicht auf, weil der Film nur noch eine oder zwei Minuten zu laufen hatte – stari Judenvecks, denen von smekenden Soldaten die Vollbärte angezündet wurden, dann noch mehr Erschießungkommandos und zuletzt noch mal die alte Fahne mit dem Hakenkreuz. Aber als die Lichter angingen, standen dieser Dr. Brodsky und auch Dr. Branom vor mir, und Dr. Brodsky sagte:

»Was war das eben, mit Sünde und so, eh?«

»Ludwig van so zu mißbrauchen«, sagte ich, sehr elend und sehr razdraz. »Er hat niemandem Böses getan. Beethoven hat einfach Musik geschrieben.« Und dann mußte ich wirklich kotzen, und sie mußten schnell eine Schüssel holen, die eine Form wie eine Niere hatte.

»Musik«, sagte Dr. Brodsky wie sinnend. »Sie sind also ein Musikliebhaber, eh? Ich verstehe selbst nichts davon. Sie ist ein nützlicher emotioneller Verstärker, das ist alles, was ich darüber weiß. Gut, gut. Was meinen Sie dazu, Branom?«

»Es läßt sich nicht ändern«, sagte Dr. Branom. »Jeder bringt das um, was er liebt, wie dieser Dichter und Häftling sagte. Vielleicht haben wir hier das bestrafende Element. Der Direktor würde sich freuen.«

»Geben Sie mir ein Glas Wasser«, sagte ich, »Bog soll Sie strafen.«

»Machen Sie ihn los«, befahl Dr. Brodsky. »Bringen Sie ihm eine Karaffe mit kaltem Wasser.« Die Unter-Vecks machten sich an die Arbeit, und bald gluckerte ich Wasser aus der Karaffe in mich rein, und es war wie der Himmel, o meine Brüder. Dr. Brodsky sagte:

»Sie scheinen ein hinreichend intelligenter junger Mann zu sein. Sie scheinen auch nicht ohne Geschmack zu sein. Sie haben einfach diesen Hang zur Gewalttätigkeit, nicht wahr? Zur Gewalttätigkeit und Diebstahl, wobei Diebstahl nur ein Aspekt von Gewalttätigkeit ist.«

Ich govoritete kein einziges Slovo, Brüder. Ich fühlte mich immer noch sehr elend und schlecht, obwohl es mir allmählich ein malenki bißchen besser ging. Aber es war ein fürchterlicher Tag gewesen.

»Nun«, sagte Dr. Brodsky, »wie, meinen Sie, wird dies hier gemacht? Sagen Sie mir, was ist es nach Ihrer Ansicht, das wir mit Ihnen machen?«

»Sie machen, daß ich mich krank fühle«, sagte ich. »Mir ist zum Kotzen, wenn ich diese schmutzigen, perversen Filme von Ihnen sehe. Aber es sind nicht wirklich die Filme, die es machen. Bloß habe ich das Gefühl, daß ich aufhören würde, mich krank und schlecht zu fühlen, wenn Sie mich mit diesen Filmen verschonen würden.«

»Richtig«, sagte Dr. Brodsky. »Es ist Assoziation, die älteste Erziehungsmethode in der Welt. Und wie äußert sich dieses Gefühl von Kranksein?«

»Es sind diese graznigen Schmerzen und Wetsches, in meinem Gulliver und meinem Plotti«, sagte ich, »das ist es.«

»Absonderlich«, sagte Dr. Brodsky und lächelte. »Der Dialekt des Stammes. Sie haben ihn schon öfter reden hören, Branom. Wissen Sie etwas über den Ursprung dieser Redeweise?«

»Ein Mischmasch von Straßenjargon und aufgeschnappten Wörtern«, sagte Dr. Branom, der nicht mehr ganz so wie ein Freund aussah. »Wahrscheinlich auch ein paar Zigeunerausdrücke. Aber die meisten Wurzeln scheinen slawisch zu sein. Unterschwellige Durchdringung, würde ich sagen.«

»Gut gut gut«, sagte Dr. Brodsky, wie ungeduldig und nicht mehr interessiert. »Nun«, sagte er zu mir, »die Drähte sind es nicht. Es hat nichts mit dem zu tun, was an

Ihnen befestigt wird, wenn sie auf dem Stuhl sitzen. Diese Kontakte haben nur den Zweck, Ihre Reaktionen zu messen. Was könnte es dann sein, hm?«

Dann sah ich natürlich, was für ein glupiger Durak ich war, daß ich nicht gemerkt hatte, was gespielt wurde, und daß es die verdammten Spritzen in den Arm waren, die mich so fertigmachten.

»Oh«, schrie ich, »oh, jetzt ist mir alles klar. Ein beschissener schmutziger fauler Trick. Ein Betrug, Bog soll euch alle braten! Das passiert mir nicht noch mal!«

»Ich bin froh, daß Sie Ihre Einwendungen jetzt machen«, sagte Dr. Brodsky. »Nun könnnen wir völlig offen darüber reden. Es gibt viele verschiedene Möglichkeiten, dieses Ludovico-Serum in Ihren Organismus zu bringen. Oral, zum Beispiel. Aber die subkutane Methode ist die beste. Bitte kämpfen Sie nicht dagegen an. Ihr Widerstand hat keinen Sinn. Sie können gegen uns nichts ausrichten.«

»Graznige Bratschnis«, sagte ich. »Die Gewalttätigkeiten und all dieser Scheiß machen mir nichts aus. Das kann ich ertragen. Aber das mit der Musik ist nicht fair. Es ist nicht fair, daß ich mich krank und speiübel fühlen muß, wenn ich die herrliche Musik von Bach und Händel und Ludwig van slusche. All das zeigt mir, daß ihr ein übler Haufen von Bastarden seid, und ich werde euch das nie vergeben, ihr Bratschnis.«

Sie sahen beide ein bißchen wie nachdenklich aus. Dann sagte Dr. Brodsky: »Die Abgrenzung ist immer schwierig. Die Welt ist ein Ganzes, das Leben ist ein Ganzes. Viele schöne und göttliche Dinge entbehren zuweilen nicht einer gewissen Gewaltsamkeit – die Musik ist ein Beispiel. Sie müssen gewisse Begleiterscheinungen in Kauf nehmen, junger Freund. Sie hatten die Wahl, und sie trafen Ihre Entscheidung.« Ich verstand alle diese Slovos nicht, aber nun sagte ich:

»Sie brauchen nicht damit weiterzumachen, Sir.« In meiner schlauen Art hatte ich skorri eine neue Platte aufgelegt. »Sie haben mir bewiesen, daß all dieses Dratsen und Tollschocken und Töten falsch ist, furchtbar falsch. Ich habe meine Lektion gelernt, Sirs. Ich sehe jetzt, was ich nie zuvor gesehen habe. Ich bin geheilt, Bog sei Dank.« Und ich hob meine Glotzies in einer wie heiligen Art zur Decke. Aber diese beiden Doktoren schüttelten ihre Gullivers wie bekümmert, und Dr. Brodsky sagte:

»Sie sind noch nicht geheilt. Es gibt noch viel zu tun. Nur Ihr Körper reagiert prompt und heftig auf Gewalttätigkeit jeder Art. Aber ohne weitere Hilfe von uns, ohne medizinische Behandlung—«

»Aber Sir«, sagte ich, »ich sehe, ich verstehe, daß es falsch ist. Es ist falsch, weil es wie gegen die Gesellschaft ist, es ist falsch, weil jeder Veck auf Erden das Recht hat, zu leben und glücklich zu sein, ohne geschlagen und getollschockt und erstochen zu werden. Ich habe viel gelernt, oh, das habe ich wirklich.«

Aber Dr. Brodsky hatte auf das hin einen langen lauten Smeck und zeigte alle seine weißen Plastikzubis und sagte dann:

»Die Häresie des Zeitalters der Vernunft«, oder so ähnliche Slovos. »Ich sehe, was recht und gut ist, und ich billige es, aber ich tue, was unrecht und böse ist. Nein nein, mein junger Freund, Sie müssen das schon uns überlassen. Aber verlieren Sie nicht den Mut. Bald wird alles das hinter Ihnen liegen. In weniger als vierzehn Tagen werden Sie ein freier Mensch sein.« Dann klopfte er auf meine Pletscho.

Weniger als vierzehn Tage. O meine Brüder und Freunde, es war wie ein Jahrhundert. Es war die ganze Zeit vom Anbeginn der Welt bis zu ihrem Ende. Die vierzehn Jahre im Staja mit vorzeitiger Begnadigung wegen guter Führung wären nichts dagegen gewesen. Jeden Tag war es das gleiche. Aber als die Dewotschka mit der Spritze wieder mal zu mir kam, das war vier Tage nach diesem Govoriten mit Dr. Brodsky und Dr. Branom, sagte ich einfach: »Kommt nicht in Frage«, und klopfte ihr auf die Griffel, und die kleine Schüssel und die Spritze fielen bums und klirr auf den Boden. Das war wie um zu sehen, was sie tun würden.

Was sie taten, war, daß vier oder fünf richtig bolschige Bastarde von Unter-Vecks reinkamen und mich auf meinem Bett tollschockten und mich dann darauf niederhielten, die wie schleimig grinsenden Litsos ganz nahe an meinem, und dann sagte diese Giftbutze von einer Krankenschwester: »So ein unverschämter und böser kleiner Teufel«, während sie eine frische Spritze in meinen Arm haute und dieses Zeug richtig brutal und bösartig in mich reinschoß. Und dann wurde ich, ganz erschöpft und scholle wie ich war, in den Rollstuhl getollschockt und zu diesem Höllenkino gefahren.

Jeden Tag, meine Brüder, gab es wie die gleichen Filme, nichts als Tritte und Tollschocken und rotes Krovvy, das von Litsos und Plottis tropfte und über die Kameralinsen spritzte, und dazu smeckende Malitschicks auf der Höhe der Nadsatmode und brutal folternde und Zivilisten massakrierende Soldaten in all den bekannten Uniformen. Und mit jedem Tag wurden die sterbenselende Übelkeit und die Schmerzen im Gulliver und der grausame Durst schlimmer und unerträglicher, bis ich eines Morgens versuchte, diesen graznigen Bastarden und Menschenschindern einen Strich durch die schmutzige Rechnung zu machen und meinen Gulliver bong bong bong gegen die Wand schlug, um mich selber bewußtlos zu tollschocken. Aber alles was passierte, war, daß mir zum Kotzen schlecht wurde und ich würgend und keuchend und luftschnappend aufhören mußte. Und ich sah, daß diese Art von Gewalt auf meinen Plotti genauso wirkte wie die Gewalt, die ich in den Filmen sah, und schließlich hatte ich von dem ganzen Wetsch nur die Erschöpfung und eine dicke Beule am Gulliver, und ich kriegte die Spritze und wurde wie ein sterbendes Schwein weggekarrt, um diese Teufelsfilme zu sehen.

Und dann kam ein Morgen, wo ich aufwachte und mein Frühstück aus Toast und Butter und Marmelade verdrückte, zusammen mit einem gekochten Ei und gutem heißem Tschai und mir dachte: ›Es kann jetzt nicht mehr viel länger dauern. Das Ende der vierzehn Tage muß sehr nahe sein. Ich habe mehr gelitten als in meinem ganzen Leben vorher, und ich kann nicht mehr.‹ Und ich wartete und wartete, Brüder, daß diese Teufelskrankenschwester mit ihrer Spritze käme, aber sie kam nicht. Und dann kam einer von diesen Unter-Vecks und sagte:

»Heute lassen wir Sie gehen. Vorwärts.«

»Gehen?« sagte ich. »Wohin?«

»Zur Vorstellung, natürlich, wie üblich«, sagte er. »Ja, ja, machen Sie nicht so ein belämmertes Gesicht. Sie gehen in den Vorführraum, natürlich mit mir. Sie werden nicht mehr im Rollstuhl gefahren.«

»Aber«, sagte ich, »was ist mit der Scheißinjektion?« Denn ich war wirklich erstaunt, Brüder, waren sie doch sonst so versessen darauf, dieses Ludovico-Zeug in meinen armen Plotti zu pumpen. »Kriege ich nicht vorher von eurem Brechmittel in den Arm?«

»Aus und vorbei«, smeckte dieser Veck. »In alle Ewigkeit Amen. Das haben Sie jetzt hinter sich. Heute gehen wir zu Fuß in die Schreckenskammer. Aber Sie werden immer noch festgeschnallt, mein Freund, und die Augen werden wir Ihnen auch aufsperren, damit Sie uns während der Vorstellung nicht einschlafen. Vorwärts, jetzt.« Und ich mußte den Bademantel überziehen und mit meinen Pantoffeln durch den Korridor zu diesem Mesto schlurfen.

Dieses Mal nun, o meine Brüder, war ich nicht bloß sehr krank und elend, sondern auch sehr verwundert. Da war es wieder, dieses ganze ultrabrutale Zeug mit armen Vecks, denen die Gullivers eingeschlagen und abgeschnitten wurden, und mit aufgerissenen, krovvytropfenden Titsas, die um Erbarmen kreischten, alle diese wie privaten und individuellen Grausamkeiten und Blutrünstigkeiten. Und dann gab es wieder die mehr amtlichen und wie staatlich geförderten Brutalitäten und Schlächtereien, und sie waren ganz ähnlich wie die anderen, nur gab man sich nicht lange mit einzelnen Vecks und Titsas ab, es mußten immer gleich viele sein, oder wenigstens mehrere. Aber wahrscheinlich war es doch was anderes, denn diese Gewalttäter hatten immer Uniformen an und mußten deshalb irgendwie glauben, daß sie es für das Gute machten.

Verwundert aber war ich über ein anderes Ding. Diesmal konnte ich keiner Spritze die Schuld geben, daß mir übel war und daß mein Gulliver vor Schmerzen platzen wollte und daß ich vor Durst wie röchelte. Diesmal mußte es allein an dem liegen, was zu sehen ich zu sehen gezwungen wurde, immer noch wie an den Stuhl genagelt und die Glotzies mit Klammern weit aufgerissen, denn auch diese Kabel und Drähte und anderen Wetsches, die meinen Plotti und meinen Gulliver angezapft hatten, waren nicht mehr da. Was sonst als die Filme, die ich sah, konnte mir dies antun?

Die Sache schien klar, meine Brüder, bis auf eines, natürlich, und das war, daß dieses Ludovico-Zeug wie eine Impfung war und in meinem Krovvy herumkreuzte, so daß ich in alle Ewigkeit Amen krank und elend sein würde, wann immer ich irgendwas Gewalttätiges und Brutales zu sehen kriegte. Das war zuviel, und ich verzog meine Labbe und machte buh huh huh, und meine Tränen verwischten wie gesegnete silbrige Tautropfen, was ich sehen sollte. Aber diese Bratschnis in den weißen Mänteln waren skori mit ihren Poschmookussen und tupften und wischten die Tränen von meinen Glotzies und sagten: »Nun, nun, wer wird denn gleich weinen?«

Und dann war wieder alles klar vor meinen Glotzies, und ich sah Vecks in Uniformen und mit langen Peitschen, wie sie einen Haufen von anderen Vecks und Titsas (alle ganz nagoi, diese, und die meisten von ihnen ziemlich stari, wie ich sehen konnte) in Mestos trieben, wo sie alle ihren letzten Schnaufer mit Giftgas tun würden, und wieder machte ich buh huh huh, und schon waren sie da, um die Tränen abzuwischen, sehr skorri, damit mir ja nichts von dem entging, was sie zeigten. Es war ein schrecklicher und elender Tag, o meine Brüder und einzigen Freunde.

Nach meinem Abendessen aus Hammelfleisch mit Kartoffeln und Obstkuchen und Eis batzte ich mich auf mein Bett und versuchte zu schlafen, aber in meinem Gulliver kreiste immer derselbe Gedanke wie ein Karussell: ›Teufel noch mal, es könnte eine Chance für mich geben, wenn ich jetzt verschwinde.‹ Aber ich hatte keine Waffe. Eine Britva war mir hier nicht erlaubt, und ich war jeden zweiten Tag von einem fetten, kahlköpfigen Veck rasiert worden, der vor dem Frühstück an mein Bett kam, begleitet von zwei Bratschnis in weißen Mänteln, die aufpaßten, daß ich mich wie ein guter, friedfertiger Malitschick benahm. Die Nägel an meinen Griffeln waren ganz kurz gefeilt, so daß ich nicht kratzen konnte. Aber ich war noch immer skorri im Angriff, obwohl sie mich krank gemacht und geschwächt hatten, Brüder, daß ich nur noch ein Schatten meiner selbst war. Also stieg ich aus dem Bett und ging zur verschlossenen Tür und hämmerte horrorschaumäßig dagegen und kreischte:

»Hilfe, Hilfe, ich bin krank, ich sterbe. Doktor Doktor Doktor, schnell. Ich muß sterben. Hilfe!«

Meine Gurgel war richtig wund und ausgetrocknet, bevor jemand kam. Dann hörte ich Nogas durch den Korridor tappen, und eine wie verschlafene Goloß knurrte Verwünschungen, und dann erkannte ich die Goloß. Sie gehörte dem Unter-Veck, der immer mein Essen brachte und mich zu meiner täglichen Höllenqual schleppte.

»Was's los?« knurrte er. »Was geht vor? Was ist das wieder für ein fauler Trick?«

»Oh, oooh, ich sterbe«, ächzte ich. »Da ist ein furchtbarer Schmerz in meiner Seite, unten rechts. Ooooh. Muß Blinddarmentzündung sein. Ooooooh.«

»Blinddarmentzündung, daß ich nicht lache«, brummte dieser Veck, und dann sluschte ich zu meiner Freude, Brüder, daß er mit den Schlüsseln fummelte. »Wenn Sie Dummheiten versuchen, alter Freund, dann werden meine Kollegen und ich Ihnen eine Abreibung verpassen, an die Sie noch lange denken werden.« Dann machte er auf, und mit ihm kam wie die Verheißung meiner Freiheit. Nun war ich wie neben der Tür, als er sie aufstieß, und ich sah im Korridorlicht, wie er verdutzt herumsmottete, ohne mich zu sehen. Dann hob ich meine Fäuste, um ihn gewaltig in den Nacken zu tollschocken, und dann, als ich ihn schon im voraus ächzend oder wie ohnmächtig am Boden liegen sah und die alte Freude in meinen Kischkas hochkommen fühlte, da kam diese Übelkeit wie eine Welle, die mich überschwemmte, und ich hatte eine schreckliche Angst, wie wenn ich wirklich sterben müßte. Ich wankte rüber zum Bett und machte argh argh argh, und der Veck, der nicht in seinem weißen Mantel, sondern in einer Art Bademantel war, sah klar genug, was ich vorgehabt hatte, denn er sagte:

»Nun, alles ist eine Lektion, nicht? Man lernt immer noch dazu, wie man sagen könnte. Komm, kleiner Freund, steh von deinem Bett auf und gib mir eine ins

Gesicht. Ich möchte es, wirklich. Einen richtigen guten Kinnhaken. Los, ich kann es kaum erwarten, Tatsache.«

Aber ich konnte nichts tun, Brüder, als einfach daliegen und heulen, buh huh huh.

»Abschaum«, sagte dieser Veck jetzt, wie höhnisch. »Dreckskerl.« Und er packte mich am Pyjamakragen und zog mich hoch, denn ich fühlte mich sehr schwach und schlapp, und er holte mit seiner rechten Faust aus und gab mir einen guten harten Tollschock batz in mein Litso.

»Das«, sagte er, »ist dafür, daß du mich aus dem Bett geholt hast, du junger Schmutz.« Und er wischte seine Hände aneinander ab und ging raus. Klick klick machte der Schlüssel im Schloß.

Und was mich bis in den Schlaf verfolgte, Brüder, war das schreckliche und falsche Gefühl, daß es besser sei, den Schlag einzustecken, als ihn auszuteilen. Wenn dieser Veck geblieben wäre, dann hätte ich ihm vielleicht sogar die andere Wange hingehalten.

7

Ich konnte nicht glauben, Brüder, was mir gesagt wurde. Es schien, daß ich seit einer Ewigkeit in diesem stinkenden Mesto war und daß ich wie für immer dableiben würde. Und dann kam einer von diesen Unter-Vecks – sie hatten den anderen, der mich getollschockt hatte, ausgewechselt – mit dem Frühstück und sagte: »Heute haben Sie einen großen Tag vor sich, mein Freund. Es wird der Tag Ihrer Entlassung sein.« Und darauf hatte er einen gemütlichen Smeck. »Heute wird die große Probe sein, ob Sie Ihre Lektion gelernt haben.«

Ich dachte, er würde mich wie gewöhnlich in dieses Kino-Mesto führen, ich mit Pyjamas und Pantoffeln und

Bademantel. Aber nein. An diesem Morgen kriegte ich mein Hemd und meine Unterwetsches und meine Abendplatties und meine Horrorschau-Stiefel, alles schön gewaschen und gebügelt und poliert. Und ich kriegte sogar meine Halsabschneiderbritva, die ich in jenen alten und glücklichen Tagen der nächtlichen Spiele und Dratsereien gebraucht hatte. Ich machte mit dem verwunderten Blick, als ich mich vor diesem Unter-Veck anzog, aber er grinste bloß und wollte nichts govoriten, o meine Brüder.

Dann wurde ich ganz freundlich zu dem alten Mesto geführt, aber wie ich reinkam, sah ich, daß es Veränderungen gegeben hatte. Die Leinwand war hinter Vorhängen versteckt, und das wie beschlagene Glas unter den Projektionslöchern war nicht mehr da. Vielleicht hatte man es hochgezogen oder in die Seiten zurückgefaltet wie Schiebefenster oder Blenden. Und wo ich bisher nur das Husten von irgendwelchen Vecks gesluscht und wie Schatten gesehen hatte, war jetzt ein richtiger Zuschauerraum, und in diesem Zuschauerraum saßen Leute. Darunter waren einige Litsos, die ich kannte. Da war der Direktor vom alten Staja, und da war der heilige Mann oder Pfarrerveck aus dem Knast, und der Obertschasso, und dann dieser sehr wichtige und gutgekleidete Tschelloveck, der der Minister des Inneren war. Den Rest kannte ich nicht. Dr. Brodsky und Dr. Branom waren da, aber nicht in ihren weißen Mänteln. Sie waren wie Ärzte angezogen, die zu einem Empfang gehen und zeigen wollen, daß sie vornehme und erfolgreiche Vecks sind. Dr. Branom stand bloß da, aber Dr. Brodsky stand vor der Versammlung und govoritete in einer wie gelehrten Art und Weise zu all den Vecks in den Sitzreihen, als er mich reinkommen sah, sagte er:

»Aha. Nun, meine Herren, ist der Zeitpunkt gekommen, wo wir Ihnen den Patienten selbst vorstellen möchten. Er ist, wie Sie sehen, gesund und kräftig und gut genährt. Er hat einen gesunden Nachtschlaf und ein nahrhaftes Frühstück gehabt und steht weder unter Drogeneinwirkung noch unter Hypnose. Morgen werden wir ihn mit Zuversicht wieder in die Welt hinausschicken, einen anständigen und ordentlichen jungen Mann, wie man sich ihn nicht besser wünschen könnte, friedlich und gutartig und – wie Sie selbst beobachten werden – dem freundlichen Wort so geneigt wie der hilfreichen Tat. Welche Verwandlung, meine Herren, von dem gefährlichen Strolch, der vor einigen zwei Jahren zu einer nutzlosen Haftstrafe verurteilt wurde und nach zwei Jahren unverändert zu uns kam. Unverändert, sage ich? Nicht ganz. Das Gefängnis lehrte ihn das falsche Lächeln, die geheuchelte Unterwürfigkeit, hinter der sich der alte kriminelle Wille hielt. Es bestätigte ihn nicht nur in jenen Lastern, die er vor seiner Inhaftierung praktizierte, sondern es lehrte ihn auch neue. Aber, meine Herren, genug der Worte. Taten sprechen eine deutlichere Sprache. Beobachten Sie gut.«

Ich war ein malenki bißchen benommen von all diesem Govoriten, und ich versuchte mit den Gedanken klarzukommen, daß der ganze Zirkus über mich war. Dann gingen die Lichter aus, und nach einem Moment wurden zwei Scheinwerfer eingeschaltet, die hinter den Projektionsöffnungen waren. Einer war voll auf euren ergebenen und leidenden Erzähler gerichtet, so daß ich mitten in dem beleuchteten Oval stand. Und in den anderen Scheinwerferkegel ging ein bolschiger großer Tschelloveck, den ich noch nie gesehen hatte. Er hatte ein wie fettiges, speckiges Litso und einen Schnurrbart und Haarsträhnen von der Seite über den fast kahlen Gulliver gekämmt. Er war ungefähr dreißig oder viezig oder fünfzig, irgendein betagtes Alter wie das, stari. Er kam auf mich zu, und der Scheinwerferkegel ging mit ihm, und bald hatten die beiden hellen Ovale am Boden wie einen großen beleuchteten Fleck gemacht. Er sagte zu mir, sehr höhnisch:

»Hallo, du Schmutzhaufen. Puh, wie du stinkst! Mit dem Waschen scheinst du es nicht zu haben, was?« Dann trampelte er auf meine Nogas, links, rechts, und dann schnippte er einen Fingernagel gegen meine Nase, was wie bezumnie schmerzte und die alten Tränen in meine Glotzies brachte, und schließlich drehte er an meinem linken Ohr, als ob es ein Radioknopf wäre. Ich konnte Gekicher und ein paar richtig horrorschaumäßige Smecks – hä hä ho ho ho – bei den Zuschauern sluschen. Meine Nase und meine Nogas und mein Ohr brannten wie bezumnie, und so sagte ich:

»Warum tust du das? Ich habe dir nie Unrecht getan Bruder.«

»Oh«, sagte dieser Veck, »ich tue dies« – wieder ein Nasenstüber – »und das« – wieder ein Ohrendrehen – »und das andere« – wieder ein gemeiner Tritt auf meinen rechten Noga – »weil ich Typen wie dich nicht ausstehen kann. Und wenn es dir nicht paßt, kannst du ja was dagegen tun. Los, fang schon an!«

Nun wußte ich, daß ich richtig skorri sein und meine Halsabschneiderbritva rauskriegen mußte, bevor diese schreckliche, mörderische Übelkeit in meinen Kischkas hochschießen und die ganze wie Kampfesfreude in das Gefühl verwandeln würde, ich müsse ins Gras beißen. Aber, o meine Brüder, als meine Griffel in die Tasche fuhren, hatte ich vor meinem wie inneren Glotzie das Bild von diesem beleidigenden Veck, wie er um Gnade heulte, während das rote rote Krovvy über sein Litso strömte, und mit diesem Bild kam es ganz heiß in mir hoch, und die Übelkeit und die Schmerzen rasten, um meinen Willen zu überholen. Ich sah, daß ich meine Einstellung zu diesem widerlichen Veck sehr sehr skorri ändern mußte, und so suchte ich in meinen Stopfern nach Zigaretten oder Deng, aber da war keines von diesen Wetsches, meine Brüder. Ich sagte, ganz verheult und blubbernd:

»Ich würde dir gern eine Zigarette geben, Bruder, aber es scheint, daß ich keine habe.«

Dieser Veck machte: »Wah wah. Buhuhu. Heulbaby.« Dann machte er wieder mit seinem bolschigen hornigen Fingernagel unter meiner Nase, schnipp schnipp schnipp, und ich konnte sehr laute und heitere Smecks in den dunklen Zuschauerreihen sluschen, richtig gromkig und schmutzig. Ich war sehr verzweifelt, und weil ich versuchen mußte, zu diesem beleidigenden und bösartigen Veck nett zu sein, um die Schmerzen und die Übelkeit wegzubringen, sagte ich:

»Bitte, laß mich was für dich tun, bitte.« Und ich fühlte in meinen Stopfern, konnte aber nur meine Halsabschneiderbritva finden, also zog ich sie raus und hielt sie ihm hin und sagte:

»Bitte nimm dies. Ein kleines Geschenk. Nimm es nur.«

Aber er sagte: »Behalt deine stinkenden Bestechungsgeschenke für dich. So kriegst du mich nicht rum.« Und er schlug mir auf die Hand, und meine Britva fiel auf den Boden.

»Bitte, ich muß was tun«, sagte ich wie nicht bei Trost. »Soll ich deine Stiefel saubermachen? Sieh her, ich – ich kann sie dir ablecken.« Und, meine Brüder, glaubt es oder leckt mich am Arsch, ich kniete nieder und streckte meinen Schlapper einen halben Kilometer weit raus, um seine graznigen Stiefel zu lecken. Aber dieser Veck wußte nichts Besseres zu tun, als mir einen nicht zu harten Tritt in die Schnauze zu geben. Nun, dann schien es mir, daß ich wohl kaum diese Schmerzen und diese Übelkeit über mich bringen würde, wenn ich ganz kurz seine Knöchel packen und diesen widerlichen Bratschni aufs Kreuz legen würde. So machte ich es, und es war eine bolschige, starke Überraschung für ihn, als er bums und krach auf den Rücken fiel, während dieser widerwärtige Zuschauerhaufen in heulendes Gelächter ausbrach. Aber wie ich diesen gemeinen Veck so am Boden sah, fühlte ich das ganze schreckliche Gefühl wieder über mich kommen, und so gab ich ihm meinen Arm, um ihm skorri aufzuhelfen, und er kam hoch. Dann, gerade als er mir einen wirklich wütenden und ernsten Tollschock ins Gesicht geben wollte, sagte Dr. Brodsky:

»Sehr gut, das genügt.«

Darauf machte dieser schreckliche Veck eine Art Verbeugung und tanzte fort wie ein Schauspieler, während die Lichter angingen und ich blinzelnd und halb heulend dastand. Dr. Brodsky trat wieder vor die Zuschauer und sagte:

»Meine Herren, wie Sie gesehen haben, ist es paradoxerweise sein latenter Hang zum Bösen, der unseren Patienten antreibt, das Gute zu tun. Der Vorsatz zu gewalttätigem Handeln ist von starken Empfindungen körperlichen Unbehagens begleitet. Um diesem entgegenzuwirken, muß der Patient auf eine dem Vorsatz völlig konträre Verhaltensweise umschalten. Nun, hat jemand eine Frage?«

»Wahlfreiheit«, grollte eine wohltönende Goloß. Ich wußte sofort, daß sie dem Gefängnispfarrer gehörte. »Er hat keine echte Wahl, nicht wahr? Selbstinteresse, die Angst vor körperlichen Schmerzen, trieben ihn zu diesem grotesken Akt von Selbsterniedrigung. Seine Unaufrichtigkeit war deutlich zu sehen. Er hört auf, ein Übeltäter zu sein. Zugleich aber, und das scheint mir sehr schwer zu wiegen, hört er auf, ein Geschöpf zu sein, das zu einer moralischen Entscheidung fähig ist.«

»Dies sind Subtilitäten«, sagte Dr. Brodsky und breitete lächelnd die Arme aus. »Wir befassen uns nicht mit Motivforschung, mit der höheren Ethik. Wir befassen uns lediglich mit der Herabsetzung der Belegungsquote unserer hoffnungslos überfüllten Gefängnisse.«

»Hört, hört«, sagte jemand.

Dann gab es eine Menge von Govoriten und Streiten, und ich stand einfach da, Brüder, wie vollständig ignoriert von all diesen faselnden und aufgeblasenen Bratschnis, also schrie ich:

»Was ist mit mir? Wen kümmert es, wie ich zurechtkommen soll? Bin ich bloß wie irgendein Tier oder Hund?« Und das brachte sie erst richtig in Fahrt, und sie govoriteten sehr gromkig durcheinander und warfen mir Slovos zu. Also schrie ich noch lauter:

»Soll ich einfach wie ein Roboter sein, kein Mensch mehr wie alle anderen?« Ich wußte nicht, was mich dazu brachte, diese Slovos zu schreien, Brüder, die einfach wie ungefragt in meinen Gulliver kamen. Aber aus irgendeinem Grund machten sie alle diese Vecks für eine Weile stumm und wie nachdenklich. Dann stand ein sehr dünner stari Professorentyp von einem Tschelloveck auf, mit einem Hals wie aus lauter Kabeln, die Strom von seinem Gulliver zu seinem Plotti leiteten, und er sagte:

»Sie haben keinen Grund, sich zu beschweren, junger Mann. Sie trafen Ihre Entscheidung, und alles dies ist eine Konsequenz Ihrer Wahl. Was immer sich in Zukunft daraus ergeben mag, es ist, was Sie selbst gewählt haben.«

Er setzte sich wieder, und dann sagte der Gefängnispfarrer in einer wie gequälten Goloß: »Ja, wenn ich das nur glauben könnte!«

Und ich konnte sehen, wie der Knastdirektor ihm einen Blick zuwarf, der bedeutete, daß er auf dem Gebiet der Gefangenenseelsorge nicht so hoch steigen würde wie er glaubte. Dann ging wieder das laute Govoriten und Streiten los, und ich sluschte, wie mit dem Slovo Liebe herumgeworfen wurde, und der Pfarrerveck kreischte so laut wie alle anderen über die reine Liebe, die alle Furcht vertreibt und all diesen Scheiß. Und nun sagte Dr. Brodsky mit einem breiten und sehr zufriedenen Lächeln im Litso:

»Ich bin glücklich, meine Herren, daß diese Frage der Selbstverwirklichung durch Liebe aufgeworfen wurde. Gleich werden wir eine Art von Liebe sehen, die man mit dem Mittelalter gestorben glaubte.«

Und dann gingen die Lichter aus, und die Scheinwerfer wurden wieder eingeschaltet, einer auf euren armen und leidenden Freund und Erzähler, und in den Lichtkegel des anderen schob sich wie schüchtern die lieblichste junge Dewotschka, o meine Brüder, die ihr euch erträumen könnt. Das heißt, sie hatte wirklich horrorschaumäßige Grudies, von denen man alles sehen konnte, weil sie Platties anhatte, die wie durchscheinend und von den Peltschos bis zum Gürtel geteilt waren. Und ihre Nogas waren wie Bog in seinem Himmel, und sie ging so, daß es dich in den Kischkas wie ächzen machte, und doch war ihr Litso ein süßes, lächelndes, junges, wie unschuldiges Litso. Sie kam mit dem Licht auf mich zu, wie wenn das Licht himmlischer Anmut und all dieser Scheiß mit ihr käme, und das erste Ding, das mir durch den Gulliver schoß, war, daß ich sie am liebsten gleich hier auf dem Boden haben würde, mit dem alten Rein-Raus richtig auf wild, aber skorri wie ein Schuß in den Magen kam die Krankheit, wie eine Art von Detektiv, der hinter einer Ecke gewartet hatte und nun vorsprang, um seine graznige Ve haftung zu machen. Und der Sung von lieblichem Parfüm, der von ihr wegging, machte mich auf einmal würgen und schlucken, daß ich dachte, ich müsse ihr jeden A genblick vor die Füße reihern. So wußte ich, daß ich mir irgendeine neue wie Denkart über sie auszudenken hatte, bevor die ganzen Schmerzen und die furchtbare Übelkeit wirklich horrorschau-

mäßig und passend über mich kommen, und ich kreischte wie bezumnie:

»O schönste und herrlichste aller Dewotschkas, ich
werfe wie mein Herz vor deine Füße, daß du darauf wie
herumtrampelst. Wenn ich eine Rose hätte, würde ich sie
dir geben. Wenn alles verregnet und der Boden hier
aufgeweicht und scheißig wäre, könntest du meine Platties haben, um darauf zu gehen, damit deine zarten
Nogas nicht voll Schmutz und Scheiße werden.« Und als
ich dies alles rausheulte, o meine Brüder, fühlte ich die
grausame Übelkeit wie zurückweichen. »Laß mich«,
schrie ich, »dich verehren und wie dein Helfer und
Beschützer vor der bösen Welt sein.« Dann fiel mir das
richtige Slovo ein, und ich fühlte mich gleich noch besser,
als ich sagte: »Laß mich wie dein treuer Ritter sein«, und
schon ging ich in die alten Knie und verbeugte mich und
machte wie einen Kratzfuß.

Und dann fühlte ich mich richtig idiotisch und glupig,
weil es wieder wie ein Schauspiel gewesen war und diese
Dewotschka lächelte und sich vor den Zuschauern ver-
neigte und abtanzte, während die Lichter wieder angingen und die Zuschauer klatschten, und die Glotzies von
einigen dieser stari Vecks glupschten diese junge Dewotschka mit schmutzigem und wie unheiligem Verlangen an, o meine Brüder.

»Es wird Ihr wahrer Christ sein«, krächzte Dr. Brodsky,
»bereit, die andere Wange hinzuhalten, bereit, sich lieber
kreuzigen zu lassen als selbst zu kreuzigen, krank bis ins
Innerste beim bloßen Gedanken, eine Fliege zu töten.«
Und das war richtig, Brüder, denn als er sagte, ich dächte
daran, eine Fliege zu töten, fühlte ich schon diese winzige
Regung von Übelkeit in mir, aber ich unterdrückte sie mit
dem Gedanken, daß ich die Fliege mit kleinen Zucker-
stücken füttern und sie wie ein liebes kleines Haustier
pflegen würde und all den Scheiß. »Ist dies nicht die

wahrhafte Besserung? Die Engel Gottes werden ihre Freude über ihn haben.«

»Entscheidend ist«, sagte der Innenminister, »daß es funktioniert.«

»Oh«, sagte der Gefängnispfarrer wie seufzend, »es funktioniert. Es funktioniert einwandfrei. Gott helfe uns allen.«

III.

1

»Was soll's denn nun sein, hm?«

Das, meine Brüder, fragte ich mich am nächsten Morgen, als ich vor diesem weißen Gebäude stand, das wie an das alte Staja angehängt war, in meinen Abendplatties von vor zwei Jahren im grauen Licht des neuen Tages, meine paar persönlichen Wetsches in einem kleinen Beutel, und in der Hosentasche ein bißchen Moos, das die knickerige Gefängnisbehörde mir für den Start ins neue Leben gegeben hatte.

Der Rest des vergangenen Tages war sehr ermüdend gewesen, was mit Interviews für Zeitungen und Fotoreportern mit Blitzlichtern und mehr Demonstrationen, wie ich beim Anblick von Gewalt zusammenklappte, und all diesem peinlichen Scheiß. Und dann war ich ins Bett gefallen, mehr tot als lebendig, aber sie hatten mich sehr bald wieder geweckt, so kam es mir wenigstens vor, und mir gesagt, ich solle mich anziehen und meine Sachen nehmen und abschieben, nach Hause gehen, sie wollten euren ergebenen Erzähler nie wiedersehen, o meine Brüder. Und so stand ich jetzt da, sehr sehr früh am Morgen, und klimperte mit diesem bißchen Deng in der Hosentasche und fragte mich:

»Was soll's denn nun sein, hm?«

Irgendein Frühstücksmesto, dachte ich, denn ich hatte noch nichts gegessen, nachdem diese Unter-Vecks in ihren weißen Mänteln so begierig gewesen waren, mich in die Freiheit zu tollschocken. Nur eine Tasse Tschai hatte ich im Stehen gepitscht, und einer von diesen Brüdern hatte wie ungeduldig neben mir gestanden und mich immer wieder geknufft, bis ich fertig gewesen war.

Dieses Staja war, wie sich denken läßt, meine Brüder, in einem sehr düsteren Teil der Stadt, aber überall in der Gegend gab es malenki Arbeiterkneipen und Kaffeestuben, und bald hatte ich eine von diesen gefunden. Sie war sehr beschissen und stinkend, mit einer Glühbirne an der Decke, und die war so voll Fliegendreck, daß ihr bißchen Licht wie verdunkelt wurde. Viele Arbeiter drängten sich an der Theke von diesem Mesto, und andere saßen an den wackligen Tischen, und alle hatten es eilig, weil sie zum Roboten in die Fabrik mußten. Sie schlappten Tschai und menkelten furchtbar aussehende Würstchen und Scheiben von grauem Kleb und wurden von einer sehr graznigen Dewotschka bedient, die aber sehr bolschige Grudies am Leib hatte, und manche der Vecks versuchten sie zu packen, wenn sie vorbeikam, und dann ging es jedesmal ho ho ho, während sie he he he machte. Ich mußte beinahe kotzen, als ich das alles sah, meine Brüder. Aber ich bat sehr höflich und in meiner Gentlemans Goloß um Toast und Marmelade und Taschai, und dann setzte ich mich in eine dunkle Ecke, um in Ruhe zu frühstücken.

Während ich dies tat, kam ein malenki Zwerg 'on einem Veck reingewackelt, der die Morgengazettas ver kaufte, ein krummer und grazniger stari Prestupniktyp, dicke Brillengläser mit Nickelgestell auf der Nase, seine Platties wie die Farbe von sehr stari vergammeltem Karamelpudding. Ich kupettete eine Gazetta, d'un ich hatte die Idee, daß es die beste Vorbereitung auf den Sprung ins normale Dschizny wäre, wenn ich sehen würde, was in der Welt vorging.

Diese Gazetta, die ich hatte, schien wie eine Regierungsgazetta zu sein, denn die einzigen Neuigkeiten, die auf der ersten Seite standen, waren über die Notwendigkeit für jeden Veck, die Regierung bei den nächsten allgemeinen Wahlen, die in zwei oder drei Wochen zu sein schienen, wiederzuwählen. Und es gab sehr prahlerische Slovos über das, was die Regierung im letzten Jahr oder so getan hatte, Brüder, was mit Exportsteigerungen und einer Horrorschau von Außenpolitik und verbesserten Sozialgesetzen und all dem Scheiß. Aber worüber die Regierung am meisten prahlte, das war die Art und Weise, wie die Straßen in den letzten sechs Monaten für alle friedliebenden Bürger sicherer gemacht worden waren und wie Ruhe und Ordnung wieder eingekehrt waren, was mit besserer Bezahlung für die Polizei und mehr Planstellen und wie härterem Vorgehen gegen junge Rowdies und Strolche und Einbrecher und all dem Scheiß. Was euren ergebenen Erzähler schon eher interessierte. Und auf der zweiten Seite der Gazetta war ein wie verschwommenes Foto von jemand, der sehr bekannt aussah, und es stellte sich heraus, daß es kein anderer als ich war. Ich sah sehr trübe und wie puglig aus, als ob ich die Hose gestrichen voll hätte, aber das mußte an der Aufnahme liegen, oder an diesen Blitzlichtlampen, die die ganze Zeit gefunkt hatten. Unter meinem Bild stand, daß hier der erste Absolvent des neuen Staatsinstituts für die Besserung Krimineller sei, in nur vierzehn Tagen von seinen kriminellen Instinkten befreit und nun ein guter, gesetzesfürchtiger Bürger und all der Scheiß. Dann sah ich, daß da noch ein sehr prahlerischer Artikel über diese Ludovico-Technik war, und darin war zu lesen, wie klug und vorausschauend die Regierung sei, und all der Scheiß. Dann gab es noch ein Bild von einem Veck, der mir bekannt vorkam, und es war der Minister des Inneren. Es schien, daß er auch ein bißchen prahlte, denn er erblickte bereits eine glücklichere, verbrechensfreie Ära, in der keiner mehr feige Überfälle von jungen Rowdies und Strolchen und Perversen und Einbrecherbanden befürchten mußte. Also machte ich argh argh und schmiß diese Gazetta auf den Boden, so daß sie Flecken von verschüttetem Tschai und widerliche Qualster aufsaugte, die von den graznigen Kunden dieser Stampe hingerotzt worden waren.

»Was soll's denn nun sein, eh?«

Was es nun sein sollte, Brüder, war heimwärts und eine hübsche Überraschung für Dadda und Emme, die Heimkehr des verlorenen Sohnes und Erben in den Schoß der Familie. Dann könnte ich auf dem Bett in meinem eigenen malenki Zimmer liegen und schöne Musik sluschen, und gleichzeitig könnte ich wie in Ruhe darüber nachdenken, was ich nun mit meinem Dschizny anfangen sollte. Am Vortag hatte der Entlassungsbeamte mir eine lange Liste mit Jobs gegeben, die ich versuchen könnte, und er hatte verschiedene Vecks angerufen und für mich govoritet, aber ich hatte keine Absicht, meine Brüder, sofort loszugehen und mit dem Roboten anzufangen wie bezumnie. Zuerst ein malenki bißchen Ruhe, ja, stilles Nachdenken auf dem Bett, begleitet vom Klag lieblicher Musik.

Und so den Autobus zum Zentrum, und dann den Autobus zur Kingsley Avenue, von wo es nicht weit zum Wohnblock 18a war. Ihr werdet mir glauben, meine Brüder, wenn ich sage, daß die alte Pumpe in mir vor Aufregung klop klop machte, bis ich es in der Kehle fühlen konnte. Alles war sehr still, denn es war noch früher Wintermorgen, und als ich in den Eingang von 18a kam, war kein Arsch zu sehen, nur die nagoi Vecks und Titsas von der Würde der Arbeit.

Was mich überraschte, Brüder, war die Art und Weise, wie man alles saubergemacht hatte. Aus den Mündern der würdevollen Arbeiter und Handwerker kamen keine Sprechblasen mit schmutzigen und unflätigen Slovos mehr, und die unsittlichen wie Ausschmückungen ihrer nackten Plotties von den Kugelschreibern und Fettstiften schweinisch gesinnter Malitschicks waren auch verschwunden. Beinahe noch mehr überraschte mich, daß der Aufzug funktionierte. Er kam prompt runtergeschnurrt, als ich den elektrischen Knopka drückte, und wie ich einstieg, war ich wieder überrascht, weil in dem Käfig alles sauber war.

So fuhr ich in den zehnten Stock, und ich ging zur Tür von 10-8, und alles war, wie es immer gewesen war. Meine Hand zitterte, als ich den kleinen Klutsch herausfummelte, der die ganze Zeit bei meinen Wetsches geblieben war. Aber dann steckte ich ihn sehr fest ins Schloß und drehte, dann öffnete ich und ging rein, und dort begegnete ich drei Paaren von überraschten und beinahe ängstlichen Glotzies, die mich anstarrten, wie wenn ich ein Gespenst wäre, und es waren Emme und Dadda, die bei ihrem Frühstück saßen, aber es war auch ein anderer Veck, den ich noch nie in meinem Dschizny gesehen hatte, ein bolschiger dicker Veck in Hemdsärmeln und Hosenträgern, der sich ganz zu Hause zu fühlen schien und den Tschai mit Milch nur so wegschlürfte und zwischendurch Toast und Eggiweg mampfte. Und dieser fremde Veck war es, der zuerst den Mund aufmachte und sagte:

»Wer bist du, Freund? Wie bist du zu dem Schlüssel gekommen? Raus, bevor ich dein Gesicht einstoße. Kannst du nicht klopfen, he? Was hast du hier verloren?«

Dadda und Emme saßen wie versteinert, und ich konnte sehen, daß sie die Gazetta noch nicht gelesen hatten, und dann fiel mir ein, daß die Gazetta erst später ausgetragen wurde. Aber dann sagte Emme: »Oh, du bist ausgebrochen! Du bist geflüchtet. Was sollen wir nur machen? Bald werden wir die Polizei hier haben, oh oh oh. Oh, du böser Junge, uns alle so in Schande zu stürzen.« Und, glaubt mir oder leckt mich am Arsch, sie fing auf der Stelle zu heulen an, buh huh huh. Also versuchte ich zu erklären und sagte, sie könnten im Staja anrufen, wenn sie wollten, und die ganze Zeit saß dieser fremde Veck mit finsterer Miene da und sah aus, als hätte er mir am liebsten seine haarige, bolschige Faust ins Litso getrieben. Also sagte ich:

»Wie wär's, wenn du ein paar Fragen beantworten würdest, Bruder? Was machst du hier, und für wie lange? Der Ton von dem, was du eben sagtest, hat mir gar nicht gefallen. Paß bloß auf, du. Los, rede schon. Was hast du hier zu suchen?« Er war ein ziemlich spießiger und gewöhnlicher Typ von einem Veck, vielleicht dreißig Jahre alt, sehr häßlich, und nun saß er mit offener Klappe und glotzte mich an, ohne ein einziges Wort zu govoriten. Dann sagte mein Dadda:

»Dies ist alles ein bißchen verwirrend, Junge. Du hättest uns wissen lassen sollen, daß du kommst. Wir dachten, es würde mindestens noch fünf oder sechs Jahre dauern, bevor sie dich entlassen würden. Nicht«, sagte er dann, und er sagte es sehr schwermütig, »daß wir nicht sehr erfreut wären, dich wiederzusehen, und noch dazu als einen freien Mann.«

»Wer ist das?« sagte ich. »Warum kann er nicht freiweg reden? Was ist hier überhaupt los? Warum macht ihr Gesichter, als ob ich der Gerichtsvollzieher wäre?«

»Dies ist Joe«, sagte meine Emme. »Er wohnt jetzt hier. Unser Untermieter, das ist es, was er ist. O Gott o Gott o Gott o Gott«, machte sie und schnupfte dazu, wie wenn sie gleich wieder losheulen wollte.

»Du«, sagte dieser Joe. »Ich habe alles über dich gehört. Ich weiß, was du getan hast, und wie du deinen armen Eltern die Herzen gebrochen hast und alles. Und nun bist du wieder zurück, eh? Gekommen, um ihr Leben wieder zur Hölle zu machen, ist es das? Nur über meine Leiche, das sage ich dir gleich, denn sie haben mich mehr wie einen Sohn behandelt als einen Untermieter.«

Über das hätte ich beinahe laut smecken können, wenn das alte Razdraz in mir nicht angefangen hätte, das Gefühl von Brechreiz zu wecken, denn dieser Veck sah nicht sehr viel jünger aus als meine Emme, und nun legte er den wie schützenden Arm des Sohnes um meine heulende Em, o meine Brüder.

»Ach so«, sagte ich, nicht sehr weit davon entfernt, selber mit den Tränen zu machen. »Das ist es also. Nun, ich gebe dir fünf lange Minuten, all deine scheißigen Sachen aus meinem Zimmer zu räumen.« Und ich machte zu meinem Zimmer, ungehindert, weil dieser Veck ein malenki bißchen zu langsam war, um mich aufzuhalten. Aber wie ich die Tür öffnete, war es wie ein Schlag vor den Gulliver, und mein Herz zog sich wie zusammen, denn ich sah, daß es überhaupt nicht mehr wie mein Zimmer aussah, Brüder. Alle meine Fahnen und Bilder waren von den Wänden verschwunden, und dieser Veck hatte Fotos von Boxern eingerahmt und aufgehängt, und eins zeigte eine ganze Mannschaft, die mit verschränkten Armen hinter einem wie silbernen Schild im Vordergrund saß. Und dann sah ich, was noch fehlte. Meine Stereoanlage und mein Plattenschrank waren nicht mehr da, und auch meine verschlossene Schatzkiste war weg, in der ich Flaschen und Drogen und zwei blitzsaubere Injektionsspritzen aufbewahrt hatte.

»Was soll das bedeuten?« schrie ich. »Hier sind schmutzige Dinge passiert. Was hast du mit meinen eigenen, persönlichen Wetsches gemacht, du grazniger Bastard?« Das war für diesen Joe bestimmt aber mein Dadda anwortete für ihn und sagte wie entschuldigend:

»Das wurde alles von der Polizei abgeholt, Junge. Es gibt eine Bestimmung, verstehst du, über Entschädigungen für die Opfer und so.«

Ich fand es sehr schwer, gegen die plötzliche Übelkeit und dieses Elendsgefühl anzukämpfen. Mein Gulliver schmerzte auf einmal ganz höllisch, und meine Kehle war so trocken, daß ich skorri einen Schluck aus der Milchflasche tun mußte, die auf dem Frühstückstisch stand. Dieser Joe sah es und sagte: »Schweinische Manieren.« Ich sagte: »Aber sie starb. Diese Alte starb.«

»Es waren die Katzen, Junge«, sagte mein Dadda wie voll Trauer. »Niemand war da, der sich um sie kümmerte, bis das Testament vollstreckt wurde, also brauchten sie jemand, der in dem Haus einhütete und die Tiere fütterte und versorgte. Die Polizei beschlagnahmte deine Sachen, Kleider und alles, und ließ sie versteigern, um mit dem Erlös diese Kosten zu decken. Das ist das Gesetz, Junge. Aber du warst nie einer, der sich viel um Gesetze kümmerte.«

Ich mußte mich dann hinsetzen, und dieser Joe sagte: »Bitte gefälligst um Erlaubnis, bevor du dich setzt, du manierenloses junges Schwein«, also schlug ich skorri mit einem: »Halt deine schmutzige Fresse, du Labersack. Dies ist mein Zuhause«, zurück. Aber das war nicht gut für meine Innereien, und so versuchte ich meiner Gesundheit zuliebe ganz auf vernünftig und lächelnd zu machen und sagte:

»Nun, das ist mein Zimmer, das ist nicht zu leugnen. Und wie ich sagte, dies ist auch mein Zuhause. Welche Vorschläge habt ihr, meine Pe und Em, zu machen?«

Aber sie schauten bloß sehr trübselig und unbehaglich drein, und meine Emme machte ein bißchen mit dem alten Händezittern, womit sie schon früher immer versucht hatte, sich vor Entscheidungen zu drücken, bloß kam es mir diesmal mehr wie simuliert vor, weil ich es lange nicht gesehen hatte, und dann verzog sie ihr Litso und schluchzte und versteckte es hinter den Händen, und mein Dadda seufzte und sagte:

»Alles das muß überdacht werden, Junge. Wir können Joe nicht gut rausschmeißen, nicht einfach so, verstehst du? Ich meine, Joe arbeitet, er hat einen Zeitvertrag, zwei Jahre, und wir haben unsere Vereinbarungen mit ihm, nicht wahr, Joe? Ich meine, Junge, wir dachten, du würdest eine lange Zeit im Gefängnis bleiben, und dieses Zimmer stand leer und ungenutzt.« Er schämte sich ein bißchen, das konntest du seinem Litso ansehen. So lächelte ich bloß und nickte und sagte:

»Ich verstehe alles. Ihr habt euch an ein bißchen Ruhe und Frieden gewöhnt, und ihr habt euch an ein bißchen Extrapulver gewöhnt. So eine kleine Nebeneinnahme jeden Monat ist nicht zu verachten. Das ist, wie es eben so geht. Und euer Sohn ist nichts als ein lästiger und unangenehmer Patron gewesen.« Und dann, meiner Brüder, glaubt mir oder leckt mich am Arsch, fing ich zu heulen an, weil ich mich selber sehr wie bemitleidete. Mein Dadda sagte:

»Nun, du mußt verstehen, Junge, Joe hat schon die Miete für den nächsten Monat bezahlt. Ich meine, was wir auch in der Zukunft machen, wir können Joe jetzt nicht einfach an die Luft setzen und zu ihm sagen, er soll selbst sehen, wo er bleibt, nicht wahr, Joe?«

Dieser Joe sagte: »Ihr zwei seid es, an die ich denken muß, denn ihr seid wie Vater und Mutter zu mir gewesen. Wäre es richtig oder fair, fortzugehen und euch auf Gedeih oder Verderb diesem jungen Ungeheuer auszuliefern, das nie wie ein richtiger Sohn zu euch gewesen ist? Jetzt weint er, aber das ist List und Berechnung, und sonst nichts. Laßt ihn gehen und irgendwo ein Zimmer für sich finden. Laßt ihn lernen, daß sein Weg der falsche war und daß ein schlechter Junge wie er einer gewesen ist, keine so guten Eltern verdient, wie er sie hatte.«

»In Ordnung«, sagte ich und stand auf, noch ganz in Tränen. »Ich weiß jetzt, wie die Dinge liegen. Niemand liebt mich, niemand will mich. Ich habe gelitten und gelitten, und alle wollen, daß ich weiterleide. Ich weiß Bescheid.«

»Du hast andere leiden machen«, sagte dieser Joe. »Es ist nur gerecht, daß du leidest und nicht zu knapp. Wenn ich abends hier am Familientisch saß, habe ich oft die Erzählungen gehört, was du getan hattest und alles, und es war ziemlich schockierend für mich. Manchmal wurde mir richtig schlecht davon.«

»Ich wünschte«, sagte ich, »ich wäre wieder im Gefängnis. Im guten alten Staja. Man braucht nicht lange hier zu sein, um Heimweh danach zu kriegen. Ich gehe jetzt«, sagte ich. »Ihr werdet mich nie wiedersehen. Ich werde meinen eigenen Weg machen, schönen Dank. Ich hoffe, es wird schwer auf eurem Gewissen liegen.« Mein Pe sagte:

»Nimm es nicht so auf, Junge«, und meine Em machte nur buh huh huh, ihr Litso wie zerknautscht, richtig häßlich, und dieser Joe legte seine Griffel wieder um ihre Schultern und tätschelte sie und machte nun nun nun wie bezumnie. Und so wankte ich einfach zur Tür raus und überließ sie ihrer furchtbaren Schuld, o meine Brüder.

2

Wie ich so die Straße entlangzottelte, in einer wie ziellosen Art und Weise, Brüder, in diesen Abendplatties, die von den Leuten wie angestarrt wurden, als ich vorbeiging, auch noch frierend, denn er war ein Bastard von einem kalten Wintertag, da fühlte ich nur, daß ich von all diesem Scheiß weg sein und über gar kein Ding mehr nachdenken wollte. So nahm ich den Autobus zum Zentrum und ging zurück zum Taylor Place, und da war die

Disk-Boutique MELODIA, die mit meiner unschätzbaren Kundschaft zu beehren ich gepflegt hatte, o meine Brüder, und es sah ziemlich wie das Mesto aus, das er immer gewesen war, und ich ging rein und erwartete den alten Andy dort zu sehen, diesen kahlen und sehr sehr dünnen freundlichen Veck, bei dem ich in den alten Tagen Platten kupettet hatte. Aber jetzt gab es da keinen Andy, Brüder, nur ein Gekreische und Gejabber von halbwüchsigen Malitschicks und Titsas, die irgendeinen neuen und scheußlichen Popschlager sluschten und dazu noch tanzten, und der Veck hinter dem Tresen war selber nicht viel mehr als ein Nadsat und schnippte im Takt mit den Griffeln und smeckte wie bezumnie. Ich wartete, bis er wie geruhte, mich zu bemerken, und dann sagte ich:

»Ich möchte eine Platte von Mozart hören. Die Nummer vierzig.«

Ich weiß nicht, warum mir ausgerechnet die in meinen Gulliver gekommen war, aber es war eben so. Dieser junge Veck fragte:

»Vierzig was, Freund?«

Ich sagte: »Sinfonie. Sinfonie Nummer vierzig in g-Moll von Mozart.«

»Ooooh«, machte einer von den tanzenden Malitschicks, dem die Mähne in die Glotzies hing. »Sümpfonie. Er will eine Sümpfonie. Habt ihr das gehört? Ich dachte, so was gibt's gar nicht mehr.«

Ich merkte, wie ich ganz razdraz wurde, aber solche Gefühle konnte ich mir nicht leisten, und so lächelte ich den Veck an, der Andys Platz übernommen hatte, und dann brachte ich es sogar fertig, zu diesen quietschenden und hopsenden Nadsats zu lächeln. Der junge Verkäuferveck sagte: »Geh in eine von diesen Kabinen, Freund, und ich werde dir was durchpumpen.«

Also tat ich es und setzte mich in diese malenki Zelle, wo du die Platten sluschen konntest, die du kaufen wolltest, und dann legte dieser Veck eine Platte für mich auf, aber es war nicht die, die ich verlangt hatte, es war die Linzer Sinfonie von Mozart. Anscheinend hatte er einfach den erstbesten Mozart genommen, den er im Regal finden konnte, und das hätte mich richtig razdraz machen sollen, ohwohl die Linzer auch eine wunderbare Sinfonie ist, aber ich mußte mich aus Angst vor den Schmerzen und der Übelkeit beherrschen.

Das Dumme war, daß ich bei der ganzen Sache was vergessen hatte, das ich nicht hätte vergessen sollen, und nun kam es so mächtig und stark, daß ich dachte, ich müsse in die Grütze gehen. Es war, daß diese Doktorbratschnis die Dinge so eingerichtet hatten, daß jede Musik, die wie für die Emotionen war, mich genauso krank machte wie das Sehen von Gewalttätigkeit oder die Teilnahme an einer Dratserei. Es war, weil alle diese Gewaltfilme mit Musik gewesen waren. Und ich erinnerte mich besonders an diesen einen Schreckensfilm mit der Fünften von Beethoven, letzter Satz. Und hier war nun der liebliche Mozart, scheußlich und unerträglich gemacht. Ich stürzte wie bezumnie aus der Zelle, um der Krankheit und den Schmerzen zu entgehen, die mich quälten, und ich raste aus dem Laden, während diese Nadsat hinter mir smeckten und der Verkäuferveck »He, he, he!« rief. Aber ich kümmerte mich nicht darum und wankte beinahe wie blind über die Straße und um die Ecke und zur Korova-Milchbar. Ich wußte, was ich wollte.

Das Mesto war beinahe leer, denn es war immer noch Morgen. Es sah auch fremd aus, weil sie es neu ausgemalt hatten, weiß mit lauter roten, muhenden Kühen, und hinter der Theke war kein Veck, den ich von früher kannte. Aber als ich sagte: »Milch-plus, groß«, da wußte der frischrasierte Veck, was ich wollte. Ich trug das große Glas mit der alten Moloko-plus in eine der kleinen Nischen, die rings um dieses Mesto waren und Vorhänge hatten, damit man sie vom Hauptmesto wie abschließen konnte, und dort setzte ich mich auf eine plüschige Sitzbank und pitschte und pitschte. Als ich das Glas leer hatte, begann ich zu fühlen, daß was passierte. Ich hatte meine Glotzies wie starr auf ein malenki Stückchen Silberpapier von einer Zigarettenpackung gerichtet, das auf dem Boden war, denn mit dem Ausfegen hatten sie es in diesem Mesto nicht ganz so horrorschaumäßig, Brüder. Dieser Fetzen von Silberpapier begann zu wachsen und zu wachsen und zu wachsen, und er wurde so hell und wie feurig, daß ich mit den Glotzies blinzeln mußte. Er wurde so groß, daß er nicht nur diese ganze Nische ausfüllte, in der ich hing, sondern die ganze Korova, die ganze Straße, die ganze Stadt. Dann war dieses malenki Stückchen Silberpapier die ganze Welt für mich, und dann das ganze All, Brüder, und es war wie ein Meer, das jedes Ding überspülte, das je gemacht oder auch nur gedacht worden war. Ich konnte wie sluschen, daß ich selber sehr seltene und besondere Schums machte und Slovos wie ›Lieber toter Feuergebieter, verfault nicht in vielgestaltigen Formen‹ govoritete, und all den Scheiß. Dann öffneten sich weite wie Aussichten in all diesem Silber, und dann gab es Farben, wie niemand sie je zuvor gesehen hatte, und dann sah ich weit weit weit weg etwas wie eine Gruppe von Statuen oder was, die aber langsam näher und näher und näher rückte, und sehr helles Licht kam gleichzeitig von oben und von unten und ließ diese Gruppe wie erstrahlen, o meine Brüder. Diese Gruppe von Statuen war von Bog oder Gott und allen seinen heiligen Engeln und Aposteln, alle sehr hell und schimmernd wie neues Kupfer, mit Bärten und bolschigen riesigen Flügeln, die wie in einer Art von Wind flatterten und wedelten, so daß sie nicht wirklich aus Stein oder Kupfer oder Bronze sein konnten, und die Augen oder Glotzies waren wie beweglich und lebendig. Diese bolschigen Gestalten kamen immer näher und näher, bis es aussah, als wollten sie mich wie einen Käfer zertreten, und ich konnte meine Goloß sluschen, wie sie in einem fort ›Iiiiiii‹ machte. Und ich hatte alles wie von mir abgestreift – Platties, Körper, Gehirn, Name, den ganzen Scheiß – und fühlte mich richtig horrorschaumäßig, wie im Himmel. Dann gab es einen Schum wie ein Poltern und Knistern und Bröckeln, und Bog und die Engel und Heiligen schüttelten ihre Gullivers zu mir, wie wenn sie damit govoriten wollten, daß jetzt nicht die Zeit sei, aber ich solle es wieder versuchen, und dann sluschte ich so was wie ein höhnisches Smecken, und alles fiel zusammen, und das große warme Licht wurde wie kalt, und dann gab es nur noch mich, wie ich vorher gewesen war, mit dem leeren Glas auf dem Tisch, und ich wollte losheulen und dachte, der Tod sei die einzige Antwort auf alles.

Und das war es. Das war, was ich ganz klar als das Ding sah, das zu tun war, nur wie es zu tun war, das wußte ich nicht, denn früher hatte ich nie daran gedacht, o meine Brüder. In meinem kleinen Beutel mit persönlichen Wetsches hatte ich meine Halsabschneiderbritva, aber mir wurde sofort schlecht, als ich daran dachte, sie mir selber swischhh durch die Halsseite zu ziehen, daß mein eigenes rotes Krovvy aus der durchschnittenen Leitung spritzte. Nein, was ich wollte, war nichts Gewaltsames, sondern etwas Sanftes, eine Methode, die mich einfach ganz ruhig einschlafen lassen würde, und das wäre dann das Ende von eurem e gebenen Erzähler, keine Schwierigkeiten und kein Ärger mehr für irgend jemanden. Vielleicht, dachte ich, wenn ich in die öffentliche Biblio ginge, könnte ich irgendein Buch über die beste Art finden, schmerzlos in die Grütze zu gehen. Und dann dachte ich, wie ich tot sein würde, und wie es allen leid tun und wie sie sich Vorwürfe machen würden, meine Pe und Em und dieser beschissene stinkende Joe, der ein wie

Usurpator war, und auch Dr. Brodsky und Dr. Branom und dieser Klugscheißer von Innenminister, und alle anderen Vecks, die mich in diese Lage gebracht hatten. Und auch die prahlerische Regierung, dieser ganze Brast von Wichtigtuern. Für sie wäre es sehr peinlich, wenn ich jetzt den Löffel wegschmeißen würde.

Also zottelte ich wieder raus in den Winter, und es war jetzt Nachmittag, beinahe zwei Uhr, wie ich sah, so daß mein Aufenthalt im anderen Land mit der alten Moloko-plus länger gedauert haben mußte, als ich gedacht hatte. Ich ging den Marghanita Boulevard runter und bog dann in die Boothby Avenue ein, dann wieder um die Ecke, und da war die öffentliche Biblio.

Es war ein ziemlich beschissenes und düsteres stari Ding von einem Mesto, das ich zuletzt von innen gesehen hatte, als ich noch ein sehr sehr malenki Malitschick gewesen war, nicht älter als neun oder zehn, und es gab dort zwei Abteilungen. In der einen konnte man Bücher ausleihen, und die andere war eine Art Lesesaal, voll von Gazettas und Illustrierten und dem Sung von sehr stari alten Männern, deren Plotties wie nach Alter und Armut stanken. Diese alten Vecks standen überall an den Lesepulten für die Gazettas, die an den Wänden rings um den Raum aufgebaut waren, und sie schnüffelten und rülpsten und govoriteten zu sich selbst und wendeten die Seiten, um mit müden und wie traurigen Litsos die Neuigkeiten zu lesen, und andere saßen an den Tischen und sahen Magazine an oder taten so. Einige von ihnen waren eingeduselt, und einer oder zwei schnarchten richtig gromkig. Zuerst konnte ich mich nicht entsinnen, was es eigentlich war, das ich hier wollte, dann erinnerte ich mich mit einem malenki Schock, daß ich hergezottelt war, um rauszubringen, wie ich meinem Dschizny ein schmerzloses Ende machen konnte, und so ging ich rüber zu den Bücherregalen und suchte rum, bis ich ein Regal mit medizinischen Schwarten fand. Es gab eine Menge Bücher, aber da war keins mit einem Titel, Brüder, der wie eine Antwort auf mein Problem gewesen wäre. Schließlich nahm ich ein Buch, das den Titel ›Ärztlicher Berater für alle Lebenslagen‹ hatte, aber als ich es aufmachte, war es voll von Zeichnungen und Aufnahmen von furchtbaren Wunden und Krankheiten, und das machte mich gleich ein bißchen krank. Also stellte ich es wieder weg und suchte bei den Nachschlagewerken, aber auch dort konnte ich nirgends finden, was ich suchte. Dann holte ich mir die Bibel, weil ich dachte, sie könnte mir vielleicht Trost geben, wie sie es in den alten Staja-Zeiten getan hatte (in Wirklichkeit lagen diese Tage nicht so weit zurück, aber mir schien es, daß sie sehr sehr lange vergangen waren), und ich ging zu einem Stuhl, um darin zu lesen. Aber alles was ich fand, handelte von Steinigungen und sieben mal siebzig Erschlagenen und einem Haufen Juden, die einander verfluchten und tollschockten, und das machte mich auch krank. Darauf wurde ich wieder ganz mutlos und heulte fast, so daß ein sehr stari zerlumpter Veck mir gegenüber sagte:

»Was ist los, Junge? Was hast du?«

»Ich will Schluß machen«, sagte ich. »Ich hab' genug, das ist es. Das Leben ist zuviel für mich.«

Ein stari Veck, der neben mir las, machte »Schhhh«, ohne von irgendeiner bezumnie Zeitschrift aufzublicken, die er da hatte, voll von Zeichnungen von wie geometrischen Wetsches. Das erinnerte mich an irgendwas. Dieses andere stari Väterchen sagte:

»Dafür bist du zu jung, mein Sohn. Warum denn auch, du hast ja noch alles vor dir.«

»Ja«, sagte ich bitter. »Wie ein Paar falsche Grudies.« Der Veck mit seiner Zeitschrift machte wieder »Schhhh«, und diesmal blickte er auf, und bei beiden von uns fiel der Groschen. Ich sah, wer es war. Er glupschte mich an und sperrte die Glotzies ganz weit auf, dann schnappte er wie nach Luft und sagte, sehr gromkig:

»Ich vergesse nie ein Gesicht, bei Gott, ich vergesse nie die Form von etwas. Bei Gott, du junges Schwein, jetzt habe ich dich!«

Kristallographie, das war es. Das war, was er damals aus der Biblio geholt hatte. Falsche Zubis, ganz horrorschaumäßig zertrampelt. Zerrissene Platties. Seine Bücher rizrazzt, alles über Kristallographie. Ich dachte, daß es das beste sei, wenn ich ganz skorri aus diesem Mesto verduftete, Brüder. Aber dieser stari Professorentyp war schon auf seinen wackligen alten Beinen und kreischte wie bezumnie zu all den verkalkten stari Schlotterhosen, die bei den Gazettas an den Wänden standen und an den Tischen über Magazinen dösten.

»Wir haben ihn«, fistelte er. »Das giftige junge Schwein, das die Bücher über Kristallographie ruiniert hat, seltene Bücher, unersetzliche Bücher, die nie wieder zu haben sind, nirgendwo!«

Seine Goloß machte einen fürchterlichen, wie verrückten Schum, als ob dieser alte Veck tatsächlich nicht alle beisammen hätte. »Ein Musterexemplar der brutalen und feigen Jugend«, kreischte er. »Hier in unserer Mitte und in unserer Gewalt. Er und seine Freunde schlugen und traten mich halbtot. Sie zerrissen meine Kleider und zertrampelten meine Zahnprothesen. Sie lachten über mein Blut und mein Stöhnen. Halb ohnmächtig und blutend und nackt mußte ich in der Winternacht nach Haus wanken.«

Alles dies war nicht ganz wahr, wie ihr wißt, Brüder. Er hatte noch Platties angehabt, er war nicht ganz nagoi gewesen.

»Das war vor mehr als zwei Jahren«, schrie ich zurück. »Ich bin bestraft worden. Ich habe meine Lektion gelernt. Seht selber – mein Bild ist in den Zeitungen.«

»Bestraft, eh?« sagte einer von diesen graznigen stari Gichtnacken, ein Typ wie ein ehemaliger Soldat. »Ausrotten sollte man euch, wie Ungeziefer vergasen, sage ich! Bestraft, daß ich nicht lache.«

»Schon gut, meinetwegen«, sagte ich. »Jeder hat ein Recht auf seine eigene Meinung. Entschuldigt mich. Ich muß jetzt gehen.« Und ich fing an, mich aus diesem Mesto von bezumnie alten Männern zu verdrücken. Aspirin, das war es. Nach hundert Aspirin konntest du den Löffel wegschmeißen. Aspirin aus der alten Apotheke. Aber der Kristallographie-Veck kreischte:

»Laßt ihn nicht gehen. Wir werden ihn alles über Bestrafung lehren, den mörderischen jungen Strolch. Haltet ihn!«

Und, glaubt es oder tut das andere Ding, Brüder, zwei oder drei stari Tatterer, jeder von ihnen ungefähr neunzig Jahre alt, packten mich mit ihren zittrigen alten Gichtkrallen, und mir kam das kalte Kotzen von dem Sung ihrer verpinkelten stari Pantalonies und dem wie Dunst vor Alter und Krankheit, der von diesen fast toten Mummelgreisen kam. Der Kristallveck machte jetzt mit den Fäusten und verpaßte mir schwache malenki Tollschocks in mein Litso, und ich versuchte wegzukommen und rauszugehen, aber diese stari Krallen, die mich hielten, waren stärker als ich gedacht hatte. Dann kamen andere stari Vecks von ihren Gazettas gehumpelt, um eurem ergebenen Erzähler eine zu drücken. Sie kreischten Sachen wie: »Bringt ihn um, macht ihn fertig, schlagt ihm die Zähne ein, zertretet ihn«, und all diesen Scheiß, ich konnte klar genug sehen, was es war. Es war das Alter, das endlich wie eine Gelegenheit hatte, über die Jugend herzufallen, das war es. Und einige von ihnen kakelten: »Der arme alte Jack, beinahe totgeschlagen hat er den armen alten Jack, dieser junge Halunke, dieser junge Saukerl«, und so weiter, als ob es alles gestern passiert wäre. Und für sie, meine Brüder, war es vielleicht wie gestern.

Ich war jetzt wie in einem See von stinkenden, sabbernden, schmutzigen alten Männern, die mit ihren wie schwächlichen Fäusten und hornigen alten Klauen an mich ranzukommen versuchten, wobei sie kreischten und keuchten und spuckten und husteten und sich gegenseitig in die Quere kamen, aber unser Kristallfreund ließ sich nicht wegdrängen und blieb vor mir und verpaßte mir einen Tollschock nach dem anderen. Und ich wagte nichts zu tun, o meine Brüder, denn es war besser, mich so verprügeln zu lassen, als diese schrecklichen Schmerzen und die Übelkeit zu fühlen, aber schon die Tatsache, daß Gewalttätigkeiten passierten, gab mir ein Gefühl, als ob die Übelkeit bereits um die Ecke spähte, um zu sehen, ob sie offen rauskommen sollte.

Dann kam ein Angestellter der Biblio daher, ein jüngerer Veck, und schrie: »Was geht hier vor? Aufhören, aufhören, sage ich!« Aber niemand kümmerte sich um ihn, und dieser Veck sagte: »Gut, dann werde ich die Polizei rufen.«

Und ich kreischte, und ich hätte nie gedacht, daß ich es jemals in meinem ganzen Dschizny tun würde:

»Ja, ja, bitte tun Sie das, schützen Sie mich vor diesen alten Verrückten.«

Ich merkte, daß der Biblioveck nicht sehr darauf stand, bei dieser Dratserei mitzumischen und mich aus den Krallen von diesen verrückten alten Teufeln zu befreien; er haute einfach ab zu seinem Büro oder wo er das Telefon hatte. Nun, diese alten Männer schnauften inzwischen mächtig, und ich wußte, daß ich sie bloß anzutippen brauchte, und sie würden alle umfallen, aber ich ließ mich einfach halten, sehr geduldig, meine Glotzies geschlossen, und fühlte die schwächlichen Tollschocks auf meinem Litso und sluschte die keuchenden und geifernden alten Golosses, wie sie krächzten: »Junges Schwein, junger Mörder, Rowdy, Strolch, Ganove, schlagt ihn tot!« Dann kriegte ich einen richtig schmerzhaften Tollschock auf die Nase, und ich sagte mir, genug ist genug, und öffnete meine Glotzies und begann mich freizukämpfen, was nicht schwierig war, Brüder, und ich krautete sehr skorri zu der Art von Halle außerhalb des Lesesaals. Aber diese stari Aasgeier kamen hinter mir her, röchelnd wie die Sterbenden, und ihre wie Tierkrallen zitterten nur so vor lauter Gier, euren Freund und ergebenen Erzähler zu kriegen. Dann stellte mir einer ein Bein, und ich knallte draußen im Vorraum hin und lag am Boden und wurde getreten, und dann sluschte ich Golosses von jungen Vecks schreien: »In Ordnung, Schluß jetzt, aufhören«, und ich wußte, daß die Bullen gekommen waren.

3

Ich war wie benommen, o meine Brüder, und konnte nicht sehr klar sehen, aber ich war sicher, daß ich diese Bullen schon früher in irgendeinem Mesto gesehen hatte. Denjenigen, der mich unter den Armen faßte und mir auf die Beine half und »So, das ist besser« und »Da haben wir noch mal Glück gehabt, wie?« sagte, kannte ich nicht, aber mir schien, daß er für einen Bullen sehr jung war. Doch die zwei anderen hatten Rücken, die ich bestimmt schon mal gesehen hatte. Sie machten sich einen bolschigen Spaß daraus, ihre Gummiknüppel auf diesen krächzenden stari Vecks tanzen zu lassen, und sie smeckten und schrien: »Da, ihr unartigen Jungen. Wir werden euch lehren, Krawall zu machen und Ruhe und Ordnung zu stören, ihr Bösewichter, ihr.« Und so trieben sie diese schniefenden und röchelnden und zeternden stari Aasgeier zurück in den Lesesaal. Dann drehten sie sich um, noch smeckend von dem Spaß, den sie gehabt hatten, und kamen zu mir. Der ältere von den zweien sagte:

»Sieh an, sieh an. Wenn das nicht der kleine Alex ist. Lange nicht gesehen, alter Droog. Wie geht's denn?«

Ich war wie benommen, und die Uniform und die Schlemmie, mit dem Schirm halb über die Augen gezogen, machten es schwierig, zu sehen, wer dieser Bulle war, obwohl Litso und Goloß sehr vertraut waren. Dann sah ich den anderen an, und bei ihm, mit seinem grinsenden bezumnie Litso, gab es keinen Zweifel. Dann, wie betäubt, sah ich wieder den an, der in dieser wie falschen Freundlichkeit govoritet hatte. Dieser war dann der fette alte Billyboy, mein alter Feind. Der andere war natürlich Dim, der mein Droog und auch der Feind vom stinkenden fetten Ziegenbock Billyboy gewesen, jetzt aber ein Bulle mit Uniform und Schlemmie und Gummiknüppel war, um für Ruhe und Ordnung zu sorgen. Ich sagte:

»O nein. Das gibt's doch nicht.«

»Überraschung, was?« Und der alte Dim machte mit dem alten Smeck, an den ich mich so horrorschaumäßig gut erinnerte: »Wuh huh huh huh.«

»Unmöglich«, sagte ich. »Das kann nicht sein. Ich glaube es nicht.«

»Man sollte das Zeugnis der alten Glotzies nicht verachten«, sagte Billyboy und grinste. »Nichts Krummes daran. Keine Magie, Droog. Ein Job für zwei, die ins Jobalter gekommen sind. Die Polizei.«

»Ihr seid zu jung«, sagte ich. »Viel zu jung. Aus Malitschicks in eurem Alter machen sie keine Bullen.«

»Waren jung«, sagte der alte Polizist Dim. Ich kam nicht darüber weg, Brüder, ich konnte es einfach nicht verkraften. »Damals waren wir jung, Droggie. Und du warst immer der jüngste von uns. Und nun sind wir hier.«

»Ich kann es immer noch nicht glauben«, sagte ich.

Dann sagte Billyboy, der Polizist Billyboy, zu diesem anderen jungen Bullen, der mich am Arm hielt und den ich nicht kannte:

»Ich glaube, es wird am besten sein, Rex, wenn wir das alte Schnellverfahren anwenden. Wozu ihn aufs Revier schleppen und den ganzen Mist zu Protokoll bringen? Der alte Routinekram wäre doch für die Katz. Dieser hier hat es wieder mit seinen alten Tricks versucht, an die wir uns gut erinnern, obwohl du es natürlich nicht kannst. Er hat die Betagten und Wehrlosen angegriffen, und sie haben sich in angemessener Weise verteidigt. Aber wir müssen im Namen des Staates unser Wort dazu sagen.«

»Was ist das alles?« sagte ich. Ich traute meinen Ohren nicht. »Sie waren es, die über mich herfielen, Brüder. Ihr könnt nicht auf ihrer Seite sein. Du schon gar nicht, Dim. Es war ein Veck, mit dem wir in den alten Tagen mal gespielt hatten, und nach all dieser langen Zeit wollte er jetzt sein malenki bißchen Rache nehmen.«

»Lange Zeit ist richtig«, sagte Dim. »Ich kann mich an die Tage damals nicht mehr so gut erinnern. Und du sollst mich nicht mehr Dim nennen. Wachtmeister mußt du sagen.«

»Nun, manches bleibt doch in der Erinnerung wie haften«, sagte Billyboy und nickte bedeutungsvoll. Er war nicht so fett, wie er gewesen war. »Ungezogene kleine Malitschicks, geschickt im Umgang mit Rasiermessern – solche müssen niedergehalten werden.«

Und sie nahmen mich in die Mitte und führten mich aus der Biblio, meine Arme fest in diesem Polizeigriff. Draußen stand ein Streifenwagen, und dieser Veck, den sie Rex nannten, war der Fahrer. Sie stießen mich auf die Rücksitze von dieser Bullenkutsche, und ich konnte mir nicht helfen, ich hatte immer noch das Gefühl, daß alles in Wirklichkeit mehr wie ein Scherz sei, und daß Dim seine Schlemmie vom Gulliver reißen und mit dem alten wah ha ha ho ho machen würde. Aber er tat es nicht. Allmählich kam so ein ungutes Gefühl in mir auf, halb wie Angst, und um es zu bekämpfen, sagte ich:

»Und der alte Pete, was ist aus dem alten Pete geworden? Das mit Georgie war traurig«, sagte ich. »Ich sluschte alles darüber.«

»Pete, o ja, Pete«, sagte Dim. »Der Name kommt mir bekannt vor.«

Ich konnte sehen, daß wir aus der Stadt fuhren, und nach einer Weile sagte ich:

»Wohin fahren wir eigentlich?«

Billyboy, der neben dem Fahrer saß, drehte sich halb zur Seite und linste mich über die Schulter an. »Es ist noch hell«, sagte er. »Eine kleine Fahrt aufs Land, ganz winterkahl, aber einsam und schön. Es ist nicht immer richtig, wenn die Leute in der Stadt zuviel von unserem Schnellverfahren sehen. Die Straßen müssen saubergehalten werden, in mehr als einer Weise.« Und er drehte sich wieder nach vorn.

»Kommt«, sagte ich. »Ich versteh überhaupt nichts mehr. Ich weiß nicht, was ihr wollt. Die alten Tage sind tot und vorbei. Für das, was ich damals getan habe, bin ich bestraft worden. Und man hat mich geheilt.«

»Das haben wir gehört«, sagte Dim. »Der Chef hat uns das alles vorgelesen. Er sagt, daß es eine sehr gute Methode sei.«

»Vorgelesen?« sagte ich, ein malenki bißchen höhnisch. »Bist du immer noch zu dämlich, um selber zu lesen, o Bruder?«

»Ah, nein«, sagte Dim, ganz sanft und wie bedauernd. »Nicht die Tour. Nicht mehr, Droggie.« Und er knallte einen bolschigen Tollschock direkt auf meinen Schniffling, so daß das rote rote Nasenkrovvy tropf tropf tropf machte.

»Es gibt kein Vertrauen und keine Freunde auf dieser Welt«, sagte ich bitter. »Man ist immer allein.«

»Das reicht, Rex«, sagte Billyboy, und der andere ließ den Wagen ausrollen und hielt am Rand der Landstraße. Wir waren jetzt auf dem flachen Land, mit kahlen Bäumen und umgepflügten Feldern und Weiden voll von Maulwurfshaufen. Ich sluschte ein bißchen Vogelgezwitscher, und irgendwo in der Ferne tuckerte ein Bauerntraktor. Es wurde schon ganz dämmerig, denn wir hatten Januar, und die Tage waren kurz. Weit und breit war kein Mensch zu sehen, auch keine Tiere. Es gab nur uns vier.

»Steig aus, Alex-Boy«, sagte Dim. »Bloß ein malenki bißchen Schnellverfahren.«

Während sie mit mir machten, blieb dieser Fahrerveck die ganze Zeit auf seinem Platz hinter dem Lenkrad, rauchte einen Krebsspargel und las in einem Buch. Er hatte die Innenbeleuchtung angemacht, um besser sehen zu können, und nahm keine Notiz von dem, was Billyboy und Dim eurem ergebenen Erzähler antaten. Ich will nicht lange beschreiben, was sie taten, aber es war alles wie ein Keuchen und dumpfe Schläge vor diesem wie Hintergrund von Traktorengetucker und leisem Geschilpe und Gezwitscher in den kahlen Zweigen. Du konntest den Zigarettenrauch im Wagen sehen, und wie dieser Fahrer ganz ruhig die Seiten seines Buches umwendete. Und sie waren die ganze Zeit daran, o meine Brüder, und gaben mir Saures. Dann sagte Billyboy oder Dim, ich konnte nicht sagen, wer von beiden: »Das sollte reichen, Droogie, was meinst du?«

Dann gaben sie mir jeder noch einen letzten Tollschock ins Litso, und ich fiel um und blieb im Gras liegen. Es war naß und kalt, aber ich fühlte nichts davon. Dann zogen sie ihre beschissenen Uniformjacken an und setzten ihre Bullenschlemmies auf, die sie vorher abgelegt hatten, und sie wischten das Blut von ihren Knöcheln und zogen ihre

Schlipse zurecht, und dann gingen sie zu ihrer Bullenkutsche.

»Bis zum nächsten Mal, Alex«, sagte Billyboy, und Dim machte mit seinem alten clownhaften Smecken: »Wuh huh huh.« Der Fahrer las die Seite runter, die er gerade aufgeschlagen hatte, dann legte er sein Buch weg und startete den Motor. Er wendete den Wagen, und sie brausten stadtwärts davon. Ich sah noch, wie mein Exdroog und mein Exfeind aus dem Fenster winkten, aber ich lag einfach da, völlig scholle und zerschlagen und halbtot.

Nach einer Weile hatte ich schlimme Schmerzen, und dann fing der Regen an, eiskalt, und bald war es ganz dunkel. Ich konnte weit und breit kein lebendes Wesen sehen, nicht mal die Lichter von Häusern. Wohin sollte ich gehen? Ich hatte kein Heim und nicht viel Pulver in den Taschen. Eine Zeitlang heulte ich leise vor mich hin, bu hu hu, dann stand ich auf und begann zu gehen.

4

Heim, heim, heim war alles, was ich wollte, und HEIM war, wohin ich schließlich kam, Brüder. Ich stolperte durch den Regen und die Dunkelheit, aber nicht in die Richtung zur Stadt, sondern dorthin, wo ich vorher den Traktor geluscht hatte. Es dauerte sehr lange, bis ich zu einer Art von Dorf kam, und als ich dort war, dachte ich, daß ich es schon mal gesehen hätte, aber das war vielleicht, weil alle Dörfer gleich aussehen, besonders im Dunkeln. Hier waren Häuser und Scheunen hinter Obstgärten, jetzt schwarz und kahl und tropfend, dort war eine Art Wirtshaus, dann waren da ein kleiner wie Kolonialwarenladen und eine sehr stari Kirche, und überall hatten sie wild bellende Kettenhunde auf den Höfen. Und dann, gleich am Ende des Dorfes, stand abseits ein kleines Haus in einem Garten, und ich konnte den Namen lesen, der weiß auf das Gartentor gepinselt war. Er hieß HEIM.

Ich war triefend naß von diesem eisigen Regen, so daß meine Platties, die sowieso nicht mehr auf der Höhe der Mode waren, wie schmutzige Lappen an mir hingen, richtig erbärmlich und wie mitleiderregend, und meine Haare waren ein nasses, grazniges Gewirr, ausgebreitet über meinen Gulliver, und ich war ganz sicher, daß mein Litso voll von Platzwunden und Prellungen und Abschürfungen war, und ein paar von meinen Zubis wackelten ziemlich locker, wenn ich sie mit der Zunge anstieß. Und mein ganzer Plotti war zerschlagen und wie wund, und ich war sehr durstig, so daß ich mich immer wieder gegen den kalten Regen stellte und das Maul aufriß, damit es mir ein bißchen reinregnete, und mein Magen knurrte die ganze Zeit grrr grrr, weil er am Morgen zuletzt Futter gesehen hatte, und auch dann nicht sehr viel, o meine Brüder.

HEIM stand an diesem Gartentor, und vielleicht, dachte ich, würde es hier irgendeinen Veck geben, der mir helfen konnte. Ich öffnete und wankte durch, und dann mußte ich aufpassen, daß ich auf diesem Weg mit seinen Steinplatten nicht ausrutschte, denn der Regen wurde wie zu Eis, und dann kam ich an die Haustür und klopfte leise und höflich. Kein Veck kam, also klopfte ich ein malenki bißchen länger und lauter, und dann sluschte ich Nogas, die patsch patsch patsch zur Tür kamen. Dann wurde die Tür geöffnet, und eine männliche Goloß sagte:

»Ja, was ist?«

»Oh«, sagte ich, »bitte helfen Sie mir. Die Polizei hat mich zusammengeschlagen und neben der Straße liegenlassen. Bitte geben Sie mir einen Schluck von irgendwas zu trinken, Sir, und erlauben Sie mir, daß ich mich ein wenig aufwärme. Bitte, Sir.«

Die Tür ging ganz auf, und ich sah warmes Licht, und warme, trockene Luft, die nach Kaminfeuer roch, wehte mir entgegen.

»Komm rein, Junge«, sagte dieser Veck. »Wer immer du bist. Gott helfe dir, du armes Opfer. Komm herein und laß dich ansehen.«

Und so torkelte ich rein, meine Brüder, und dies war keine große Schau, die ich abzog, ich fühlte mich wirklich fertig und erledigt. Dieser freundliche Veck legte einen Arm um meine Pletschos und zog mich in diesen Raum, wo das Kaminfeuer brannte und knisterte, und natürlich wußte ich jetzt sofort, wo ich war, und warum dieses HEIM am Gartentor mir so bekannt vorgekommen war. Ich sah diesen Veck an, und er sah mich in einer freundlichen Art und Weise an, und nun erinnerte ich mich gut an ihn. Natürlich konnte er nicht wissen, wer ich war, denn in jenen sorglosen Tagen hatten meine sogenannten Droogs und ich alle unsere bolschigen Spiele und Dratsereien in Masken gemacht, die wirklich horrorschaumäßige Verkleidungen waren.

Der Veck war mittelgroß und nicht mehr jung, vierzig oder fünfzig oder so, und er hatte eine Otschky auf.

»Setz dich zum Feuer, Junge«, sagte er richtig väterlich. »Ich werde dir einen Whisky und warmes Wasser holen. Lieber Himmel, wie du aussiehst! Jemand hat dich wirklich böse zugerichtet.« Und er betrachtete mein Litso mit wie besorgter Aufmerksamkeit.

»Die Polizei«, murmelte ich. »Die brutale, furchtbare Polizei.«

»Wieder ein Opfer«, sagte er, wie seufzend. »Ein Opfer des modernen Zeitalters. Ich werde dir jetzt den Whisky bringen, und dann muß ich dein Gesicht ein wenig säubern und in Ordnung bringen.«

Und er ging. Ich lag im Sessel am Kaminfeuer und sah mich ein wenig in diesem malenki behaglichen Raum um. Überall waren Bücher, und die Sessel am Kamin waren so ziemlich die einzigen freien Plätze, wo man sich hinsetzen konnte. Irgendwie war zu sehen, daß keine Frau hier lebte. Auf dem Tisch stand eine Schreibmaschine, umgeben von Bücherstapeln und wie durcheinandergeschmissenen Papieren, und ich erinnerte mich, daß dieser Veck ein Schriftstellerveck war. ›Uhrwerk Orange‹, das war es gewesen. Es war komisch, wie dieser glupige Name in meinem Gedächtnis hängengeblieben war. Aber ich durfte mir nichts anmerken lassen, denn ich brauchte jetzt Hilfe und Freundlichkeit. Diese graznigen stinkigen Bratschnis in dem höllischen weißen Mesto hatten mir das angetan, mit ihrer Teufelsmethode von Behandlung. Sie hatten mich so gemacht, daß ich auf die Hilfe und das Mitleid anderer Leute wie angewiesen war und unter einer Art Zwang lebte, selber mit Freundlichkeit und Hilfsbereitschaft hausieren zu gehen.

»Da sind wir schon«, sagte dieser Veck, als er zurückkam. Er gab mir einen guten dreifachen Whisky, und bald begann ich mich besser zu fühlen. Als ich mit dem Whisky fertig war, kam er mit einer Wasserschüssel und einem Schwamm und säuberte sehr vorsichtig die Wunden in meinem Litso. Dann sagte er:

»Ich lasse jetzt ein gutes heißes Bad für dich einlaufen, Junge, und während du badest, werde ich ein warmes Abendessen machen, und wenn wir dann beim Essen sind, kannst du mir alles über diese Sache erzählen. Ja?«

O meine Brüder, ich hätte über seine Freundlichkeit weinen können, und er mußte die Tränen in den alten Glotzies gesehen haben, denn er sagte:

»Schon gut, Junge, schon gut. Denk dir nichts dabei.«

Nun, ich ließ mich in dieses malenki Badezimmer führen und stieg in die Wanne, und er brachte mir einen

Schlafanzug und eine Art von Morgenmantel, alles am Kaminfeuer vorgewärmt, und dann kam er noch mit einem Paar ausgelatschten Pantoffeln. Und nun, Brüder, obwohl alles an mir schmerzte, was ich nur anfaßte, fühlte ich, daß es mir bald sehr viel besser gehen würde. Ich schlappte mit diesen Pantoffeln aus dem Bad und sah, daß er in der Küche den Tisch gedeckt hatte. Da lagen Messer und Gabeln und ein feiner großer Laib Kleb, und dann servierte er einen Haufen Rührei und Lomticks von Schinken, und dazu gab es eine große Kanne mit heißem Tschai. Es war hüsch, so im Warmen zu sitzen und zu spachteln, und ich entdeckte wieder, was ich schon mal entdeckt hatte, nämlich, daß ich einen bolschigen Hunger hatte, und so verdrückte ich nach dem Rührei mit Schinken noch ein paar Lomticks Kleb mit Butter und Stachelbeermarmelade, bis nichts mehr ging.

»Ich fühle mich wirklich gut«, sagte ich. »Fast wie normal. Wie kann ich Ihnen das jemals vergelten?«

»Ich glaube, ich weiß, wer du bist, Junge«, sagte der Veck. »Und wenn meine Vermutung sich als richtig erweisen sollte, dann bist du, mein Freund, zum rechten Ort gekommen. War das dein Bild, das heute morgen in den Zeitungen war? Bist du das arme Opfer dieser schrecklichen und abscheulichen neuen Technik? Wenn das so ist, dann wurdest du von der Vorsehung zu mir geschickt. Zuerst im Gefängnis gequält, dann hinausgeworfen, um von der Polizei gequält zu werden. Du hast mein ganzes Mitgefühl, armer, armer Junge.« Ich konnte nicht ein Slovo reinschieben, Brüder, obwohl ich meine Klappe weit offen hatte, um seine Fragen zu beantworten.

»Du bist nicht der erste, der in Bedrängnis hierhergekommen ist«, sagte er. »Die Polizei bringt ihre Opfer gern in die Nähe des Dorfs. Aber es ist eine Fügung der

Vorsehung, daß du, der du auch eine andere Art von Opfer bist, den Weg zu mir gefunden hast. Vielleicht hast du von mir gehört?«

Ich mußte sehr vorsichtig sein, Brüder. Ich sagte: »Ich habe von ›Uhrwerk Orange‹ gehört. Gelesen habe ich es nicht, aber davon gehört.«

»Ah«, sagte er, und sein Litso leuchtete auf wie die alte Morgensonne. »Nun, erzähl mir von dir.«

»Es gibt nicht viel zu erzählen, Sir«, sagte ich, ganz auf bescheiden. »Da war mal eine dumme Sache, ich meine, ein alberner Jungenstreich. Meine sogenannten Freunde überredeten oder besser, zwangen mich dazu, mit ihnen in das Haus einer alten Titsa – Dame, meine ich, einzubrechen. Ich dachte gar nicht daran, ihr wirklich ernsten Schaden zuzufügen. Unglücklicherweise überanstrengte die Dame ihr gutes altes Herz, als sie versuchte, mich rauszuwerfen, ohwohl ich bereit war, freiwillig zu gehen, und dann starb sie im Krankenhaus. Ich wurde beschuldigt, die Ursache ihres Todes gewesen zu sein. So kam ich ins Gefängnis, Sir.«

»Ja ja ja, sprich weiter.«

»Dann wurde ich vom Innenminister ausgewählt, das Versuchskaninchen für dieses Ludovico-Dings zu machen.«

»Erzähl mir alles darüber«, sagte er und beugte sich wie begierig vorwärts, so daß sein Pulloverellbogen ganz voll Stachelbeermarmelade von dem Teller wurde, den ich weggeschoben hatte.

Also erzählte ich ihm alles darüber. Ich erzählte ihm alles, den ganzen Brast, Brüder. Er war ungeheuer scharf darauf, all diesen Scheiß zu sluschen, und seine Glotzies leuchteten dabei, und er kriegte seine Guber gar nicht mehr zu, während das Fett an den Tellern härter und härter wurde. Als ich endlich fertig war, stand er vom Tisch auf, nickte viele Male und machte hm hm hm dazu, und dann räumte er die Teller und anderen Wetsches vom Tisch und trug sie zum Abspülen an den Ausguß. Ich sagte:

»Ich werde die Teller abwaschen, Sir, und mit Vergnügen.«

»Nein nein, ruhe dich aus, armer Kerl«, sagte er und drehte den Wasserhahn auf, daß es dampfte. »Du hast gesündigt, nehme ich an, aber deine Bestrafung stand in keinem Verhältnis zur Tat. Sie haben dich zu etwas anderem als einem menschlichen Wesen gemacht. Du hast nicht länger die Freiheit der Entscheidung. Du bist zu sozial erwünschten Handlungen verurteilt, eine kleine Maschine, die nur zum Guten fähig ist. Und ich sehe das klar – diese Sache mit der marginalen Konditionierung. Musik und der Sexualakt. Literatur und Kunst, alles das muß jetzt eine Quelle von Schmerzen sein, nicht des Vergnügens oder des Genusses.«

»Das ist richtig, Sir«, sagte ich und zündete mir einen von den Filterspargeln mit Korkmundstück an, die dieser gute Veck für mich auf den Tisch gelegt hatte.

»Sie beißen immer zuviel ab«, sagte er, während er wie geistesabwesend einen Teller abtrocknete. »Aber die zugrunde liegende Absicht ist die eigentliche Sünde. Ein Mensch, der seine eigene Handlungsweise nicht selbst bestimmen kann, ein Mensch, der nicht wählen kann, hört auf, Mensch zu sein.«

»Das ist, was der Kabbes sagte, Sir«, sagte ich. »Der Gefängnispfarrer, meine ich.«

»Das sagte er? Ja? Natürlich, er mußte es sagen, nicht wahr, als Christ? Nun, ich glaube«, sagte er, immer noch denselben Teller abtrocknend, »wir werden morgen ein paar Leute kommen lassen, damit sie mit dir reden können. Ich glaube, wir können dich gebrauchen, armer Junge. Ich glaube, daß du mithelfen kannst, diese anmaßende Regierung aus dem Sattel zu heben. Einen anständigen jungen Mann in eine Art von programmierten Roboter oder ein Stück Uhrwerk zu verwandeln, sollte sicherlich nicht als ein Triumph irgendeiner Regierung gesehen werden, geschweige denn einer, die sich ihres repressiven Charakters rühmt.« Er wischte immer noch denselben Teller. Ich sagte:

»Sir, Sie trocknen die ganze Zeit denselben Teller ab. Ich bin der gleichen Meinung, Sir, über das Prahlen. Diese Regierung scheint sehr prahlerisch zu sein.«

»Oh«, sagte dieser Veck, wie wenn er den Teller zum erstenmal sähe, und stellte ihn dann weg. »Ich bin in den Haushaltsdingen noch nicht allzu geübt. Meine Frau pflegte das alles zu erledigen, um mir meine Zeit zum Schreiben zu lassen.«

»Ihre Frau, Sir?« sagte ich. »Hat sie Sie verlassen?« Ich wollte wirklich wissen, was mit seiner Frau war, weil ich mich sehr gut erinnerte.

»Ja, sie verließ mich«, sagte er in einer wie lauten und bitteren Goloß. »Sie ist tot, verstehst du. Sie wurde brutal geschlagen und vergewaltigt. Der Schock war sehr groß. Es war in diesem Haus, in diesem Zimmer nebenan.« Seine Hände zitterten und fummelten wie hilflos mit dem Geschirrtuch. »Ich mußte mich zwingen, weiter in diesem Haus zu leben, aber sie hätte sicherlich gewünscht, daß ich bleibe, wo ihre duftende Erinnerung noch als ein schwacher Hauch gegenwärtig ist. Ja, ja, ja. Armes kleines Mädchen.«

Ich sah in diesen Augenblicken alles deutlich vor mir, meine Brüder, was in jener längst vergangenen Notschi passiert war, und wie ich mich selber bei diesem Job sah, wurde mir schlecht, und in meinem Gulliver fingen die Schmerzen an. Dieser Schreiberveck sah es, weil der Schweiß auf meine Stirn kam und mein Litso sehr blaß wurde, was ich selber fühlen konnte. »Geh jetzt zu Bett«, sagte er sehr freundlich. »Ich habe die Kammer für dich

vorbereitet. Armer Junge, du mußt Schreckliches durchgemacht haben. Ein Opfer der modernen Zeit, genau wie
sie es war. Armes armes armes Mädchen.«

5

Ich hatte eine richtige Horrorschau von einem Schlaf,
Brüder, mit überhaupt keinen Träumen, und der Morgen
wahr sehr hell und klar und wie frostig, und von unten
kam der sehr angenehme Sung von geröstetem Toast und
frisch aufgegossenem Tschai. Ich brauchte eine Weile, bis
ich mich erinnerte, wo ich war, wie es bei mir immer ist,
aber bald fiel es mir ein, und dann fühlte ich mich wie
beschützt und warm. Aber als ich so im Bett lag und
wartete, zum Frühstück gerufen zu werden, kam mir der
Gedanke, daß ich den Namen von diesem freundlichen,
beschützenden und wie mütterlichen Veck in Erfahrung
bringen sollte. So stand ich auf und tappte auf meinen
nagoi Nogas in der Kammer rum und hielt Ausschau nach
›Uhrwerk Orange‹, denn in dem Buch mußte sein Name
stehen, nachdem er der Autor war. Aber in meiner
Schlafkammer gab es nichts außer einem Bett und einem
Stuhl und einer Lampe, also tappte ich raus und nach
nebenan, in das Schlafzimmer von diesem Veck, und dort
sah ich seine Frau an der Wand, ein bolschig vergrößertes
Foto, und dann kam auch die Erinnerung, und ich fühlte
mich ein malenki bißchen schlecht. Aber da gab es auch
zwei oder drei Regale mit Büchern, und in einem von
diesen fand ich, wie ich mir gedacht hatte, ein Exemplar
von ›Uhrwerk Orange‹, und auf dem Buchrücken war der
Name des Autors – F. Alexander. Guter Bog, dachte ich, er
ist auch ein Alex. Dann blätterte ich ein wenig in dem
Buch, barfuß und im Schlafanzug beim Fenster stehend,

aber ohne auch nur ein bißchen zu frösteln, denn das Häuschen war gut durchgewärmt. Es war nicht leicht rauszukriegen, wovon das Buch handelte. Es schien in einem sehr wie bezumnie Stil geschrieben zu sein, voll von Ah und Oh und diesem Scheiß, aber was dabei rauszukommen schien, war, daß alle Leute heutzutage zu Maschinen gemacht wurden, und daß sie in Wirklichkeit – du und ich und er und alle anderen – mehr wie natürliche Gewächse waren, oder wie Früchte. F. Alexander schien zu denken, daß wir alle an etwas wachsen, das er den Weltbaum in dem Welt-Obstgarten nannte, den Bog wie gepflanz hatte, und wir waren dort, weil Bog oder Gott uns brauchte, um seine durstige Liebe zu stillen, oder irgend so ein Scheiß. Der Schum von all dem gefiel mir gar nicht, o meine Brüder, und ich fragte mich, wie bezumnie dieser F. Alexander in Wirklichkeit war, oder ob er vielleicht eine Meise hatte, weil seine Frau in die Grütze gegangen war. Aber dann rief er mich runter, und seine Goloß klang wie vernünftig, voll von Munterkeit und Energie und all dem Scheiß, also stieg euer ergebener Erzähler in die Pantoffeln und schlappte in die Küche.

»Du hast lange geschlafen«, sagte er und brachte weichgekochte Eier und Toast auf den Tisch. »Es geht schon auf zehn. Ich bin seit Stunden auf und arbeite.«

»Schreiben Sie an einem neuen Buch, Sir?« sagte ich.

»Nein, nein, nicht jetzt«, sagte er, und wir setzten uns gemütlich und wie Droogies an den Frühstückstisch, und ich löffelte mein Ei und mampfte den knirschenden Toast mit Butter und Stachelbeermarmelade, und dazu gab es guten heißen Tschai mit Moloko. »Nein«, sagte er, »ich habe mit verschiedenen Leuten telefoniert.«

»Ich dachte, Sie haben kein Telefon«, sagte ich, mein zweites Ei auslöffelnd. Ich achtete gar nicht auf das, was ich sagte.

»Warum?« sagte er, sehr skorri und wachsam, wie

irgendein schlaues, listiges Tier. »Warum solltest du denken, daß ich kein Telefon habe?«

»Nichts«, sagte ich. »Ich dachte bloß. Ich hatte keines gesehen.« Und ich fragte mich, Brüder, wieviel er noch vom früheren Teil dieser längst vergangenen Notschi wußte, ich mit der alten Geschichte vom kranken Freund an der Tür, und sie mit der Auskunft, sie hätten kein Telefon. Er smottete mich sehr aufmerksam und wie durchbohrend an, aber dann wurde er wieder wie freundlich und munter und löffelte das alte Eggiweg und kaute seinen Toast.

»Ja, ich habe verschiedene Leute angerufen, die sich für deinen Fall interessieren, mein Junge«, sagte er. »Du kannst eine sehr wirksame Waffe sein, die verhindern wird, daß diese gegenwärtige schlechte und menschenfeindliche Regierung in den bevorstehenden Wahlen eine Bestätigung ihrer Politik erhält. Du mußt wissen, daß die Art und Weise, wie sie in diesem letzten Jahr das Verbrechen bekämpft und für Ruhe und Sicherheit gesorgt hat, der Wahlschlager der Regierung ist, mit dem sie sich bei jeder Gelegenheit brüstet.« Er warf mir wieder diesen wie durchbohrenden Blick zu, und ich fragte mich von neuem, ob er vielleicht daraufgekommen war, welche Rolle ich bisher in seinem Dschizny gespielt hatte. Aber er sagte:

»Natürlich ist das Ganze ein gigantischer Betrug und eine unerträgliche Schönfärberei. Gewiß, die Straßen sind sicherer geworden, aber die Regierung will doch damit nur verschleiern, daß ihr wirkliches Ziel die Unterdrückung und Entmündigung der Bevölkerung ist. Brutale junge Rowdies und Schläger werden von den Straßen geholt und zu Polizisten gemacht, und zugleich fördert man bewußt nicht nur die allgemeine Verdummung und Entpolitisierung durch die Massenmedien, sondern bereitet den Großeinsatz von Techniken vor, die durch

Konditionierung den Willen und die Widerstandskraft brechen und fügsame, friedfertige Schafe aus uns machen sollen. Jetzt heißt es noch, daß diese Techniken allein für die Resozialisierung von Kriminellen gedacht seien, aber wer die Entwicklung mit offenen Augen verfolgt hat, der weiß, daß morgen die politischen Gegner dran sein werden.«

Alle diese langen Slovos, Brüder, und ein wilder wie bezumnie Blick in seinen Glotzies. »Ähnliches haben wir in anderen Ländern gesehen. Bevor wir wissen, wie uns geschieht, werden wir den ganzen Apparat des Totalitarismus im Genick haben!«

Junge Junge, dachte ich, der ist in Fahrt, und ich mampfte weiter meinen Toast mit Butter und Marmelade. Dann sagte ich: »Was kann ich gegen alles das tun, Sir?«

»Du«, sagte er, immer noch mit diesem bezumnie Blick, »bist ein lebendiger Zeuge für diese menschenverachtenden Praktiken und Vorhaben. Die Bevölkerung, die gewöhnlichen Leute müssen davon wissen, müssen sehen.« Er stand auf und ging in der Küche auf und ab, vom Spülbecken zum Schrank und wieder zurück, und sagte sehr gromkig: »Würde es ihnen gefallen, wenn ihre Söhne würden, was du, armes Opfer, geworden bist? Wird die Regierung in Zukunft nicht selbst entscheiden, was Verbrechen ist und was nicht? Wird sie nicht jedem, der ihr mißfällt, aus welchem Grund auch immer, die Willenskraft und die Entscheidungsfreiheit aus dem Gehirn pumpen?«

Er wurde ruhiger, aber er kehrte nicht an den Tisch zurück. »Heute morgen, während du schliefst«, sagte er, »habe ich einen Artikel geschrieben. Er wird an einem der nächsten Tage erscheinen, zusammen mit deinem Bild. Du sollst ihn unterzeichnen, armer Junge. Es ist eine Schilderung dessen, was sie dir angetan haben, zusammen mit einigen Überlegungen wie denen, die ich eben angedeutet habe.«

»Und was haben Sie von alledem, Sir?« sagte ich. »Ich meine, außer dem Pulver, das Sie für den Artikel kriegen werden? Ich meine, warum sind Sie so teufelsmäßig gegen diese Regierung, wenn ich fragen darf?«

Er sah mich wie mitleidig an, dann packte er die Tischkante und sagte, wobei er mit den Zubis knirschte, die sehr beschissen aussahen, ganz braun und fleckig vom Rauchen:

»Einige von uns müssen kämpfen. Es gibt große Traditionen der Freiheit, die verteidigt werden müssen. Ich bin in keiner Partei; die Namen von Parteien sagen wenig. Aber wo ich Infamie und Repression sehe, suche ich sie zu bekämpfen. Die Freiheit ist alles. Die große, freiheitliche Tradition unseres Landes ist, was es zu bewahren gilt. Das gewöhnliche Volk wird sie fahren lassen, ja. Es wird die Freiheit für ein ruhigeres und ungestörtes Leben verkaufen. Darum muß es aufgeweckt, aufgestachelt werden!« Und hier, Brüder, riß er eine Gabel vom Tisch und stieß sie zwei- oder dreimal gegen die Wand, so daß sie ganz verbogen wurde. Dann warf er sie auf den Boden und sagte in einer sehr freundlichen Goloß:

»Iß nur, du armer Junge, Opfer der modernen Welt«, und ich konnte ziemlich klar sehen, daß er am Überschnappen war. »Iß, iß. Du kannst auch mein Ei essen.« Aber ich sagte:

»Und was habe ich davon? Werde ich von dem geheilt, wie ich jetzt bin? Kann ich wieder die alte Choralsinfonie sluschen, ohne daß mir schlecht wird? Kann ich wieder ein wie normales Dschizny leben? Was, Sir, wird aus mir?«

Er sah mich an, Brüder, als ob er daran noch nicht gedacht hätte, und wie wenn es sowieso keine Rolle spielte, verglichen mit der Freiheit und all diesem Scheiß, und er linste mich erstaunt und wie ein bißchen tadelnd an, weil er vielleicht dachte, ich sei selbstsüchtig, daß ich was für mich wollte.

»Oh, wie ich sagte«, sagte er dann, »du bist ein lebendiger Zeuge, armer Junge. Iß dein Frühstück auf und dann komm mit und sieh selbst, was ich geschrieben habe, denn es wird unter deinem Namen in der ›Fanfare‹ erscheinen, du unglückliches Opfer.«

Nun, Brüder, was er geschrieben hatte, war ein sehr langes und wie rührendes Stück, bei dem einem die Tränen kommen konnten, und wie ich es las, fühlte ich großes Mitleid für den armen Malitschick, der da über seine Leiden govoritete, und wie die Regierung seine Persönlichkeit zerstört hatte, und wie es nun an jedem einzelnen Bürger liege, sich nicht wieder von einer solchen verfaulten und moralisch verkommenen Regierung beherrschen zu lassen, und dann merkte ich natürlich, daß der arme leidende Malitschick kein anderer als euer ergebener Erzähler war.

»Sehr gut«, sagte ich. »Richtig Horrorschau. Fürwahr, gar trefflich hat Er dieses zu Papier gebracht, o Meister.« Und darauf sah er mich sehr scharf und wie mißtrauisch an und sagte:

»Was?«

»Ach, das«, sagte ich. »Das ist, was wir Nadsatsprache nennen. Alle jungen Leute gebrauchen sie, Sir.«

Nun, er ging wieder raus in die Küche, um das Frühstücksgeschirr zu spülen, und ich blieb in diesen geliehenen Nachtplatties und Pantoffeln im Zimmer zurück und wartete auf das, was sie mit mir machen würden, denn ich hatte keine Pläne für mich, o meine Brüder.

Während der große F. Alexander in der Küche war, machte es an der Haustür dingalingaling. »Ah!« krähte er und kam aus der Küche geschossen, seine Griffel mit

188

dem Geschirrtuch trocknend. »Das werden diese Leute sein. Ich werde aufmachen.«

Und so ging er und ließ sie ein, und es gab eine wie polternde Begrüßung mit hahaha und Gerede und hallo und Sauwetter und wie stehen die Dinge draußen in der Diele, und dann schoben sie sich gegenseitig in den Raum mit dem Kaminfeuer und den Büchern und dem Artikel über meine Leiden, und sie sahen mich und machten Aaaaah. Es waren drei Vecks, und F. Alex nannte mir die Namen. Z. Dolin war ein sehr keuchender, verräucherter Typ von einem Veck, der einen Krebsspargel im Mund hatte und dazu ständig hüstelte, kaschl kaschl kaschl, wobei Asche ganz über seine Platties rieselte, die er dann mit sehr ungeduldigen Bewegungen abklopfte. Er war ein malenki Veck, fett und rund, mit einer bolschigen, horngefaßten Otschky. Dann gab es einen Soundso Rubinstein, einen sehr großen und höflichen Tschelloveck mit der Goloß eines wirklichen Gentleman, sehr stari und mit einem weißen Kinnbart. Und der dritte Besucher war D. B. da Silva, der sehr skorri in seinen Bewegungen war und von dem ein sehr bolschiger Sung von Parfüm ausging. Sie besahen mich sehr ausführlich und schienen überglücklich mit dem, was sie sahen. Z. Dolin sagte:

»Gut, sehr gut, eh? Ein ausgezeichnetes Mittel, dieser junge Bursche, wenn wir ihn richtig einsetzen. Sollte überhaupt etwas nötig sein, so könnte er vielleicht noch kränker und marionettenhafter aussehen als jetzt. Alles für die gute Sache. Wir werden uns schon etwas ausdenken, kein Zweifel.«

Diese Bemerkung über marionettenhaft gefiel mir nicht, Brüder, und so sagte ich:

»Was geht vor, Brattis? Mich dünkt, Er planet Übles für Seinen kleinen Droog.« Und dann sagte F. Alexander in einer heiseren Goloß:

»Seltsam, wie diese Redeweise etwas in mir anrührt.

Wir sind früher schon zusammengetroffen, ich bin fast sicher.« Und er runzelte seine Stirn wie in angestrengtem Nachdenken. Ich mußte aufpassen, was ich sagte, o meine Brüder, und wie ich es sagte. D. B. da Silva sagte:

»Öffentliche Veranstaltungen. Den Jungen bei öffentlichen Veranstaltungen vorzustellen, wird eine enorme Hilfe sein und Publizität bringen, nur dürfen wir darüber nicht die Zeitungen vernachlässigen. Ich glaube, es geht darum, daß wir die Boulevardblätter für den Stoff interessieren. Ein ruiniertes Leben, das ist der Aspekt, den wir herausstellen müssen, denn dafür sind die zu haben. Wir müssen alle Herzen entflammen.« Er zeigte seine weißen Zubis, und in seinem dunklen Litso machte es sich gut. Er sah ein malenki bißchen wie ein Ausländer aus. Ich sagte:

»Niemand sagt mir, was bei diesem Ding für mich drin ist. Im Gefängnis gequält, zu Hause von den eigenen Eltern und ihrem schmutzigen Untermieter rausgeschmissen, verprügelt von alten Männern und von den Bullen fast totgeschlagen – was soll aus mir werden?«

»Du wirst sehen, Junge, daß die Partei nicht undankbar ist«, sagte dieser Rubinstein. »O nein. Nach dieser Kampagne wird es eine sehr annehmbare kleine Überraschung für dich geben. Warte ab, und du wirst es sehen.«

»Ich will nur eins«, rief ich wie bezumnie. »Ich will wieder normal und gesund sein, wie ich es früher war. Ich will wieder mein bißchen Spaß am Leben haben, mit richtigen Droogs und nicht mit solchen, die sich bloß so nennen und in Wirklichkeit feige und hinterlistige Mamser sind, wie Dim. Können Sie das tun, ja? Können Sie mich wieder zu dem machen, was ich war? Das ist, was ich will, und das ist, was ich wissen möchte.«

Kaschl kaschl kaschl hüstelte dieser Z. Dolin. »Ein Märtyrer für die Sache der Freiheit«, sagte er. »Du hast deine Rolle zu spielen, mein Junge, vergiß das nicht. Einstweilen werden wir uns um dich kümmern. Du kannst dich ganz auf uns verlassen.« Und er streichelte meinen linken Arm, als ob ich ein Idiot wäre, und grinste in einer schmierigen Art, die mich ganz razdraz machte. Ich schrie:

»Ich bin kein Ding, das man einfach so gebraucht. Ich bin kein Idiot, mit dem ihr machen könnt, was ihr wollt, ihr Bratschnis. Gewöhnliche Prestupiks sind stumpfsinnig, aber ich bin nicht gewöhnlich und auch nicht stumpfsinnig!«

»Dim«, sagte F. Alexander wie sinnend. »Dim. Das war ein Name irgendwo. Dim.«

»Eh?« sagte ich. »Was hat Dim damit zu tun? Was wissen Sie über Dim?« Und dann sagte ich: »Oh!«

Der Blick in F. Alexanders Glotzies gefiel mir gar nicht. Ich machte zur Tür, wollte nach oben gehen und meine Platties anziehen und dann weg, nichts wie weg.

»Ich könnte es fast glauben«, sagte F. Alexander und zeigte seine braunen Zubis. Seine Glotzies waren wie verrückt und starrten mich so wild an, daß ich es mit der Angst kriegte. »Aber solche Dinge sind unmöglich«, murmelte er. Dann, ganz plötzlich, brüllte er los: »Wenn er es wäre, bei Gott, ich würde ihn zerreißen. Ich würde ihn in Stücke schneiden, ja ja, das würde ich!«

»Na, na, so beruhige dich doch«, sagte da Silva und legte einen Arm um F. Alexanders Pletschos und streichelte mit der anderen Hand seine Brust, wie wenn er inen Hund besänftigen müßte. »Das ist alles in der Vergangenheit. Es waren völlig andere Leute. Wir müssen diesem armen Opfer helfen. Da ist jetzt unsere Pflicht. Denken wir an die Zukunft und unser Ziel.«

»Ich hol nur schnell meine Platties«, sagte ich, am Fuß der Treppe. »Das heißt, meine Kleider. Dann werde ich lieber gehen. Ich meine, ich bin dankbar für alles, aber ich habe mein eigenes Dschizny zu leben.« Denn ich wollte hier raus, Brüder, und skorri. Aber Z. Dolin sagte:

»Ah, nein. Wir haben dich, Freund, und wir behalten dich. Du kommst mit uns. Du wirst sehen, alles wird in schönster Ordnung sein.« Und er kam zu mir, wie um meinen Arm festzuhalten. Dann, Brüder, dachte ich ans Kämpfen, aber schon der Gedanke machte mich krank und reif zum Zusammenklappen, und so blieb ich einfach stehen. Und dann sah ich wieder diese wie Verrücktheit in F. Alexanders Glotzies und sagte:

»Wie Sie wollen. Ich bin in Ihren Krallen. Aber lassen Sie uns anfangen und dieses Ding hinter uns bringen.« Denn ich wollte nichts als raus aus diesem Mesto, das sich HEIM nannte. Dieser Blick in den Glotzies von F. Alexander wurde mir richtig unheimlich, und mein Rückenfell prickelte höllisch.

»Gut«, sagte dieser Rubinstein. »Zieh dich an, mein Junge, und wir werden uns wieder auf den Weg machen.«

»Dim Dim Dim«, sagte F. Alexander durch seine zusammengebissenen Zubis. »Wer oder was war dieser Dim?« Ich raste die Treppe rauf und zog mich in ungefähr zwei Sekunden an. Dann war ich draußen und schnappte nach Luft wie ein Karpfen, und sie schoben mich in ein Auto. Rubinstein setzte sich rechts neben mich, und Z. Dolin hustete kaschl kaschl kaschl links neben mir. D. B. da Silva startete den Wagen, und wir fuhren zurück in die Stadt und zu einem Wohnblock, der gar nicht so sehr weit vom dem war, was ich immer meinen Block und mein Zuhause genannt hatte.

»Komm, Junge, aussteigen«, sagte Z. Dolin und hustete, daß die Kippe in seinem Mund wie ein malenki Ofen rot aufglühte. »Hier wirst du untergebracht.« Wir gingen rein, und an der Wand unten im Hausflur war wieder eins von diesen Gemälden über die Würde der Arbeit, und wir klemmten uns in den Aufzug, vier Mann hoch, Brüder, und dann kamen wir in eine Wohnung wie alle die Wohnungen in allen diesen Wohnblocks der Stadt. Sehr

sehr malenki, mit zwei Kabuffs von Schlafzimmern und einem Wohn-Eß-Arbeitszimmer, wo der Tisch mit Büchern und Papieren und Tinte und Flaschen bedeckt war.

»Hier ist dein neues Heim«, sagte D. B. da Silva. »Mach's dir bequem, Junge. Essen ist im Küchenschrank, Bettwäsche und Schlafanzüge findest du im Kleiderschrank. Ruhe dich aus, verwirrte Seele.«

»Was?« sagte ich, weil ich das nicht ganz kapierte.

»Schon gut«, sagte Rubinstein mit seiner stari Goloß. »Wir verlassen dich jetzt. Es ist Arbeit zu tun. Wir werden später wiederkommen. Beschäftige dich, so gut du kannst.«

»Noch etwas«, hustete Z. Dolin kaschl kaschl kaschl. »Du hast gesehen, was sich in der gequälten Erinnerung unseres Freundes F. Alexander regte. War es vielleicht kein Zufall? Das heißt, verhielt es sich tatsächlich so, daß du –? Ich glaube, du weißt, was ich meine. Wir wollen es nicht weiter verfolgen.«

»Ich habe gezahlt«, sagte ich. »Bog weiß, wie ich für alles bestraft worden bin. Ich habe nicht nur für mich selber gebüßt, sondern auch für diese Bratschnis, die sich meine Droogs nannten.« Der Gedanke an alles das machte mich wieder razdraz, so daß eine kleine Übelkeit in mir hochkam. »Ich glaube, ich leg mich ein bißchen hin«, sagte ich. »Ich habe furchtbare, schreckliche Zeiten durchgemacht.«

»Das hast du«, sagte D. B. da Silva und zeigte mir seine dreißig oder mehr weißen Zubis. »Nun, jetzt kannst du ausspannen.«

So verließen sie mich, Brüder. Sie gingen ihren Geschäften nach, die, wie ich annahm, mit Politik und all dem Scheiß zusammenhingen, und ich haute mich aufs Bett, ganz allein in der Wohnung, und alles sehr sehr still, weil die Hausbewohner alle noch beim Roboten waren. So lag ich da, die Sabogs von meinen Nogas gezogen und den Hemdkragen offen, und ich war wie verwirrt und wußte nicht, was für eine Art von Dschizny ich jetzt leben würde. Und alle Arten von wie Bildern gingen in einem fort durch meinen Gulliver, von den verschiedenen Tschellovecks, die ich in der Schule und im Knast gekannt hatte, und von den verschiedenen Wetsches, die mir zugestoßen waren, und wie es auf der ganzen bolschigen Welt nicht einen Veck gab, dem du vertrauen konntest. Und dann pennte ich schließlich ein, Brüder.

Wie ich aufwachte, konnte ich Musik sluschen, die wie aus der Wand zu kommen schien, und sie war es, die mich aus meinem bißchen Schlaf gerissen hatte. Es war eine Sinfonie, die ich ganz gut kannte, aber seit Jahren nicht gesluscht hatte, nämlich die Dritte Sinfonie von dem dänischen Komponistenveck Otto Skadelig, ein sehr gromkiges und heftiges Stück, besonders im ersten Satz, der gerade gespielt wurde. Ich sluschte fünf oder zehn Sekunden lang wie erfreut und interessiert, aber dann kam es alles über mich, die Schmerzen im Gulliver und die Übelkeit, und ich fing an zu ächzen und drückte mit den Händen auf meinen Bauch. Und dann kroch ich, der Musik so geliebt hatte, wie ein verendendes Tier vom Bett und stöhnte oh oh oh, und dann schlug ich gegen die Wand und kreischte:

»Aufhören, aufhören, stellt es ab!«

Aber die Musik hörte nicht auf und schien noch lauter zu werden. So ballerte ich gegen die Wand, bis meine Knöchel ganz rotes Krovvy und zerrissene Haut waren, kreischend und kreischend, aber die Musik hörte nicht auf. Dann dachte ich, in einem anderen Zimmer wäre es vielleicht nicht so schlimm, und ich wankte aus diesem malenki Schlafzimmer und zuerst zur Wohnungstür, aber die war von außen abgeschlossen, und ich konnte nicht raus. Und die ganze Zeit wurde die Musik gromkiger, wie wenn alles eine absichtliche Folter wäre, o meine Brüder.

Also steckte ich meine kleinen Finger ganz tief in die Ohren, aber die Posaunen und die Kesselpauken krachten gromkig genug durch. Dann kreischte und heulte ich wieder, daß sie aufhören sollten, und hämmerte wie bezumnie gegen die Wände, aber es machte keinen Unterschied, nicht ein bißchen. »Oh oh oh, was soll ich tun?« winselte ich. »Oh, Bog im Himmel, hilf mir.« Ich wanderte in Schmerzen und Übelkeit wie verzweifelt durch die ganze Wohnung, um irgendwie dieser Musik zu entkommen, und ich würgte und würgte, bis meine Kischkas wie in Krämpfen schmerzten, und dann sah ich zwischen diesen Bücherstapeln und Papieren und all dem Scheiß, der auf dem Tisch im Wohnzimmer war, was ich zu tun hatte und was ich hatte tun wollen, bis diese alten Tatterer in der öffentlichen Biblio und dann die als Bullen verkleideten Dim und Billyboy mich daran gehindert hatten, und das war, endlich Schluß zu machen, den Löffel wegzuschmeißen und für immer in die Grütze zu gehen, raus aus dieser bösen und grausamen Welt.

Was ich sah, war das Slovo TOD auf der Titelseite eines Pamphlets oder was, obwohl es eigentlich TOD DER REGIERUNG! hieß. Und wie wenn es Schicksal wäre, war da noch eine andere malenki Broschüre, und vorn drauf war ein offenes Fenster, und darunter stand: ›Frische Luft herein, frische Ideen, eine neue Art zu leben.‹ Und so wußte ich, daß es war, wie wenn das Schicksal mir sagte, ich solle mit all dem Scheiß Schluß machen und aus dem Fenster springen. Einen Augenblick von Schmerz, vielleicht, und dann nur noch schlafen, für immer und immer und immer.

Die Musik donnerte noch immer durch die Wände, alles Blech und Pauken, und die Streicher hoch darüber. Das Fenster in dem Zimmer, wo ich gelegen hatte, war offen. Ich wankte hin und sah, daß es ein gutes Stück zu den Autos und Bussen und den Passanten unter mir war.

Ich schrie in die Welt hinaus: »Lebt wohl, lebt wohl, möge Bog euch ein ruiniertes Leben vergeben.« Dann kletterte ich auf die Fensterbank, hinter mir die brüllende und schmetternde Musik, und ich schloß meine Glotzies und fühlte den kalten Wind in meinem Litso, und dann sprang ich.

6

Ich sprang, o meine Brüder, und ich fiel hart auf den Gehsteig, aber das war nicht mein letzter Schnaufer, o nein. Es scheint, daß die Höhe nicht ausgereicht hatte, mich umzubringen, oder vielleicht war ich nicht richtig unten angekommen, nämlich mit dem Gulliver zuerst. Aber ich brach meinen Rücken und die Arme und die Nogas und fühlte sehr bolschige Schmerzen, Brüder, bevor ich ohnmächtig wurde, mit erschrockenen und wie bestürzten Litsos von Tschellovecks, die oben auf mich runterstarrten. Und kurz bevor ich weg war, sah ich klar, daß nicht ein Tschelloveck auf der ganzen beschissenen Welt für mich war, und daß diese Musik durch die Wände von denen wie arrangiert worden war, die sich als meine neuen Droogs ausgegeben hatten, und daß es ein Ding wie dieses war, das sie für ihre scheißige und selbstsüchtige Politik wollten. Alles das war wie im millionsten Teil einer Minute, bevor die Welt und der Himmel und die Litsos von den wie gierig starrenden Tschellovecks über mir umkippten und verschwanden.

Wo ich war, als ich nach einer langen schwarzen schwarzen Pause, die wie eine Million Jahre zu sein schien, wieder ins alte beschissene Dschizny zurückkam, das war, wie ihr euch denken könnt, meine einzigen Freunde und Brüder, ein Krankenhaus, ganz weiß und mit diesem Sung, der in allen Krankenhäusern gleich ist, ein bißchen scharf und beißend und sehr sauber. Diese antiseptischen Wetsches, mit denen sie die Krankenhäuser saubermachen, sollten lieber einen richtig horrorschaumäßigen Sung von gebratenen Zwiebeln haben, oder meinetwegen auch von Blumen, das würde sicherlich nicht viel teurer sein, aber sie machen es nicht, nein.

Es ging alles sehr langsam, und eine gute Zeit verging, bis ich wußte, wer ich war und alles, und ich war ganz in weiße Binden eingewickelt und konnte nichts in meinem Plotti fühlen, weder Schmerzen noch irgendwelche andere Sachen. Mein Gulliver steckte in einer dicken Bandage, und kleine Stücken von einem Zeug klebten an meinem Litso, und meine Arme waren ganz in Gips, und kleine Stäbe waren an meinen Griffeln wie befestigt, wie man es bei Blumen macht, damit sie gerade wachsen, und auch meine armen alten Nogas waren ganz ausgestreckt und eingegipst bis zu den Knöcheln. Dann merkte ich, daß ich mit dem ganzen Plotti wie in einem Gipsbett lag, und wo kein Gips war, da waren Drahtkäfige und Bandagen, und von meinem Arm ging ein dünner Schlauch zu einer Flasche, die umgekehrt an einem Gestell neben meinem Bett hing. Aber ich konnte absolut nichts fühlen, o meine Brüder.

Neben meinem Bett saß eine Krankenschwester, und sie las in einem Buch, und du konntest sehen, daß es ein Roman oder eine Geschichte war, weil eine Menge umgedrehte Kommas und Absätze darin vorkamen, und sie schnaufte ziemlich dabei uh uh uh, also mußte es eine Geschichte über das alte Rein-Raus gewesen sein. Sie war eine echte Horrorschau von einer Dewotschka, diese Krankenschwester, mit einem sehr roten Mund und langen Wimpern über ihren Glotzies, und trotz ihrer wie sehr steifen Uniform konntest du sehen, daß sie sehr horrorschaumäßige Grudies hatte. Also sagte ich zu ihr:

»Was gibt's, o meine kleine Schwester? Komm und leg dich zu deinem malenki Droog in dieses Bett.« Aber die Slovos kamen nicht richtig raus, denn es war, wie wenn meine alte Schnauze ganz lahm wäre, und wie ich mit der Zunge darin rumfühlte, merkte ich, daß einige von meinen Zubis nicht mehr da waren. Aber diese Krankenschwester sprang wie vom Affen gebissen auf und ließ ihr Buch auf den Boden fallen. »Oh«, sagte sie, »Sie sind bei Bewußtsein! Sie haben endlich das Bewußtsein wiedererlangt.«

Das war ein großer Mundvoll für eine malenki Titsa wie sie, und ich versuchte es zu sagen, aber die Slovos kamen nur wie er er er uh uh raus. Sie lief wie aufgeregt fort und ließ mich allein, und ich sah jetzt, daß ich einen malenki Raum für mich allein hatte und nicht in einem von diesen langen Sälen war, die ich als sehr kleiner Malitschick mal kennengelernt hatte, voll von hustenden und spuckenden sterbenden stari Vecks, womit sie erreichten, daß man sehr schnell wieder gesund werden wollte. Es war so was wie Diphtherie gewesen, was ich damals gehabt hatte, meine Brüder.

Es schien, daß ich nicht so sehr lange bei Bewußtsein bleiben konnte, denn ich schlief beinahe sofort wieder ein, sehr skorri, aber es war mir irgendwie klar, daß diese Krankenschwester-Titsa nach ein oder zwei Minuten zurückkam und Tschellovecks in weißen Mänteln mitbrachte, die mich sehr stirnrunzelnd besmotteten und hm hm hm über euren ergebenen Erzähler machten. Und bei ihnen, da war ich ganz sicher, war der alte Kabbes aus dem Knast und govoritete: »O mein Sohn, mein Sohn«, und atmete einen sehr abgestandenen Sung von Whisky auf mich. Dann sagte er: »Aber ich konnte nicht bleiben, o nein. Ich konnte in keiner Weise billigen, was diese Bratschnis mit den anderen armen Prestupniks machen wollen. So ging ich, und nun predige ich darüber, mein geliebter kleiner Sohn in J. C.«

Später wachte ich auf, und wen sollte ich um das Bett versammelt sehen als diese drei Bratschnis, aus deren Wohnung ich auf die Straße gesprungen war, D. B. da Silva und Soundso Rubinstein und Z. Dolin.

»Freund«, sagte einer von diesen Vecks, aber ich konnte nicht gut sehen oder sluschen, welcher. »Freund, kleiner Freund«, sagte diese Goloß, »das Volk ist entflammt von Entrüstung. Du hast diese prahlerischen Schurken in der Regierung um die Chance der Wiederwahl gebracht. Du hast der Freiheit einen guten Dienst geleistet.«

Ich war versucht zu sagen: »Wenn ich abgekratzt wäre, dann wäre es noch besser für euch politische Bratschnis gewesen, nicht wahr, ihr heuchlerischen und verräterischen merzky Droogs, die ihr seid?« Aber alles, was rauskam, war er er er. Dann schien einer von diesen dreien ein Bündel mit Ausschnitten von Gazettas vor meine Nase zu halten, und ich sah ein furchtbares Foto von mir, wie ich ganz voll Krovvy auf einer Bahre lag, und ich schien mich zu erinnern, daß es wie Lichtblitze gegeben hatte, und das mußten Fotografenvecks gewesen sein. Dann konnte ich die Überschriften lesen, die in den Griffeln von diesem Tschelloveck zitterten, der mir die Ausschnitte hinhielt, und sie waren wie JUGENDLICHES OPFER ÜBERSTÜRZTER REFORMPLÄNE und REGIERUNG ALS MÖRDER und FRAGWÜRDIGE METHODEN DER STRAFVOLLZUGSREFORM. Dann war da ein Bild von einem Veck, der mir bekannt vorkam, und die Bildunterschrift sagte nur RAUS RAUS RAUS, und das mußte der Minister des Inneren sein. Dann sagte die Krankenschwester-Titsa:

»Sie sollten ihn nicht so aufregen. Sie sollten alles vermeiden, das ihn beunruhigen könnte. Gehen Sie jetzt lieber. Der Patient ist noch sehr schwach.« Ich versuchte zu sagen:

»Raus raus raus«, aber es war wieder er er er. Wie auch immer, diese drei politischen Vecks verzogen sich. Und ich ging auch, bloß zurück ins andere Land, zurück in die Schwärze, die von seltsamen Träumen erhellt wurde, doch wußte ich nicht, ob sie Träume waren oder nicht, meine Brüder. Wie zum Beispiel diese Vorstellung, daß mein Plotti von etwas entleert wurde, das schmutziges Wasser sein mochte, worauf man ihn wieder mit sauberem füllte. Und dann gab es wirklich schöne und horrorschaumäßige Träume, in denen ich im Auto irgendeines Vecks saß, das ich gekrastet hatte, und ganz allein und fidel durch die Welt gurkte und Leute über den Haufen fuhr und sie wie bezumnie kreischen hörte, daß sie stürben, und ich ganz ohne Schmerzen und Übelkeit. Andere Träume handelten vom alten Rein-Raus mit Dewotschkas, und wie ich sie auf den Boden warf und es ihnen gab, während alle Leute rumstanden und in die Hände klatschten und jubelten wie die Irren. Und dann wachte ich wieder auf, und diesmal waren mein Dadda und meine Emme gekommen, um ihren kranken Sohn zu besuchen, und meine Emme machte wieder eine Horrorschau mit ihrem alten Buh huh huh huuh. Ich konnte jetzt schon viel besser govoriten und konnte sagen:

»Sieh da, sieh da, sieh da, was gibt's? Was macht euch denken, ihr seid willkommen?«

Mein Dadda räusperte sich und sagte in einer leisen und wie stockenden Goloß, als ob er sich schämte:

»Du warst in den Zeitungen, Junge. Wir haben sie alle gelesen. Darin stand, daß sie dir großes Unrecht getan hatten, und wie die Regierung dich bis zum Selbstmord trieb. Und es war auch unsere Schuld, Junge, in einer Weise. Dein Heim ist dein Heim, wenn alles gesagt und getan ist, Junge.« Und meine Emme machte weiter mit ihrem buh huh huh und sah häßlich aus wie Leck mich am Arsch. So sagte ich:

»Und wie befindet sich Ihr neuer Sohn Joe, geehrte Mutter? Befleißigt er sich eines sittsamen und tugendreichen Lebenswandels, wie es zich ziemt? Ich vertraue auf Gott, daß er sich unveränderten Wohlbefindens erfreut.« Meine Em sagte:

»Oh, Alex Alex. Ouwwwww huh huh huh.« Mein Pe sagte:

»Eine sehr unglückliche Geschichte, Junge. Er kam ein bißchen in Schwierigkeiten mit der Polizei, und sie spielte ihm übel mit.«

»Wirklich?« sagte ich. »Wirklich? So ein guter braver Tschelloveck und alles. Ich bin zutiefst bestürzt, ehrlich.«

»Er kümmerte sich um seine eigenen Angelegenheiten«, sagte mein Pe, »und die Polizei forderte ihn zum Weitergehen auf. Er wartete an einer Ecke auf ein Mädchen, mit dem er sich verabredet hatte. Und sie sagten ihm, er solle weitergehen und nicht rumstehen, und er sagte, er habe Rechte wie jeder andere Bürger, und dann fielen sie über ihn her und schlugen ihn grausam zusammen.«

»Schrecklich«, sagte ich. »Einfach schrecklich. Und wo ist der arme Junge jetzt?«

»Ouwwwww«, heulte meine Em. »Zurückgegangen, ouwwwwwhuhuhuh.«

»Ja«, sagte mein Dadda. »Er ist in seine Heimatstadt zurückgekehrt, um sich zu erholen. Sie mußten seinen Arbeitsplatz einem anderen geben.«

»Und nun«, sagte ich, »weil das Zimmer sowieso leer steht, seid ihr bereit, mich wieder aufzunehmen und die Dinge sein zu lassen, wie sie früher waren?«

»Ja, mein Sohn«, sagte mein Dadda. »Bitte, Junge.«

»Ich werde es mir überlegen«, sagte ich. »Ich werde es mir sehr sorgfältig überlegen.«

»Ouwwwww huh huh huh huh«, machte meine Emme.

»Ah, hör endlich auf«, sagte ich, »oder ich werde dir was Richtiges zum Heulen und zum Jammern geben. Deine Zubis werde ich dir einschlagen.«

Und, o meine Brüder, auf diese Slovos hin fühlte ich mich gleich ein malenki bißchen besser, wie wenn lauter ganz frisches rotes Krovvy durch meinen Plotti strömte, frei von diesem höllischen Ludovico-Gift. Das war was, worüber ich nachdenken mußte. Vielleicht hatte es mir ganz schlecht gehen müssen, bevor es mir besser gehen konnte.

»Das ist keine Art, zu deiner Mutter zu sprechen, Junge«, sagte mein Pe. »Schließlich hat sie dich zur Welt gebracht.«

»Ja«, sagte ich, »in eine richtig graznige beschissene Welt.« Ich schloß meine Glotzies wie in Schmerzen und sagte: »Geht jetzt fort. Ich werde mir das mit dem Zurückkommen überlegen. Aber die Dinge werden sehr viel anders sein müssen.«

»Ja, mein Sohn«, sagte mein Dadda. »Was du willst.«

»Ihr werdet euch darüber klar werden müssen«, sagte ich, »wer das Sagen haben soll.«

»Ouwwwww«, machte meine Em weiter.

»Sehr gut, Junge«, sagte mein Dadda. »Die Dinge werden so sein, wie du möchtest. Werde nur gesund.«

Als sie gegangen waren, lag ich wach und dachte an verschiedene Wetsches, und lauter verschiedene Bilder gingen durch meinen Gulliver, und als die Krankenschwester-Titsa wieder reinkam, um mir die alte Bettpfanne unterzuschieben und das Kopfkissen zurechtzuzupfen, sagte ich zu ihr:

»Wie lange bin ich schon hier?«

»Neun Tage«, sagte sie.

»Und was haben sie mit mir gemacht?«

»Nun«, sagte sie, »Sie hatten mehrere Knochenbrüche und Prellungen und eine schwere Gehirnerschütterung und eine Wirbelsäulenverletzung, und Sie hatten eine Menge Blut verloren. Das alles mußte natürlich behandelt und versorgt werden, nicht wahr?«

»Aber«, sagte ich, »hat jemand was mit meinem Gulliver gemacht? Ich meine, haben sie im Inneren mit meinem Gehirn herumgespielt?«

»Was immer die Ärzte getan haben«, sagte sie, »es war alles zu Ihrem Besten.«

Aber ein paar Tage später kamen ein paar Doktorvecks zu mir, zwei jüngere Vecks, die sehr sladki lächelten, und sie hatten wie ein Bilderbuch bei sich. Einer von ihnen sagte:

»Wir hätten gern, daß Sie sich dies einmal ansehen und uns sagen, was Sie beim Betrachten der Abbildungen denken. Einverstanden?«

»Was gibt es, o meine kleinen Droogies?« sagte ich. »Welche neuen bezumnie Ideen haben eure Gehirne entbunden?« Darauf hatten sie beide einen kleinen verlegenen Smeck, und sie setzten sich auf die Bettkante, jeder auf eine Seite von mir, und schlugen dieses Buch auf. Auf der ersten Seite, die sie mir zeigten, war eine Aufnahme von einem Vogelnest zu sehen, und es lagen fünf oder sechs schöne gesprenkelte Eier darin.

»Ja?« sagte einer von diesen Doktorvecks.

»Ein Vogelnest«, sagte ich. »Voll von Eiern, würde ich sagen. Sehr, sehr hübsch.«

»Und was würden Sie gern damit machen, wenn Sie es hätten?« fragte der andere.

»Oh«, sagte ich, »sie zerschmeißen. Eins nach dem anderen aus dem Nest nehmen und gegen eine Wand oder einen Felsen oder was schmeißen und dann sehen, wie sie zerplatzen und der Saft runterläuft.«

»Gut gut«, sagten sie beide, und die Seite wurde umgewendet. Das nächste Bild war eine Aufnahme von einem dieser bolschigen großen Vögel, Pfauen genannt, und er hatte alle seine Schwanzfedern aufgestellt und ausgebreitet zu einem Rad. Sie schillerten in allen Farben, und es sah sehr stolz und wie prahlerisch aus.

»Ja?« sagte einer von diesen Vecks.

»Ich würde«, sagte ich, »alle diese Federn ausreißen und sluschen, wie er Zeter und Mordio kreischt. Weil er so prahlerisch ist.«

»Gut«, sagten sie beide, »gut gut gut.« Und sie blätterten weiter. Da waren Bilder von wirklich horrorschaumäßigen Dewotschkas, und ich sagte, ich würde ihnen gern die Platties rizrazzen und ihnen das alte Rein-Raus geben, richtig auf die viehisch-brutale Tour. Dann sah ich Aufnahmen von Tschellovecks, die mit dem Stiefel ins Litso kriegten, und überall war das rote rote Krovvy, und ich sagte, daß ich gern dabeisein würde. Und dann gab es ein Bild von dem alten nagoi Droog des Gefängnispfarrers, wie er sein Kreuz einen Hügel raufschleppte, und ich sagte, ich würde gern mit dem alten Hammer und den Nägeln machen.

»Gut gut gut.«

Ich sagte: »Was soll das alles? Was hat es zu bedeuten?«

»Tiefe Hypnopaedia«, sagte einer von diesen zwei Vecks, oder so ein ähnliches Slovo. »Sie scheinen geheilt zu sein, mein Lieber.«

»Geheilt?« sagte ich. »Ich bis an den Hals eingegipst in diesem Bett, daß ich nicht den kleinen Finger rühren kann, und Sie sagen geheilt? Scheiß auf solche Heilung ist, was ich sage.«

»Warten Sie ab, junger Freund«, sagte der andere. »Es wird jetzt nicht mehr so lange dauern.«

Und so wartete ich, o meine Brüder, und bald ging es mir viel besser, und ich kriegte richtiges Essen und bolschige Tassen mit dem alten Tschai, und eines Tages sagten sie mir dann, daß ein sehr besonderer und hochstehender Besucher zu mir kommen würde.

»Wer soll das sein?« fragte ich, während sie das Bettzeug wechselten und meine Haare kämmten, denn ich hatte jetzt keine Bandagen mehr um den Gulliver, und mein Haar wuchs wieder.

»Sie werden sehen, Sie werden sehen«, sagten sie.

Und ich sah. Nachmittags um halb drei kamen eine Menge Fotografen und Vecks von Gazettas mit Notizbüchern und Bleistiften, und all dieser Scheiß. Und eine halbe Stunde später erschien dieser bedeutende und wichtige Veck, Brüder, der euren ergebenen Erzähler besuchen wollte, und natürlich war es kein anderer als der Minister des Inneren, gekleidet nach der lezten Mode und mit einem sehr dorogoi Brillantring. Ich hörte ihn schon draußen mit den Ärzten govoriten und erkannte ihn gleich an seiner Oberklassen-Goloß, und dann kam er rein und grinste wie bezumnie für die Fotografenvecks, während die Blitzlichter zuckten. Und die Blitzlichter machten unaufhörlich weiter, als er an mein Bett kam und seine Hand ausstreckte und eine kleine Schau daraus machte, wie er meine abgemagerten Griffel drückte und Radosty mimte. Ich sagte: »Gut gut gut gut. Was gibt's denn, alter Droogie?« Niemand schien das zu kapieren, aber jemand sagte in einer sehr wie strengen Goloß:

»Mehr Respekt für den Minister, wenn ich bitten darf.«

»Spuck nicht, Alter«, sagte ich, knurrend wie ein Hund.

»Schon gut, schon gut«, sagte der Innenminister sehr skorri. »Er spricht zu mir als einem Freund, nicht wahr, mein Junge?«

»Ich bin jedermanns Freund«, sagte ich. »Außer für meine Feinde.«

»Und wer sind deine Feinde?« sagte der Ministerveck, während die Gazettavecks alle wie die Irren in ihre Notizbücher kritzelten. »Sag uns das, mein Junge.«

»Alle, die mir unrecht tun, sind meine Feinde«, sagte ich.

»Nun«, sagte der Innenminister und setzte sich neben mein Bett. »Ich und die Regierung, deren Mitglied ich bin, möchten, daß du uns als Freunde betrachtest. Ja, als Freunde. Wir kümmern uns um dich, ja. Du bekommst hier die beste Behandlung. Wir haben dir nie Schlechtes gewünscht, aber es gibt einige Menschen, die dich für niederträchtige Spekulationen mißbrauchen wollten und nicht davor zurückschreckten, dich ihren Zielen zu opfern. Und ich glaube, du weißt, wer diese Menschen sind, mein Junge.«

»Alle, die mir unrecht tun«, sagte ich, »sind meine Feinde.«

»Ja ja ja«, sagte er. »Die Leute, von denen ich spreche, wollten dich für politische Zwecke gebrauchen. Sie wären glücklich gewesen, ja, glücklich, wenn du den Tod gefunden hättest, denn sie dachten, sie könnten danach die Regierung für alles verantwortlich machen. Ich denke, du kennst diese Männer.«

»Ja«, sagte ich. »Mir gefiel ihr Aussehen nicht.«

»Da gibt es einen Mann«, sagte der Innenminister, »namens F. Alexander, einen Verfasser subversiver Schriften, der nach deinem Blut gierte. Er war verrückt vor Verlangen, dir ein Messer in den Leib zu stoßen. Aber du bist jetzt vor ihm sicher, mein Junge. Wir haben ihn in Gewahrsam genommen.«

»Zuerst war er wie ein Droogie zu mir«, sagte ich. »Wie eine Mutter war er.«

»Er entdeckte, daß du ihm unrecht getan hattest. Wenigstens«, sagte der Ministerveck sehr skorri, »glaubte er es. In seinem Kopf setzte sich die Vorstellung fest, daß du, mein Junge, für den Tod einer Person verantwortlich seiest, die ihm nahestand.«

»Sie meinen«, sagte ich, »daß jemand es ihm sagte?«

»Er hatte diese Idee«, sagte der Minister mit einer Handbewegung. »Ich möchte sagen, daß es eine Art

Zwangsvorstellung war, die ihn unberechenbar machte. Er war eine Bedrohung. Wir brachten ihn zu seinem eigenen Schutz in eine Nervenheilanstalt. Und natürlich auch zu deinem Schutz.«

»Sehr freundlich von Ihnen«, sagte ich.

»Wenn du hier entlassen wirst«, sagte er, »brauchst du dir keine Sorgen zu machen. Wir werden uns um alles kümmern. Du wirst einen guten Arbeitsplatz mit guter Bezahlung erhalten. Denn du hilfst uns.«

»Wirklich?« sagte ich.

»Wir helfen immer unseren Freunden, nicht wahr?« Und dann nahm er meine Hand, und irgendein Veck schrie: »Lächeln!« und ich lächelte wie bezumnie, ohne nachzudenken, und dann klickte und blitzte und blitzte es, als die Fotografenvecks Aufnahmen von mir und dem Innenminister machten, wir beisammen wie die alten Droogies.

»Guter Junge«, sagte dieser bedeutende Tschelloveck. »Guter Junge. Und nun, sieh mal, ein Geschenk.«

Was jetzt reingetragen wurde, Brüder, war ein großer, schimmernder Kasten, und ich sah sofort, was für ein Wetsch es war. Es war eine Stereoanlage. Sie wurde neben meinem Bett aufgestellt und geöffnet, und irgendein Veck machte mit den Anschlüssen.

»Was soll es sein?« fragte ein anderer Veck, der eine Otschky auf der Nase und einen Stapel von schönen, glänzenden Taschen mit Langspielplatten in den Griffeln hatte. »Mozart? Beethoven? Schönberg? Orff?«

»Die Neunte«, sagte ich. »Die herrliche Neunte.«

Und die Neunte war es, o meine Brüder. Alle gingen leise und wie verstohlen raus, während ich mit geschlossenen Glotzies dalag und die wunderbare Musik sluschte. Der Ministerveck sagte: »Guter Junge«, und er klopfte mir auf die rechte Pletscho, und dann zog er auch ab. Nur noch ein Veck war übrig, und der kam an mein Bett und sagte: »Bitte hier unterschreiben.« Ich machte meine Glotzies halb auf und unterschrieb, ohne zu wissen, was, und es war mir auch egal, Brüder. Dann war ich allein mit der prächtigen Neunten von Ludwig van.

Oh, es war die Herrlichkeit und alles. Als das Scherzo kam, konnte ich mich mit meinem wie inneren Auge sehen, wie ich auf sehr leichten und wie beschwingten Nogas rannte und rannte und das Litso der ganzen kreischenden Welt mit meiner Britva aufschlitzte. Und den langsamen Satz und die liebliche Schlußode hatte ich noch vor mir. Ich war geheilt, kein Zweifel.

7

»Was soll's denn nun sein, hm?«

Da war ich, euer ergebener Erzähler, und da waren meine drei Droogs, nämlich Len, Rick und Bully, den wir so nannten, weil er einen bolschigen Stiernacken und eine sehr gromkige Goloß hatte. Wir saßen in der Korova-Milchbar und überlegten, was wir mit dem Abend machen sollten, einem arschkalten Winterbastard, aber trokken. Ringsum waren Tschellovecks, weit weg auf ihren Trips von Milch plus Vellocet oder Synthemesk oder Drencrom oder anderen Wetsches, die dich weit weit weg von dieser wirklichen und beschissenen Welt und in das Land führten, wo du Bog und alle seine Engel und Heiligen in deinem linken Schuh bewundern konntest, während in deinem alten Mozg Lichter sprühten und platzten. Was wir pitschten, war die alte Moloko mit Messern drin, wie wir zu sagen pflegten, die machte dich scharf und bereit für ein bißchen schmutziges Zwanzig-gegen-einen, aber das habe ich euch schon alles erzählt.

Wir waren nach der letzten Mode gekleidet, und das

waren in jenen Tagen diese sehr weiten Pantalonies und eine sehr lose sitzende schwarze Lederjacke über einem offenen Sporthemd mit Halstuch. In dieser Zeit war es auch die Höhe der Mode, die alte Britva auf dem Gulliver zu gebrauchen, so daß das meiste vom Gulliver wie kahl war und Haar nur an den Seiten wuchs. Aber an den alten Nogas war es immer das gleiche – richtig horrorschaumäßig, bolschige Sabogs zum Eintreten von Litsos.

»Was soll's denn nun sein, eh?«

Ich war der älteste von uns vieren, und die anderen blickten zu mir als ihrem Anführer auf, aber manchmal schien es mir, daß Bully in seinem dicken Gulliver die Idee hatte, sich selber zum Anführer zu machen, wegen seiner Größe und der gromkigen Goloß, die aus ihm rausbellte, wenn er auf dem Kriegspfad war. Aber alle die guten Einfälle kamen von eurem Ergebenen, o meine Brüder, und dann war da auch dieses Ding, daß ich berühmt gewesen war und mein Bild und die Artikel und all den Scheiß in den Gazettas gehabt hatte. Auch hatte ich den bei weitem besten Job von uns vieren, denn ich war in der Musikabteilung des Nationalarchivs, mit einer Horrorschau von einer Lohntüte am Monatsende und vielen schönen Gratisplatten für mein malenki Selbst als Zugabe.

An diesem Abend war es ziemlich voll in der alten Korova. Vecks und Dewotschkas und Malitschicks smeckten und pitschten, und über ihrem Govoriten und dem Gebrabbel der Trip-Brüder mit ihrem ›Gorgo und der Wurm sprüht in Filterspitzen Schlächterkugeln‹, und all diesem Scheiß konntest du eine Popplatte auf dem Stereo sluschen, Ned Achimota, der ›Dieser Tag, ja, dieser Tag‹ heulte. Auf den Barhockern saßen drei Dewotschkas, alle nach dem letzten Schrei der Mode gekleidet, daß heißt, mit ungekämmtem langen Haar, ganz weiß gefärbt, und falschen Grudies, die einen Meter oder mehr vorragten, und sehr sehr engen und kurzen Röcken, die kaum die Hintern bedeckten, mit lauter wie Spitzen darunter, und Bully sagte dauernd: »Wetten, daß wir da reinkönnten? Drei von uns ganz bestimmt, und Len ist sowieso nicht interessiert. Lassen wir den alten Len allein mit seinem Gott.« Und Len sagte dauernd: »Meine Eier, wo ist der Geist von alle für einen und einer für alle, hm?« Auf einmal fühlte ich mich zugleich sehr sehr müde und voll von prickelnder Energie, letztere kam von den Tschuris in der alten Moloko, und ich sagte:

»Raus raus raus raus raus.«

»Wohin?« sagte Rick, der ein Litso wie ein Frosch hatte.

»Oh, bloß sehen, was draußen los ist«, sagte ich. Aber irgendwie, meine Brüder, fühlte ich mich sehr angeödet und ein bißchen hoffnungslos, und solche Gefühle hatte ich in diesen Tagen öfter als mir lieb war. Also wandte ich mich zu dem Tschelloveck, der mir am nächsten saß, auf dieser langen plüschigen Bank, die um das ganze Mesto ging. Dieser Veck war weit weg auf seinem Trip ins andere Land und starrte mit wässerigen Glotzies ins Leere, die Labbe weit offen, und gurgelte und lallte Slovos wie: »Ka-Karren alte Tugend hinter wo liegen Teufel Kartoffeln?« Und aus lauter Langeweile machte ich mit der Faust und knallte ihm skorri ack ack ack ein paar in den Bauch. Aber er fühlte es nicht, Brüder, und blubberte einfach weiter. Und so latschten wir aus diesem Mesto in die große Winternotschi.

Wir gingen den Marghanita Boulevard runter und sahen keine Bullen in dieser Richtung Streife fahren, und als wir nach einer Weile einem stari Veck begegneten, der gerade von einem Kiosk wegging, wo er eine Gazetta kupettet hatte, sagte ich zu Bully: »Also los, Bully, du kannst, wenn du willst.«

In diesen Tagen hatte ich mir mehr und mehr angewöhnt, bloß die Befehle zu geben und dann dabeizustehen und zuzusehen, wie sie ausgeführt wurden. Bully stoppte den Veck und hobelte ihm das Litso ohne lange Vorreden, bis das rote Krovvy floß und er zu keuchen anfing, er er er, und der Veck stieß dazu Schreie aus wie ein abgestochenes Schwein, aber dann stellte Len ihm ein Bein, und er flog hin, und sie machten mit den Sabogs, bis er nur noch stöhnte, und dann hatten sie einen lauten Smeck und sahen zu, wie er wimmernd nach Hause kroch. Bully sagte:

»Wie wär's mit einem richtig bolschigen Schotten gegen die Kälte, o Alex?« Denn wir waren nicht weit vom ›Duke of New York‹. Die anderen zwei nickten ja ja ja, aber alle smotteten zu mir, um zu sehen, ob das in Ordnung ging. Ich nickte auch, und so zottelten wir hin. In der Stampe hockten wieder diese stari Babuschkas, an die ihr euch vom Anfang erinnern werdet, und fingen alle sofort mit ihrem »Guten Abend, Jungs, Gott segne euch, Jungs, die nettesten Burschen, die es je gegeben hat, wirklich, das seid ihr« und all dem Scheiß an, und sie warteten, daß wir sagten: »Na los, Mädchen, sagt, was ihr wollt, und es kommt auf den Tisch.« Wir pflanzten uns hinter unseren Stammtisch, und Bully klingelte. Der Kellner kam und rieb seine Griffel an der fettigen Schürze und nickte uns der Reihe nach zu, denn wir waren gute Kunden.

»Pulver auf den Tisch«, sagte Bully. »Heute machen wir einen drauf, Droogies.« Und er zog eine Handvoll Deng aus dem Stopfer, Scheine und Kleinzeug durcheinander, und knallte alles auf die Platte. »Schotten wie üblich für uns, und das gleiche für die alten Babuschkas, eh?« sagte er zu mir. Und dann sagte ich:

»Ah, zum Teufel. Laß sie ihren Kram selber kaufen.«

Ich wußte nicht, was es war, aber in diesen letzten Tagen war ich wie knauserig geworden. In meinen Gulliver war so was wie ein Verlangen gekommen, all mein Deng für mich zu behalten, wie um es für irgendeinen Zweck zu horten. Bully sagte:

»Was gibt's, Bratti? Was ist in den alten Alex gefahren?«

»Ah, zum Teufel«, sagte ich. »Ich weiß nicht. Ich weiß selbst nicht. Ich steh einfach nicht mehr darauf, mein sauer verdientes Pulver rumzuschmeißen, das ist es.«

»Verdient?« sagte Rick. »Verdient? Es braucht nicht verdient zu werden, wie Er sehr wohl weiß, alter Droogie. Es wird genommen, das ist alles. Genommen.« Und er smeckte gromkig wie über einen guten Witz, so daß ich genau sehen konnte, daß zwei von seinen Zubis nicht mehr ganz Horrorschau waren.

»Ah«, sagte ich, »laß mich mal nachdenken.« Aber wie ich sah, daß diese alten Sumkas richtig gierig auf eine kostenlose Runde warteten, machte ich mit den Pletschos und zog mein eigenes Pulver aus den Pantalonies und packte es mit Geklimper und Geraschel auf den Tisch.

»Doppelte Schotten für drüben und hier, in Ordnung«, sagte der Kellner, aber aus irgendeinem Grund sagte ich:

»Nein, für mich ein kleines Bier, klar?«

»Du gefällst mir heute gar nicht, alter Droogie«, sagte Len und legte seine Griffel an meinen Gulliver, als wollte er sagen, ich müsse Fieber haben, aber ich knurrte wie ein Hund kurz vor dem Zurückschnappen, und er zog seinen Arm skorri zurück.

»Schon gut, schon gut, reg dich nicht auf, Droog«, sagte er. »Es geschehe nach deinem Worte.« Unterdessen smottete Bully sehr interessiert auf etwas, das mit dem Geld aus meiner Tasche auf dem Tisch gelandet war. Er sagte:

»Gut gut gut. Alle Achtung, ein strammer Bursche. Und wir haben gar nichts davon gewußt.« Und er pflückte dieses Ding aus meinen Scheinen.

»Gib das her!« knurrte ich und griff skorri danach. Ich konnte nicht erklären, wie es dahin gekommen war, Brüder, aber es war ein Foto, eines von diesen Serienbildern, wie man sie manchmal in Haferflockenpackungen findet, und es war von einem Baby. Es war von einem Baby, das fröhlich gurgelnd auf einem Schaffell lag und mit den dicken kurzen Armen machte, go go go, und die Moloko tropfte ihm aus dem Mund, weil es mit einem breiten, wie vertrauensseligen Smecken zu allen aufblickte. Es war ganz nagoi, und sein Fleisch war in lauter Falten, denn es war ein sehr fettes Baby.

Dann gab es ein bißchen Hin und Her und ho ho ho, weil sie alle an das Bild ranwollten, und so mußte ich sie wieder anknurren, und ich grapschte das Bild aus Bullys Griffeln und rizrazzte es in lauter kleine Stückchen und ließ sie wie Schneeflocken auf den Boden rieseln. Endlich kam dann der Whisky, und die stari Babuschkas sagten: »Auf euer Wohl, Jungs, Gott segne euch, Jungs, tausend Dank, Jungs«, und all den Scheiß. Und eine von ihnen, die ganz verschrumpelt war und keinen Zubi mehr in den wie eingesunkenen Gubern hatte, mummelte:

»Du mußt kein Geld zerreißen, Junge. Wenn du es nicht brauchst, gib es denen, die keins haben.« Das war sehr kühn und vorwitzig von ihr, aber bevor ich ihr, razdraz wie ich war, das Wort zum Sonntag govoriten konnte, sagte Rick:

»Geld war das nicht, o Babuschka. Es war ein Foto von einem lieben, kleinen, schnuckligen, süßen Baby.« Ich sagte:

»Ihr macht mich heute irgendwie müde, mit eurem Scheiß. Ihr seid die Babys. Alles, was ihr könnt, ist rumhängen und grinsen und smecken und irgendwelchen Leuten bolschige Tollschocks geben, wenn sie nicht zurückgeben können.«

»Nun, also wir dachten immer«, sagte Bully, »daß du der König von diesen Sachen bist, und auch der Lehrer. Nicht in Form, das ist alles, was dich heute drückt, alter Droogie.«

Ich starrte dieses labberige Bier an, das vor mir auf dem Tisch stand, und auf einmal war mir wie zum Kotzen, und ich machte »Aaaaah« und schüttete die ganze schaumige merzky Seiche auf den Boden.

»Hört zu, Droogies«, sagte ich. »Bully hat recht. Heute abend bin ich irgendwie nicht in der Stimmung. Ich weiß nicht wie oder warum, aber es ist so. Ihr drei geht diese Notschi eure eigenen Wege und laßt mich dabei raus. Morgen treffen wir uns wie gewöhnlich, gleiche Zeit, gleicher Ort, und dann werde ich mich hoffentlich viel besser fühlen.«

»Oh«, sagte Bully, »tut mir richtig leid.« Aber du konntest eine Art Glanz in seinen Glotzies sehen, denn nun würde er für diese Notschi der Anführer sein. Macht, Macht, dachte ich, das ist, was alle scharf macht. Alle wollen Macht, und wenn sie noch so bezumnie sind.

»Wir können bis morgen vertagen«, sagte Bully, »was wir vorhatten. Ich meine, diesen Laden in der Gagarin Street zu krasten. Da gibt es Horrorschau-Einnahmen, Droog, habe ich alles genau brankartet. Keine Schwierigkeiten, praktisch zum Mitnehmen.«

»Nein«, sagte ich. »Ihr vertagt nichts. Macht nur, wie ihr gerne wollt. Ich schieb jetzt ab.« Und ich stand von meinem Stuhl auf.

»Wohin willst du?« fragte Rick.

»Weiß ich nicht«, sagte ich. »Vielleicht heimwärts. Oder ein bißchen allein rumzotteln und die Dinge sortieren.«

Ich sah, daß die alten Babuschkas wie verwundert waren, daß ich so mürrisch abzog, gar nicht der strahlende und smeckende Malitschickiwick, an den sie sich vielleicht noch erinnerten. Aber ich murmelte: »Ah, zum Teufel, zum Teufel«, und machte aus dieser Stampe auf die Straße.

Es war dunkel, und ein Wind war aufgekommen, scharf wie ein Nozh, und es waren nur sehr sehr wenige Leute unterwegs. Ein Streifenwager mit brutalen Bullen drin kreuzte durch den Marghanita Boulevard, und dann und wann konntest du andere Bullen sehen, die zu Fuß Streife gingen, immer paarweise, und sie waren ganz junge Kerle, die mit den Füßen stampften und die Schultern eingezogen hatten, weil die Saukälte ihnen zu schaffen machte, o meine Brüder, und ihr Atem dampfte vor ihnen in der kalten Winterluft. Es war leicht zu sehen, daß sie sich den Bullendienst anders vorgestellt hatten, aber ich dachte mir, recht so, sollen sie sich die alten Ärsche abfrieren. Ich glaube, das meiste von dem alten Ultrabrutalen und Krasten starb jetzt allmählich aus, weil die Bullen so brutal mit denen waren, die sie krallten, aber dafür hatte sich so was wie ein Krieg zwischen unartigen Nadsats und den Bullen entwickelt, der mit Nozh und Britva und Gummiknüppel und sogar mit dem alten Ballermann ausgetragen wurde. Aber was in diesen Tagen mit mir los war, Brüder, das war, daß es mich irgendwie ziemlich kalt ließ. Es war, wie wenn irgendwas über mich gekommen wäre, bloß wußte ich nicht, was und warum. Manchmal wurde ich wie weich, aber was ich eigentlich wollte, konnte ich nicht sagen. Selbst die Musik, die ich in meiner malenki Höhle sluschte, war von einer Art, über die ich früher gesmeckt hätte, Brüder. Ich pflegte jetzt mehr die malenki romantischen Lieder zu sluschen, bloß eine Stimme mit Klavierbegleitung, sehr ruhig und wie sehnsuchtsvoll und ganz anders als in den alten Tagen, wo es lauter bolschige Orchester gewesen waren, und ich zwischen den Streichern und den Blechbläsern und den Kesselpauken auf dem Bett. Etwas passierte in mir, und ich fragte mich, ob es wie eine Krankheit war, oder ob sie vielleicht doch meinen Gulliver aufgemacht und in meinem Mozg herumgepfuscht hatten, so daß ich allmählich ganz durcheinanderkäme und bald richtig bezumnie sein würde.

Mit solchen Gedanken im gebeugten Gulliver und die Hände tief in den Stopfern meiner Pantalonies vergraben, zottelte ich durch die Stadt, Brüder, und zuletzt begann ich mich sehr müde und durchgefroren zu fühlen und hatte großes Verlangen nach einer bolschigen Tasse heißen Tschai. Wie ich so an diesen Tschai dachte, hatte ich plötzlich wie ein Bild vor mir, wie ich in einem Lehnstuhl an einem knackenden Kaminfeuer saß und ganz allmählich diesen Tschai schlürfte, aber was dabei komisch und sehr sehr seltsam war, das war, daß ich mich in einen sehr stari Tschelloveck verwandelt zu haben schien, ungefähr siebzig Jahre alt, denn ich konnte meine eigene Glatze und den weißen Haarkranz darum sehen, und ich hatte auch einen Schnurrbart, der genauso weiß war. Ich konnte mich selber als einen stari Tatterer sehen, der am Feuer saß, und dann verschwand dieses Bild. Aber es war sehr wie sonderbar.

Ich kam zu einem von diesen Tee-und-Kaffee-Mestos, Brüder, und durch das breite Fenster konnte ich sehen, daß es voll von sehr langweiligen Spießern und alltäglichen Vecks und Titsas war, die diese sehr geduldigen und wie ausdruckslosen Litsos hatten und niemand was antun würden. Sie saßen alle sehr manierlich da und govoriteten ruhig und wie gesittet und pitschten ihren harmlosen Tschai oder Kaffee. Ich zottelte rein und zur Theke und kaufte mir einen guten heißen Tschai zum Aufwärmen, dann ging ich zu einem von den malenki runden Tischen, an dem noch ein Platz frei war, und setzte mich mit meiner Tasse. Außer mir saß noch ein junges Paar an diesem Tisch. Sie pitschten Kaffee und rauchten Krebsspargel mit Filter und govoriteten und smeckten sehr ruhig und leise miteinander, aber ich kümmerte mich nicht um sie, sondern schlürfte meinen Tschai und machte mit meinem Träumen weiter und überlegte, was das in mir sein mochte, das mich wie veränderte, und was alles noch mit mir passieren würde. Aber ich sah, daß die Dewotschka am Tisch eine echte Horrorschau war, eher unauffällig und keine von der Sorte, der du am liebsten gleich die Platties zerreißen und das alte Rein-Raus geben würdest, egal wo, aber mit einem wie feinen Litso und einem lächelnden Mund und sehr sehr schönen Haaren und all dem Scheiß. Und dann drehte sich dieser Veck, der mit ihr war und mir bis dahin halb den Rücken zugekehrt hatte, auf seinem Stuhl um und sah nach der großen Uhr, die sie in diesem Mesto an der Wand hatten, und dann sah ich, wer er war, und er sah, wer ich war.

Es war Pete, einer von meinen drei Droogs in jenen Tagen, wo es Georgie und Dim und er und ich gewesen waren. Es war ein Pete, der viel älter aussah als ich ihn in Erinnerung hatte, obwohl er jetzt nicht mehr als zwanzig Jahre und ein bißchen auf dem Rücken haben konnte. Er hatte sich einen sparsamen Schnurrbart zugelegt und einen gewöhnlichen Straßenanzug an, und seine Haare waren brav gescheitelt und ziemlich kurz geschnitten, und er sah genauso aus wie alle die Vecks, die morgens mit einem Butterbrot und einem Apfel in der Tasche ins Büro rasen und abends in Mestos wie diesem rumsitzen, wenn sie nicht zu Hause fernsehen. Ich sagte:

»Sieh da sieh da, Droogie, was gibt's? Sehr sehr lange nicht gesehen.« Und er sagte:

»Das ist ja der kleine Alex, nicht wahr?«

»Kein anderer«, sagte ich. »Eine lange lange lange Zeit seit jenen toten und vergangenen guten Tagen. Und nun ist der arme Georgie unter der Erde, wie ich sluschte, und der alte Dim ist ein brutaler Bulle geworden, und hier ist Er, ein reputierlicher Veck, und hier bin ich, und welche staunenswerten Neuigkeiten weiß Er zu vermelden, alter Droogie?«

»Er redet komisch, nicht?« sagte diese Dewotschka wie kichernd.

»Das hier«, sagte Pete zu der Dewotschka, »ist ein alter Freund. Sein Name ist Alex. Darf ich dir«, sagte er zu mir, »meine Frau vorstellen?«

Mein Mund klappte auf. »Frau?« sagte ich dann. »Frau Frau Frau? Ah nein, das kann nicht sein. Zu jung ist Er für den achtbaren Ehestand, alter Droog. Unmöglich unmöglich.«

Diese Dewotschka, die wie Petes Frau war (unmöglich), kicherte wieder und sagte zu Pete: »Hast du auch immer so geredet?«

»Nun«, sagte Pete und lächelte wie einfältig, »ich bin fast einundzwanzig. Alt genug zum Heiraten, und es ist schon zwei Monate her.«

»Nun«, sagte ich, immer noch staunend, »dieses zu fassen vermag ich nicht, alter Droogie. Pete verheiratet. Gut gut gut.«

»Wir haben eine kleine Wohnung«, sagte Pete. »Ich arbeite in der Schiffahrtsversicherung und verdiene sehr wenig Geld, aber mit der Zeit wird sich das bessern, das weiß ich. Und Georgina hier—«

»Wie war gleich dieser Name?« sagte ich, die Klappe immer noch offen, wie bezumnie. Petes Frau (Frau, Brüder) kicherte wieder.

»Georgina«, sagte Pete. »Georgina arbeitet auch. Als Stenotypistin, weißt du. Wir kommen einigermaßen durch. Es geht, es geht.«

Ich konnte meine Glotzies nicht von ihm wenden, Brüder. Er machte jetzt ganz auf erwachsen, mit Erwachsenengoloß und allem.

»Du mußt uns mal besuchen«, sagte Pete. »Du siehst immer noch sehr jung aus, trotz deiner schrecklichen Erlebnisse. Ja, wir haben alles darüber gelesen. Aber natürlich bist du auch noch sehr jung.«

»Neunzehneinhalb«, sagte ich.

»Tatsächlich?« sagte Pete. »Doch schon so alt? Sieh mal an. Nun«, sagte er, »wir müssen gehen.« Und er schenkte dieser seiner Georgina einen wie liebenden Blick und drückte ihre Griffel mit seinen, und sie gab ihm einen von diesen Blicken zurück, o meine Brüder.

»Ja«, sagte Pete und wandte sich wieder zu mir. »Wir wollen noch zu einer kleinen Party bei Greg.«

»Greg?« sagte ich.

»Ach ja, natürlich«, sagte Pete, »du kannst Greg nicht kennen. Greg ist nach deiner Zeit. Während du fort warst, kam Greg ins Bild. Er veranstaltet kleine Partys, weißt du, für junge Leute. Hauptsächlich Konversation und Denkspiele. Aber sehr nett, sehr angenehm, weißt du. Harmlos, wenn du verstehst, was ich meine.«

»Ja«, sagte ich. »Harmlos. Ja ja, ich verstehe. Ich sehe richtig Horrorschau.«

Und diese Georgina-Dewotschka kicherte wieder über meine Slovos. Und dann zottelten diese zwei fort zu ihren beschissenen Denkspielen bei diesem Greg, wer immer er war. Ich blieb ganz allein mit meinem Tschai, der inzwischen fast kalt geworden war, und ich dachte und sinnierte.

Das war es vielleicht, überlegte ich. Vielleicht wurde ich langsam zu alt für die Art von Dschizny, wie ich es geführt hatte, Brüder. Ich war jetzt neunzehn, und in einem halben Jahr würde ich zwanzig sein. Mit neunzehn hatte Wolfgang Amadeus Konzerte und Sinfonien und Opern und Oratorien und all diesen Scheiß geschrieben. Nein, nicht Scheiß, himmlische Musik. Und dann gab es den alten Felix M. mit seiner Ouvertüre. ›Mittsommernachtstraum‹. Und es gab andere. Und da war dieser französische Poetenveck, der vom alten Benjy Britt vertont worden war und der alle seine besten Sachen im Alter von fünfzehn geschrieben hatte, o meine Brüder.

Arthur war sein Vorname gewesen. Neunzehn war also kein ganz so junges Lebensalter. Aber was sollte ich machen?

Als ich durch die dunklen kalten Winterstraßen heimwärts zottelte, sah ich wieder diese wie Visionen, und sie waren wie diese Karikaturen in den Gazettas. Da war euer ergebener Erzähler Alex, wie er von der Arbeit zu einem guten warmen Abendessen nach Haus kam, und da war diese Titsa, die lächelte und ihn wie liebend begrüßte. Aber ich konnte sie mir nicht ganz so horrorschaumäßig vorstellen, Brüder, denn ich konnte mir nicht denken, wer es sein könnte. Aber ich hatte diese plötzliche sehr starke Idee, daß ich, wenn ich in das Zimmer ginge, wo das Feuer im Kamin knisterte und mein warmes Abendessen auf dem Tisch wartete, finden würde, was ich wirklich wollte, und nun paßte es alles irgendwie zusammen, dieses Serienbild aus der Haferflockenpackung und daß ich den alten Pete so getroffen hatte. Denn in diesem anderen Raum lag mein Sohn und gurgelte go go go in seinem Gitterbettchen. Ja ja ja, Brüder, mein Sohn. Und nun fühlte ich diese bolschige Leere in mir und war sehr erstaunt über mich. Ich wußte, was mit mir los war, o meine Brüder. Ich wurde erwachsen.

Ja ja ja, das war es. Jugend muß gehen, ah ja. Aber Jugend ist nur, in einer Weise, wie ein Tier zu sein. Nein, Jugend ist nicht so sehr, wie ein Tier zu sein, sondern eher wie eine von diesen malenki Spielzeugfiguren, wie sie manchmal auf den Straßen verkauft werden, wie kleine Tschellovecks aus Blech und mit einer Aufziehfeder im Inneren und einem malenki Drehgriff am Rücken, und wenn du ihn aufgezogen hast, grr grr grr, dann wackelt er los, und es ist wie ein Gehen. Aber er geht in einer geraden Linie und stößt wie blind gegen Dinge und kann nicht anders. Jung sein ist wie eine von diesen malenki Maschinen sein.

Mein Sohn. Wenn ich erst meinen Sohn hätte, dann würde ich ihm alles das erklären, sobald er stari genug wäre, um zu verstehen. Aber dann sah ich, daß er nicht verstehen würde oder nicht verstehen wollen würde, und daß er all den Scheiß machen würde, den ich gemacht hatte, ja, und vielleicht würde er sogar irgendeine arme stari Babuschka mit vielen miauenden Kots und Koschkas umbringen, und ich würde nicht fähig sein, ihn daran zu hindern. Genausowenig wie er seinen eigenen Sohn einmal daran hindern könnte, Brüder. Und so würde es weitergehen bis zum Ende der Welt oder der Menschheit, herum und herum und herum, wie wenn irgendein bolschiger, gigantischer Tschelloveck, wie wenn der alte Bog selber eine stinkende graznige Orange in seinen gigantischen Griffeln drehte und drehte und drehte.

Aber vor allem anderen, Brüder, war da dieses Ding, eine oder die andere Dewotschka zu finden, die eine Mutter zu diesem Sohn sein würde. Damit würde ich morgen gleich anfangen müssen, dachte ich. Das war wie was Neues, so was wie ein neues Kapitel im alten Dschizny, das ich nun aufschlagen würde.

Das ist, was es nun sein soll, Brüder, wie ich zum Ende dieser Geschichte komme. Ihr seid mit eurem kleinen Droog Alex überall gewesen und habt mit ihm gelitten, und ihr habt einige von den graznigsten Bratschnis gesehen, die der alte Bog je erschaffen hat, wie sie eurem alten Droog Alex Saures gaben. Und alles, was es damit auf sich hatte, war, daß ich jung war. Aber nun, wie ich diese Geschichte beende, Brüder, bin ich nicht jung, nicht länger mehr, o nein. Alex reifet heran, o ja.

Aber wo ich jetzt hinzottle, o meine Brüder, könnt ihr nicht gehen. Morgen ist alles wie süße Blumen und die Sterne und der alte Mond da oben, und euer alter Droog Alex sucht ganz allein eine wie Gefährtin. Und all diesen

Scheiß. Eine graznige stinkende Welt, wirklich, o meine Brüder. Und so ein Lebewohl von eurem kleinen Droog. Und allen anderen in dieser Geschichte gromkige Schums von der alten Lippenmusik brrrr. Und sie können mich am Arsch lecken. Aber ihr, o meine Brüder, gedenkt manchmal eures kleinen Alex, wie er war. Amen. Und all den Scheiß.

HEYNE
ALLGEMEINE REIHE

DIE GRUSEL GESCHICHTEN DES JAHRES von Stephen King, Dennis Etchison, Ramsey Campbell u.v.a.

01/6614

»Twilight Zone« **Schatten licht**

Unheimliche Geschichten von: Stephen King, Joyce Carol Oates, Robert Bloch, Peter Straub, Thomas Disch, Robert Sheckley u.a.

01/6428

JUBILÄUMSBAND HEYNE VERLAG

HORROR
STEPHEN KING
Der Nebel
DEAN R. KOONTZ
In der Kälte der Nacht
RICHARD MATHESON
Das Höllenhaus
FRITZ LEIBER
Herrin der Dunkelheit
JOHN SAUL
Nathaniel
Fünf unheimliche Romane

50/21

JUBILÄUMSBAND HEYNE VERLAG

Hochspannung
Ian Fleming
007 JAMES BOND UND DER GOLDENE COLT
Ken Follett/René Louis Maurice
UNTER DEN STRASSEN VON NIZZA
John D. MacDonald
HÖLLE IM NEONLICHT
Robin Moore
DIE VERSUCHUNG DES GRÜNEN TEUFEL
Helen MacInnes
DAS RAUSCHGIFT-KOMPLOTT
Fünf ungekürzte Romane

50/28

JUBILÄUMSBAND HEYNE VERLAG

Angst
JAMES HERBERT
Die Erscheinung
THOMAS M. DISCH
Das Geschäft mit dem Grauen
IRA LEVIN
Rosemaries Baby
ROBERT BLOCH
Psycho
Vier ungekürzte Horror-Romane

50/29

DAS BUCH DER NIBELUNGEN
Eine repräsentative Sammlung vom mittelalterlichen Nibelungenlied bis zu Bertolt Brecht

01/6983

DAS BUCH MERLIN
Mythen, Legenden und Dichtungen um den Zauberer Merlin

01/6975

DAS BUCH AVALON
Die Mythen und Legenden um König Artus und die Ritter seiner Tafelrunde

01/6649